그 영화 같이 볼래요?

영화가 끝나고 시작되는 진짜 영화 이야기, 시네마톡

김영진, 남인영, 신지혜, 심영섭, 이동진, 한창호 지음 | 조인철 엮음

그**영화**
같이볼래요?

씨네21북스

그 영화 어땠어요?

이 책을 펼쳐든 당신은 아마도 소소한 행복과 다양한 시선을 사랑하는 사람일 것입니다. 상영관이 많지 않은 예술영화와 독립영화, 다큐멘터리를 놓치지 않기 위해 이리저리 발을 동동거리는 한편 전세 낸 듯 텅 빈 극장에서 은밀한 즐거움을 느낀 적도 있겠죠.

그런 당신과 함께 영화를 보며 소통의 갈증을 해소하고자 CGV 무비꼴라쥬는 영화를 만드는 사람과 즐기는 사람, 평하는 사람이 한데 모여 이야기를 나누는 '시네마톡'을 진행해왔습니다. 영화를 같이 본 이들끼리 손을 뻗으면 닿을 법한 거리에서 서로의 감상을 나누며 묻고 답하는 가운데 의미 있는 소통이 피어났습니다.

2012년부터 2013년 초까지 시네마톡에서 오갔던 흥미로운 이야기를 담아 한 권의 책으로 엮었습니다. 영화를 보고 나서도 풀리지 않았던 의문들이 이 책을 통해 해소되길 바랍니다. 어두운 극장에 불을 밝히고 있었던 시간들과 끝나고 난 뒤에 더 큰 울림을 주는 작은 영화들에 대한 기억이 오래 지속될 수 있도록.

조인철 (엮은이)

차례

6

7

그렇게 그들은 함께했다

우리도 사랑일까
Take This Waltz

캐나다 | 2011 | 116분 | 사라 폴리 감독 | 미셸 윌리엄스, 세스 로건, 루크 커비, 사라 실버맨 출연 | (주)티캐스트 수입 | (주)티캐스트 배급 | 2012년 9월 27일 개봉 | 청소년 관람불가 | 2012년 밴쿠버비평가협회 여우주연상 수상 | 2012 골든글로브 여우주연상 수상

순도 100%의 사랑영화

결혼한 지 5년 된 프리랜서 작가 마고는 다정하고
유머러스한 남편 루와 함께 행복한 나날을 보내고 있다. 그녀는 어느 날 여행길에서
대니얼이라는 남자를 알게 되고, 그에게 조금씩 마음을 빼앗기기 시작한다.
심지어 대니얼은 부부의 바로 앞집에 살고 있었다. 마고는 루와 대니얼 사이를 오가며
양립할 수 없는 두 욕망을 저울질하는데……

이동진 다른 사람의 반응을 보지는 못했는데 이 영화를 평하는 사람 중에서 아마도 제가 제일 좋아하는 게 아닐까 싶어요. 별점 네 개 반을 줬습니다. 20자평으로는 '순도 100%의 사랑영화'라고 썼어요. 원제는 'Take This Waltz'인데 영화 중간에 나오는 노래 제목과 같습니다. 아주 유명한 곡이죠. 캐나다 사람들이 레너드 코헨을 좋아하는 마음은 진짜 대단한 것 같아요. 스페인의 국민 시인이라 불리는 페데리코 가르시아 로르카의 시에다 레너드 코헨이 음악을 붙인 건데, 가사를 보면 완전히 쾌락 예찬이에요. 그걸 왈츠로 표현한 거죠. 이 영화의 정서와 닿아 있다고 생각해서 감독이 시나리오를 쓸 때 그 곡을 계속 들었다고 합니다. 한국에서는 제목이 '우리도 사랑일까'로 바뀌었어요. 별로 좋은 것 같지 않아요. 알랭 드 보통

(의《우리는 사랑일까》)을 너무 많이 베꼈어요. '는'을 '도'로 바꾼 거죠. 제목을 다르게 짓기가 어려웠을 거예요. 그 고충은 충분히 알겠는데, 지금 이 제목은 영화에 대한 편견을 갖게 합니다. 사랑을 협소하게 바라보는 제목이잖아요. 오히려 감상에 방해가 되는 측면이 있다는 생각이 듭니다.

살아 있는 캐릭터와 축조된 대사

이 영화를 만든 감독은 사라 폴리입니다. 〈어웨이 프롬 허〉라는 영화가 있었죠. 그 작품도 좋았는데 이것까지 보고 나니까 굉장한 감독이라는 생각이 듭니다. 여러분이 얼굴을 아실 수도 있어요. 캐나다에서 꽤 유명한 배우거든요. 몇 년 전에 개봉한 〈스플라이스〉에서 여주인공으로 나왔죠. 그 외에도 〈달콤한 후세〉, 〈나 없는 내 인생〉 등이 있어요. 배우를 하면서 각본을 쓰고 연출을 한 겁니다. 볼 때마다 신기해요. 외국 배우들은 이렇게 좋은 영화를 만드는 경우가 많죠. 박찬욱 감독이 할리우드에서 만든 〈스토커〉도 '석호필'로 유명한 웬트워스 밀러라는 배우가 쓴 거잖아요.

저는 미셸 윌리엄스를 좋아하는데, 여기서도 정말 사랑스럽죠. 에이미 아담스와 더불어 동세대 배우들 가운데 연기를 제일 잘하는 것 같아요. 미셸 윌리엄스가 잘하는 연기가 있습니다. 뻔히 잘 지내는 것처럼 보였는데 어느 날 갑자기 마음 한 곳에서 상처나 여백을 발견하고 당황하는 걸 기가 막히게 표현해요. (웃음) 〈마릴린 먼로와 함께한 일주일〉, 〈블루 발렌타인〉도 그렇잖아요. 처음으로 알려지게 된 〈브로크백 마운틴〉도 비슷한 맥락이 있고. 이 영화도 마찬가지인데, 그것은 마고라는 여자의 중요한 특징이에요. 예를 들면 공원에서 대니얼과 테이블에 앉아 간단한 식사를 할 때도 민들레 홀씨가 날아다니면 그걸 잡습니다. 그 정도의 생동감을 가졌다는 뜻이죠. 남자의 집에 들어가서 결국 그냥 나올 때도 문이 잘 안 열리니까 발을 동동 굴러요. 그런 여자인 거죠. 배우가 연기를 잘하는 것이기도 하고 캐릭터가 그렇기도 한 거죠. 이 영화에서 각본을 쓸 때 유일하게 염두에 둔 배우는 의외로 세스 로건이었답니다. 밉살스러운 캐릭터를 많이 맡는 코미디 배우인데 저런 역할을 시켰다는 데서 감독의 안목을 볼 수가 있죠. 그가 연기한 루는 자상하지만 한편으로는 둔감해요. 그런 연기를 참 잘합니다. 루크 커비도 좋은 캐스팅인 것 같습니다. 무척이나 로맨틱한데 그 뒤에 냉정함 같은 걸 지니고 있는 캐릭터를 잘 소화했죠.

얼핏 보면 그냥 잘 만든 사랑영화처럼 보이지만 미학적으로도 훌륭한 작품이라고 생각합니다. 사랑영화에서 대사는 이렇게 써야 한다고 말해주는 것 같아요. 그냥 일반적인 상황을 묘사하고 있는데 그게 다 주인공에 대한 코멘트 역할을 하고 있거든요. 처음에 여자가 출장을 가서 우연히 한 상황극을 지켜보는데 간통을 저질러서 체벌을 당하는 남자가 등장합니다. 어떻게 하다가 자기가 그 속에 들어가서 직접 채찍질을 하게 돼요. 사실은 뒤에서 그 일이 역전되죠. 여자와 그런 관계로 발전하게 될 남자가 그 상황에서 던지는 최초의 말이 "거, 좀 똑바로 해봐요"입니다. 나중에 뉴스에서 지진 소식을 전할 때 캐스터가 "너도 느꼈니?"라는 말을 합니다. 그것은 마음의 변화를 겪고 있는 여자한테 묻는 것이나 다름없죠. 또 한번은 남자가 일을 하면서 통화를 하는데 이런 대사가 나왔어요. "그럴 수 있냐고요? 충분히 그럴 수 있죠. (중략) 그 부분은 나도 잘 모르겠어요. 두 달이요? 네, 기다릴 수 있습니다." 영화 전체를 보면 부인에 대한 남편의 마음이 고스란히 담겨 있는 대사죠. 닭에 관한 이야기도 그래요. 요리할 때는 좋은데 음식 쓰

레기가 되면 냄새가 지독하다고 말합니다. 자신의 결혼과 연결되죠. 대니얼이 인력거로 부부를 태워다줍니다. 그러면서 나중에 닭 요리를 해달라고 해요. 그때 루는 새 평가단이 필요했다면서 반깁니다. 대니얼은 그들의 사랑에 새로운 평가단이 되는 거예요. 이런 식으로 언뜻 일상적 대화인 것 같지만 실은 고도로 축조된 대사가 곳곳에 있습니다.

미세한 떨림, 흔들리는 감정

훌륭한 영화는 내용과 형식을 충돌시켜서 의미를 만듭니다. 이 영화도 촬영에 원칙 같은 게 있어요. 첫 장면을 볼까요? 초점이 맞춰져 있지 않죠. 여자가 부엌에서 뭔가를 하고 있는데 여러모로 분위기가 좋아요. 완벽한 결혼생활의 한 장면처럼 생각됩니다. 그런데 인과 아웃을 반복하면서 막판에 남편으로 짐작되는 남자가 옆을 지나갈 때 여자는 공허한 표정을 지으며 화면을 응시해요. 흐릿해서 남자는 보이지도 않죠. 만약 그걸 고정 카메라로 찍었다면 거기서 어떤 불안감을 느낄 관객은 없을 거예요. 이 영화는 대부분 핸드헬드로 찍었는데 흔들림을 가급적 줄였습니다. 미세한 떨림만 있어요. 그런 방식 또한 영화가 다루고 있는 감정과 관련이 있어요. 있는지 없는지 확실치 않고 부정하려는데 자꾸만 흔들리는 감정들. 비슷한 상황이 후반부에 다시 등장합니다. 그때는 같은 남자가 아녜요. 자세히 보면 앞에서는 반바지를 입었고 뒤에서는 긴 바지를 입었어요. 후반부에는 당연히 대니얼이겠죠. 마고가 뒤에서 안습니다. 무엇보다 음악(〈Video killed the radio star〉가 흘러나왔다)이 달라졌죠. 굳이 비유하자면 대니얼은 '비디오 스타'고 루는 '라디오 스타'라고 할 수 있어요. 뜨거운 마음을 좇았는데 똑같은 상황에 놓인 것을 보여주고 있죠.

이런 것도 있습니다. 부부가 싸워요. 여자는 속상해서 부엌에 앉아 있어요. 남자는 테라스에 의자를 놓고 앉아 있고요. 사랑하는 마음은 변함이 없죠. 그걸 어떻게 찍었는지 보세요. 양쪽을 철저하게 나눴습니다. 여자는 안에서 남자를 바라보고, 남자는 밖에서 여자를 바라보고. 안에서는 음악이 흐르고 밖에서는 음악이 흐르지 않죠. 유리를 가운데 놓고 손을 맞대다가, 키스를 하다가, 마지막에 남자가 들어갑니다. 내용으로 보면 부부가 사랑을 재확인하고 화해를 한 건데, 그 형식 때문에 화해가 제대로 이루어지지 않고 둘 사이에 계속 벽이 있다는 걸 짐작하게 되죠. 서로 소통하려고 하는데 유리가 있는 거예요. 이런 데서 영화와 문학이 어떻게 다른지 알 수 있죠.

사랑의 벡터: 판타지와 리얼리티

저는 '사랑의 생로병사'라는 표현을 좋아하는데, 이 영화는 사랑이라는 작고 괴팍한 짐승이 어떻게 태어나서 어떻게 죽는지를 묘사하고 있어요. 사랑을 마치 생명체처럼 다루죠. 그걸 보면서 수학에서 방향과 크기를 나타내는 벡터라는 개념이 떠올랐어요. 이 영화를 '사랑의 벡터'로 비유할 수 있을 것 같아요. 사랑인지 아닌지 모르지만 누구나 마음에 기척이 있을 때가 있죠. 둔감한 사람은 잘 모르지만 예민한 사람은 조금만 흔들려도 느껴요. 이 영화는 우리의 삶 속으로 어느 순간 틈입하는 작은 기적 같은 걸 그리고 있습니다. 사랑이라는 판타지를 일종의 벡터처럼 쫓아가는 거예요. 다른 한편으로는 결혼생활을 현실적으로 담았어요. 그 두 가지, 판타지와 리얼리티를 다루는 방식이 무척 훌륭한 영화입니다. 그러면서 사랑이 낡을 수 있다는 것, 사람이 낡을 수 있다는 걸 보여줘요. 전작에서도 늙어가는 것, 육체성이라는 것에 대해서 복잡미묘한 감정을 드러냈거든요. 이번 영화는 더하죠.

이 영화에서 빼놓을 수 없는 것이 에로틱한 부분입니다. 루도 잘못한 게 있어요. 아마도 부부 사이에 성적인 문제가 있는 것처럼 보입니다. 마고가 "장난만 치든가 키스만 하든가 하나만 하라"고 말한다거나 "당신을 유혹하는 게 얼마나 힘든 줄 아냐"며 울먹이는 걸 봐서는 여자 입장에서 불만이 있는 거예요. 그렇다고 이 여자가 바람을 피울 만했냐 하면 그건 또 아닙니다. 그렇게까지 훌륭한 남편을 뒀는데 말이죠. 이기적이지만 자기감정에 충실한 사람인 것 같아요. 그렇게 결혼한 여자가 새로운 사람을 찾아가는데, 섹스라는 것이 없는 것처럼 그리지 않았어요. 내숭을 떨지 않는다는 얘기죠. 어떤 감정인지 정확히 알고 있어요. 그런 것도 다양한 방식으로 보여주고 있는데요. 수영장에서 소변을 보는 장면이 있었죠. 우리는 그때 주인공이 대니얼을 성적으로 강렬하게 인식했음을 알 수 있어요. 사람이 많은 곳에서 자신의 욕망을 파격적으로 커밍아웃한 거죠. 이 영화에서 제일 야한 순간은 대낮에 음주하면서 '찜 쪄 먹겠어!' 하는 부분이죠. (웃음) 놀이기구를 타는 것도 사실상 섹스신이에요. 전반적으로 성적인 긴장감을 훌륭하게 묘사하고 있습니다.

결론을 내리지 않는 영화, 그리고 삶

관객 A 마고가 공항에서 휠체어를 타는 설정은 왜 넣었을까요?

이동진 영화가 설명하고 있는 것처럼 마고라는 여자는 삶에서 전이기轉移期의 압박을 견디지 못하는 걸로 보여요. 그러니까 비행기를 갈아타는 게 몹시 두려운 거예요. 심하면 제대로 못 걸을 수도 있어요. 일종의 공황장애를 느끼는 겁니다. 영화는 그런 설정을 통해서 그녀가 뭔가에 대롱대롱 매달린 상태를 못 견디는 사람이라는 것을 드러내죠.

관객 B 수영장에서 샤워를 할 때 한 할머니가 새것도 다 늙는다고 말하는 장면과 루의 누나가 마고한테 마지막에 직접적으로 이야기하는 장면은 다소 노골적이라고 느꼈는데, 어떻게 생각하시나요?

이동진 말씀하신 장면들은 그렇게 느낄 수 있어요. 그런데 샤워 장면에서는 시각적인 충격이 너무나 커서 그것을 중화할 수 있을 만한 강한 대사가 필요하다고 생각해요. 저는 마지막 장면 역시 나쁘지 않았습니다. 남자 주인공이 자신을 떠난 사람을 직접 비난할 수는 없죠. 일말의 책임이 있다고 스스로 생각하고 있으니까요. 오히려 그때까지 친자매 이상으로 친하게 지냈던 시누이가 그렇게 말할 수 있지 않을까요? 그게 리얼하다면 직접적이라고 해도 문제될 건 없다고 봐요.

관객 C 루의 누나한테 험한 말을 들은 마고는 돌아서며 울먹거립니다. 남편을 향한 후회의 감정일까요, 아니면 그 말에 상처를 받은 걸까요?

이동진 결론을 내리지 않는 방식으로 만들었어요. 어느 인터뷰에서 감독이 이런 얘기를 했어요. "관객들이 특정 사람을 편들거나 비난하는 걸 원치 않는다. 다들 이 영화를 자기 삶으로 끌고 가는 것을 원한다." 실제로 지금 막 지긋지긋한 사랑을 끝낸 사람이라면 이별을 격려해주고, 반대로 어떤 유혹을 물리치고 현재의 관계를 지키는 사람이라면 그게 옳은 판단이었다고 끄덕여주는 영화이길 바란다는 거죠. 비록 새로운 사랑을 찾아 떠났을지라도 결국 비슷한 상황으로 돌아온 것에 대한 복잡한 감정이 교차했겠죠?

    오랜만에 마음을 흔드는 사랑영화를 본 것 같습니다. 여러분도 같은 마음인 것 같아서 기분이 좋네요.

2012.9.21

로얄 어페어
A Royal Affair

덴마크 | 2012 | 137분 | 니콜라이 아르셀 감독 | 알리시아 비칸데르, 매즈 미켈슨, 미켈 보에 폴스라르 출연 | (주)화인픽쳐스
수입 | (주)화인픽쳐스 배급 | 2012년 12월 27일 개봉 | 청소년 관람불가 | 2012 베를린국제영화제 각본상, 남우주연상 수상
| 2013 골든글로브 외국어영화상 수상 | 2013 아카데미 외국어영화상 수상

세기의 삼각관계

18세기 덴마크, 편집증을 앓고 있는 왕 크리스티앙 7세를 치료하기 위해
독일인 의사 요한 스트루엔시가 고용된다. 그는 왕과 왕비에게서 모두 신임을 얻을 정도로
뛰어난 언변과 놀라운 통찰을 선보인다. 새로운 시대를 향한 그의 자유로운 사상은
왕비 캐롤라인의 생각과 맞닿고 둘은 점점 가까워진다.

심영섭 니콜라이 아르셀의 〈로얄 어페어〉는 '젠트로파'라는 덴마크 영화사가 만들었습니다. 라스 폰 트리에가 설립한 제작사로 유명하죠. 이 작품은 베를린영화제에서 각본상과 남우주연상을 받았어요. 크리스티앙 7세를 연기한 배우는 미켈 보에 폴스라르입니다. 이름이 좀 어렵죠. (웃음) 덴마크국립영화학교 학생인데 데뷔하자마자 상을 받아서 덴마크에서도 뜻밖의 낭보였던 것 같습니다. 요한 스트루엔시 역에는 매즈 미켈슨이라고, 〈미션 임파서블〉에서 악당 역할을 한 배우가 연기했어요. 캐롤라인 왕비를 연기한 알리시아 비칸데르는 〈순수소녀〉라는 작품을 했었고, 최근에는 〈안나 카레니나〉에도 출연해 곧 세계적인 여배우로 발돋움할 것 같습니다.

이 영화는 실화인데요. 덴마크에서는 우리나라의 '장희빈'처럼 유명한 얘기라고 합니다. 조사를 해봤더니 많은 것들이 실제로 있었던 일이에요. 덴마크 왕가 얘기를 하지 않을 수가 없네요. 크리스티앙 7세 때 영국과 덴마크는 정략결혼을 했습니다. 영국 입장에서는 프랑스를 견제하기 위해 다른 나라의 도움이 필요했던 거죠. 영화를 보면 요한이 훨씬 나이 들어 보이죠? 실제로 캐롤라인보다 열 살 연상이었대요. 두 사람은 여기에 나오는 것처럼 결국 파국을 맞았습니다.

임상심리학을 전공한 제가 볼 때 크리스티앙 7세는 분명히 정신분열증 환자인 것 같습니다. 심리학적으로 보면 대단히 흥미로운 인물이에요. 정신분열증은 유전될 확률이 높은 질병이거든요. 유럽 왕가들은 근친결혼을 했기 때문에 심각한 유전병이 많았어요. 〈조지 왕의 광기〉라는 영화를 보면 캐롤라인의 아버지 조지 3세도 포르피린증을 앓은 걸로 나오거든요. 뱀파이어병이라고도 하죠. 아마 캐롤라인도 그 병으로 고생하지 않았을까 싶습니다. 위험한 관계 속에 다들 문제가 있었던 거죠. 크리스티앙 7세는 어린 시절에 불행하게 자랐습니다. 가정교사가 학대했대요. 욕하고 때리고. 엄마가 일찍 죽어서 계모 손에 길러졌는데 그녀는 자기 아들한테만 관심이 있었고. 그래서 왕이 왕비한테 엄마를 바란 거죠. '엄마'라고 부르잖아요.

캐롤라인도 힘들었을 거예요. 어린 소녀 입장에서는 가혹한 결혼이었어요. 영국에서는 어떤 시종도 데려갈 수가 없어서 홀몸으로 시집을 갔습니다. 남편감이 왕족으로 대단한 남자라고 들었는데 막상 가서 보니까 거의 실성한 사람이에요. 청년기에는 조금 괜찮았다고 해도 점점 더 심해졌을 확률이 높아요. 그런 남편을 두고 많이 불행했겠죠. 이런 관계는 찰스 황태자와 다이애나 황태자비의 관계에서도 볼 수 있습니다. 찰스 황태자는 연상의 어머니 같은 여성을 더 좋아했지만, 다이애나 황태자비는 자기를 보호해줄 늠름한 왕자를 원했던 것이죠. 요한 스트루엔시는 남자다웠을 것 같죠? 실제로 그랬다고 합니다. 덴마크 내에서는 실패한 개혁주의자로서 비극적인 인물로 바라보거나 권력지향적으로 행동한 부정적인 인물로 평가된답니다. 찬반양론이 분분하대요. 분명한 건 덴마크에서는 이게 희대의 스캔들이라는 거죠.

크리스티앙 7세와 요한 스트루엔시가 처음 만났을 때 어떤 얘기를 주고받으면서 의기투합했죠. 그게 뭘까요? 네, 셰익스피어의《햄릿》에 나오는 대사입니다. 이 영화에서 연극은 매우 중요한 장치죠. 크리스티앙 7세의 숨겨진 욕망, 나 아닌 다른 사람이 되고 싶은 열망을 연극을 통해서 드러냅니다. 햄릿 캐릭터는 왕과 닮은 데가 많죠. 자신을 감추기 위해서 광대 노릇을 하잖아요. 크리스티앙 7세 역시 왕이 되기 싫은 마음을 숨기고자 장난스러운 행동을 합니다.

그러고 보면 요한은 왕과 왕비에게 모두 심리치료사 역할을 하는 것 같습니다. 왕비는 산후우울증, 왕은 정신분열증이에요. 요한은 그 두 사람에게 각기 다른 방식으로 안정감을 줍니다. 신묘한 능력을 갖고 있었던 거죠. '보웬'이라는 정신과 의사가 있습니다. 그는 가족역동을 연구하면서 '삼각관계'라는 걸 언급했어요. 부부 사이가 안 좋으면 그걸 안정시키기 위해서 제3자를 끌어들이는 경우가 있습니다. 예를 들면 남편이 아내가 미워서 딸만 예뻐하는 거예요. 이런 게 삼각관계거든요. 왕과 왕비에게 보웬 식의 가족역동이 있습니다. 두 사람 모두 미성숙하고 미분화된 존재잖아요. 그런데 요한을 통해서 조금씩 안정을 찾습니다. 일시적으로 왕과 왕비의 사이가 좋아지는 때가 있죠. 세 사람이 나란히 앉아 있는 장면 기억하세요? 저는 그 장면이 아주 흥미로웠습니다. 손을 함께 잡고 있는데, 자세히 보면 그때 왕이 스트루엔시 쪽으로 고개를 기울이고 있습니다. 인상적인 장면이죠.

권력의 수레바퀴를 따라서

관객 A 실화를 바탕으로 만들어졌다면 얼마나 각색된 건지 궁금합니다.

심영섭 거의 90%가 사실입니다. 비비안 그린이 쓴 《권력과 광기》라는 책을 보면 이 영화가 상당 부분 역사적 사실에 기초하고 있다는 걸 알 수가 있어요. 가령 부하랑 치고받고 싸운 것도, 여자 시종이 바깥으로 쫓겨난 것도, 왕이 매음굴에 가서 문란한 성생활을 한 것도 다 있었던 일입니다. 그런데 밝혀지지 않은 게 하나 있습니다. 여기에 나오는 딸이 누구의 딸인지는 몰라요. 당시에는 유전자 검사가 없었으니까요. 그것만큼은 역사에서 밝혀지지 않았습니다.

관객 B 혹시 왕이 양성애자였다는 얘기가 나오나요? 왠지 그런 느낌이 듭니다.

심영섭 글쎄요. 그런 얘기는 없고, 피학적인 성관계를 즐겼다고 나옵니다. 때려달라고 하고, 남자 같은 여자를 좋아하고. 수많은 창녀와 밤을 보낸 것으로 봐서는 이성애자인 것 같습니다. 다만 남성성이 부족한 사람이었다고 미루어 짐작할 수 있습니다. 여기에 나오지는 않지만, 캐롤라인 왕비의 취미 중 하나가 남자 승마 바지를 입는 거였어요. 성격도 괄괄했대요. 그런 의미에서 왕과 왕비는 사실상 권력적 동반자가 아니었을까 싶습니다.

관객 C 영화에서 흑인 시동은 어떤 역할을 하는 건지 잘 모르겠어요.

심영섭 흑인 시동은 왕비의 외도를 알고 있는 인물이죠. 요한이 몰래 방에 들어가는 걸 봤잖아요. 말하자면 그는 왕실에서 벌어지는 일들을 모두 알고 있는 담지자인 동시에 왕의 유약한 자아라고 볼 수가 있어요. 여기서는 흑인이 완벽한 타자죠. 크리스티앙 7세는 왕궁을 늘 감옥이라고 말했대요. 그는 왕의 아들이 아니라 평민의 아들이라면서 어렸을 때 바꿔치기당했다는 망상에 시달리기도 했다고 합니다. 한마디로 왕의 자리가 싫었다는 얘기죠. 본인을 이방인처럼 생각한 것으로 짐작됩니다. 그런 점에서 왕과 흑인은 통하는 데가 있어요.

관객 D 뒤로 갈수록 요한은 정치적인 인물로 변하는 것 같아요.

심영섭 동의합니다. 이 영화는 인간이 권력을 가졌을 때 변화하는 모습을 보여줍니다. 누구나 권력을 독점하길 바라는 욕망을 가지고 있죠. 프랑스도 마찬가지잖아요. 개혁 정치를 했지만 공포 정치로 변했죠. 그런데 권

력적인 견제는 시스템 안에서 해결되어야 하거든요. 그것이 불완전할 때 벌어지는 모습을 이 영화가 잘 보여주고 있다고 봅니다. 분명 요한이 왕을 능가하려고 했던 점은 있었을 거예요. 그래도 그는 삼각관계에서 조정을 잘 한 것 같습니다. 왕비의 마음을 사려고 엄청난 선물을 주면서 노력을 기울였대요. 여기서는 멋진 개혁가로 나오지만, 실제로는 굉장히 권력지향적인 사람이었을 수도 있다는 추정을 하게 됩니다.

개혁에 관한 수수께끼

마지막으로 질문을 하나 하겠습니다. 계몽주의란 도대체 뭘까요?《레미제라블》속 사건은 이 시기 이후에 나타납니다. 프랑스에서는 (덴마크와 달리) 진짜 왕의 목을 치는 데 성공한 거예요. 그러니까 당시에 덴마크, 독일, 영국, 러시아 왕족들 모두가 두려움에 덜덜 떤 거죠. 그러면서 차례차례 혁명이 일어나기 시작하는데요. 그 단초가 바로 계몽주의입니다. 그것에 대해서 말씀을 드릴까 합니다. 한 세대에는 자기 세대를 특징짓는 패러다임이 있습니다. 우리의 현대사를 특징짓는 패러다임은 반공 이데올로기입니다. 그런 식의 프레임이 중세에는 '신'이었죠. 결혼도 신부가 주관하고, 죽음도 신부가 주관했어요. 의학, 철학, 음악, 미술, 건축 모두 신학과 관련되어 있었습니다. 그러다가 '근대'라는 개념이 동트기 시작하는데, 이때부터 서구 지성계에 인간의 이성에 대한 믿음이 생겨났던 것입니다. "나는 생각한다. 고로 나는 존재한다." 인간은 이성을 가진 존재라는 자각으로부터 이 세계를 새롭게 바라본 겁니다. 그게 바로 계몽주의죠. 루소, 볼테르, 흄 등이 이성을 통해서 체제를 바꾸자고 주장했죠. 신학적인 믿음은 미신이라고 본 겁니다. 그래서 중시한 게 교육입니다. 공교육 제도를 원했어요. 이 영화의 배경이 되는 시점이 바로 그 무렵입니다. 계몽주의는 1760년경에 꽃을 피웠습니다. 덴마크에서는 다시 왕권이 존립되었지만, 다른 나라에서는 계몽주의가 들불처럼 번져가면서 전 유럽을 휩쓸었죠.

저는 이 영화를 보면서 많은 생각을 하게 됐어요. 왜 사회 개혁은 실패하는가? 왜 대중은 자신들에게 유리한 사안에 대해서 역으로 투표하는가? 그런 것들에 관한 수수께끼를 담고 있는 영화인 것 같아요. 요한과 캐롤라인 왕비가 만들려고 했던 건 시민들을 위한 법이잖아요. 천연두 접종, 보육원 설립 등 부자들의 세금을 걷어서 복지 정책을 펴는 거요. 우리나라 개혁 법안과 비슷합니다. 따라서 이 영화의 가치는 250년 전 유럽에 있었던 일들이 오늘날 이 땅에서도 되풀이되는 이유에 관한 통찰을 보여주는 데 있다고 생각합니다. 현재 우리나라에서도 보수와 진보의 대립 속에서 복지 정책에 대한 다양한 실험이 이루어지고 있죠. 시민 또는 대중으로 불리는 우리는 과연 어떤 역할을 해야 할까요?

2013.1.3

팅커 테일러 솔저 스파이
Tinker Tailor Soldier Spy

영국, 프랑스, 독일 | 2011 | 127분 | 토마스 알프레드슨 감독 | 게리 올드만, 콜린 퍼스, 톰 하디, 베네딕트 컴버배치, 마크 스트롱 출연 | (주)화인픽쳐스 수입 | (주)팝엔터테인먼트 배급 | 2012년 2월 9일 개봉 | 15세 이상 관람가 | 2012 런던비평가협회상 기술공로상 | 2012 스톡홀름국제영화제 국제비평가협회상 후보

어두운 유리를 통해

❦

냉전 시대 영국비밀정보부(MI6)의 국장 컨트롤은 조직 내에 침투한
러시안 스파이를 밝혀내고자 현장 요원에게 비밀 임무를 맡기지만
이를 눈치챈 스파이의 조작으로 실패하고 만다. 오래전부터 고위 간부급 스파이가 있다는
사실이 확실해지자 은퇴한 조지 스마일리가 나선다.

한창호 여러분은 영화를 어떻게 봤는지 궁금합니다. 아마 좀 어려웠을
거라고 짐작됩니다. 제가 생각할 때 이 작품은 2012년 상반기에 나온 좋은
작품들 중에서 가장 외면받은 것 같아요. 기회가 되면 많은 분들에게 소개
하고 싶은 마음이 있었는데, 마침 '2012 무비꼴라쥬 아카데미 기획전'이
열려서 이런 자리를 갖게 됐습니다. 영화를 처음 보면 형식이 워낙 독특해
서 약간 혼란스러울 수 있는데, 그걸 제가 열심히 풀어야죠. 영화처럼 우아
하게 '어두운 유리를 통해'라고 제목을 지어봤습니다. 과거에 잉마르 베리
만 감독이 만든 영화 제목이기도 한데요. 마치 어두운 유리를 통해서 세상
을 바라보는 느낌이랄까? 이 영화가 그런 부분을 참 잘 전달하고 있어서 그
쪽으로 이야기를 진행해보겠습니다.

존 르 카레의 스파이 소설

이 영화는 원작 소설이 있죠. 베스트셀러라서 우리나라에도 몇 권으로 번역이 되어 있습니다. 존 르 카레가 발표한 고전인데요. 작가의 경력이 특이합니다. 영화에 나오는 서커스(영국정보부. 그들끼리 쓰는 일종의 전문용어)에서 근무한 적이 있는 사람입니다. 거기서 근무하던 시절부터 스파이 소설을 썼습니다. 이름을 밝히기는 어려웠겠죠. 그래서 '르 카레' 이런 식으로 필명을 썼습니다. 그러다가 《추운 나라에서 온 스파이》가 베스트셀러가 되면서 정보부에서 나와 전업작가가 됩니다. 영국은 스파이 소설 분야에서 전통이 오래된 나라죠. 그러나 대중성만 인정받았지 문학성은 외면받은 게 좀 있었는데, 이 양반을 통해서 스파이 소설이 순수문학에서도 평가되는 위치에 올라가게 됐죠. 그런 점에서 유명합니다. 원작자는 옥스퍼드 출신입니다. 주인공들 역시 대단한 경력을 갖고 있는데, 영화에서는 그 부분이 빠졌어요. 소설을 읽은 분들은 아마 정보원들이 자기 일에 대한 엘리트의식이 대단하다는 걸 알 수 있을 겁니다.

영화제작사 워킹타이틀이 로맨틱코미디만 만드는 줄 알았더니 이런 스파이물도 만들었어요. 토마스 알프레드슨 감독은 〈렛미인〉으로 한국에서도 많이 알려져 있죠. 이번에는 유명한 소설을 영화화한 거라서 부담감이 좀 있었을 것 같아요. TV 시리즈로서도 클래식으로 남아 있는 작품이니까요. 따라서 영국 관객들은 이 스토리를 많이 알고 있을 겁니다. 70년대 소설을 현재 다시 만드는 것이라면 어떤 시의성이 있어야겠죠. 그런 측면에서 과거와 현재가 대화하게 만드는 방편으로 플래시백 기법을 썼다고 봅니다. 지금도 그런 갈등이 있다면 어두운 유리창으로 바라보는 심정일 거예요. 그게 이 영화의 테마라고 봅니다.

　주요 인물을 살펴보면서 스토리를 기억해보도록 하죠. 너무 많아서 좀 혼란스러웠을 것 같아요. 서커스의 책임자인 컨트롤이 케임브리지 출신이고, 늘 무시당하는 퍼시 앨러라인도 마찬가지로 케임브리지 출신입니다. 과거에 컨트롤은 선생이었고, 앨러라인은 학생이었어요. 그때부터 스승이 제자한테 핀잔을 주는 게 정보부에서도 그대로 연결됩니다. 한편 조지 스마일리는 옥스퍼드 출신입니다. 그들은 자신들이 영국의 미래를 위해서 대단한 일을 하고 있다고 생각하고 있어요. 아무래도 작가가 정보부 출신이라서 그렇겠지만, 책을 읽다 보면 독자들이 나도 거기서 한번 일해보고 싶다는 생각이 들 만큼 매력적으로 그리고 있습니다. 남자로서 도전할 만한 분야인 것처럼 선동적으로 써놓은 부분이 분명 있습니다. 원작이 나올 때가 1974년이니까 여전히 냉전 시절입니다. 그런 면에서 충분히 이해할 수 있죠. 존 르 카레가 왜 그런 식으로 썼는지.

복잡다단한 인물들을 따라서

　이야기가 매우 복잡했습니다. 서론, 본론, 결론으로 정리를 합시다. 첫 번째는 두더지(정보부 내의 첩자)의 존재를 알게 되는 내용입니다. 컨트롤이 짐을 부릅니다. 부다페스트에 가면 두더지 이름을 알고 있는 사람이 있을 거다, 그 사람을 만나라, 이 일은 컨트롤과 너만 안다, 아무도 믿지 마라. 그런데 짐은 이 사실을 동료 빌에게 이미 말했죠. 부다페스트로 갔는데 뜻하지 않게 사고가 납니다. 등에 총알을 맞았어요. 그래서 책임자인 컨트롤과 그의 오른팔이었던 스마일리가 쫓겨납니다. 1년 뒤, 다른 사람들이 서커스를 장악하게 되죠. 컨트롤은 죽었고 스마일리는 집에서 TV나 보는 신세가 되었습니다. 서론 부분에서 전환점이 되는 것은 정보부 요원 리키의 전화죠. 뭔가 할 말이 있다고 합니다. 그러자 정부의 고위직이 스마일리를 정보부로 다시 불렀습니다. 두더지가 있는 것 같다, 당신이 두더지를 잡는 데 적임자다. 스마일리는 심복인 피터를 부릅니다.

두 번째는 두더지가 있는지 없는지 확인하는 과정입니다. 먼저 정보부내 인사부에 있는 여직원을 찾아갑니다. 그 직원이 두더지와의 연락책은 주영 소련 대사관에서 문화담당관으로 일하고 있는 폴리아코프라고 말해 줍니다. 한편 리키가 스마일리를 찾아와서 큰 정보를 줍니다. 리키가 이스탄불에서 있었던 이야기를 하면서 이리나라는 여성에 대해 말합니다. 그녀가 두더지의 이름을 안다는 겁니다. 그런데 중간에 일이 틀어져 이리나가 죽었고 자신도 위험에 처했다는 겁니다. 물론 정보부 내의 두더지 때문이죠.

세 번째는 드디어 두더지를 잡는 부분입니다. 스마일리가 정보부의 간부인 토비를 불러냅니다. 혹시 토비가 어느 나라 출신인지 알았나요? 헝가리 출신입니다. 동구권에서 온 사람이 하는 영어를 구사합니다. 과거에 그 사람이 영국으로 오게 된 이유가 있습니다. 그걸 우리가 다 알 수는 없지만, 그런 그를 비행장으로 불러내서 바로 돌려보내겠다고 협박을 하는 거예요. 거기서 알아냅니다. 폴리아코프와 접선한 장소를. 그중에 한 사람이 두더지라는 사실 또한 알게 되었죠. 비밀 장소에 가서 감청 장치를 설치하고 빌이 폴리아코프를 만나는 현장을 덮칩니다. 거기서 스마일리가 빌을 앉혀놓고 총을 겨누죠. 두더지를 잡는 데 성공했습니다. 빌이 두더지입니다. 스마일리가 권총을 겨누고 있을 때 어땠을 것 같아요? 복잡한 감정이겠죠.

일단 빌은 조국의 배반자, 동료의 배반자입니다. 아마도 그 배반 때문에 많은 사람들이 죽었을 겁니다. 저는 그것보다 사적인 감정이 보였어요. 스마일리 입장에서 빌은 자신에게 사랑의 상처를 준 사람이잖아요. 자기 아내의 연인이었죠. 바로 그 사람을 마음대로 할 수 있는 상태였으니까 감정이 매우 복잡했을 거라 생각됩니다. 결국 빌은 자신의 동료이자 동성애 연인이었던 짐(부다페스트에 파견된 바로 그 요원)에 의해 암살됩니다. 그리고 스마일리는 다시 서커스의 책임자가 됩니다. 그러면서 끝이 나죠. 이제 좀 정리가 되었습니까? (웃음)

압도적인 오프닝 시퀀스

이렇게 복잡한 영화를 처음부터 다 꿰고 본다는 건 쉽지 않은 일이고, 누구나 처음엔 어떤 느낌 같은 걸 따라가게 되는데요. 저는 10분 정도 되는 오프닝 시퀀스에 속된 말로 반했습니다. (웃음) 굉장히 잘 만든 오프닝 시퀀스를 보고 나머지 시간은 그냥 따라가게 됐어요. 짐이 부다페스트로 가라는 지시를 받습니다. 그런데 사고가 났어요. 왜 사고가 났죠? 짐이 무슨 실수를 했습니까? 기억납니까? 컨트롤이 짐에게 지시를 내릴 때 그 이야기는 둘만 알고 있어야 한다며 누구에게도 말해서는 안 된다고 했는데, (영화를 다 보고 나니까) 짐이 동료이자 연인인 빌에게 말한 거죠. 그래서 일이 틀어졌고 결국 컨트롤과 오른팔인 스마일리가 쫓겨납니다. 한때 자기 마음대로 권력을 휘둘렀던 사람이 어느 순간 쫓겨나는 거죠. 이들이 사무실에서 짐을 싸서 처량하게 나갈 때 부하들은 민망해서 다른 데 보는 척하거나 안타까운 모습으로 돌아봅니다. 컨트롤은 일부러 감정을 감추고 스마일리는 그냥 그 뒤를 따라가고. 그렇게 정보부를 나오게 됩니다. 옥상에서는 새로이 서커스의 보스가 되는 앨러라인이 두 남자를 바라보고 있습니다. 그때 오프닝 크레딧이 뜹니다. 그 장면을 중요하게 다룬다는 의미겠죠. 감독이 사람의 심리를 잘 아는 것 같아요.

심리에 방점이 찍힌 스파이 영화

스파이 영화에 대한 기대라는 게 있죠. 이 영화는 그 부분에서 관객들에게 실망을 줄 수도 있습니다. 이야기가 복잡하고 인물들이 많은 것은 일반 관객을 만나는 데 결코 유리한 부분이 아니죠. 저도 간혹 스파이 영화를 봅니다. 외국으로 여행하는 것 같은 느낌이 들잖아요? 007 시리즈를 보면 온 세계를 다 돌죠. 최근에는 베니스가 나와서 그거 보러 갔어요. 아마 많은 경우 스파이 영화를 볼 때 탐 크루즈처럼 액션을 잘하는 스타가 나오는 것을 좋아할 겁니다. 거기에는 항상 멋있는 여배우와 첨단무기가 등장합니다. '미션 임파서블' 시리즈처럼 어마어마한 데서 뛰어내리는 스펙터클도 있죠. 그런데 오늘 본 영화는 그런 게 하나도 없습니다. 탐 크루즈는 고사하고 늙은 사람들이 나와요. (웃음) 젊은 배우들이 몇 명 있긴 하지만 그들도 액션이 아니라 머리를 쓰는 사람들입니다. 이 영화는 전반적으로 심리에 방점이 찍혀 있어요. 은퇴를 앞둔 사람의 심리를 대단히 잘 다루고 있습니다. 특히 컨트롤과 스마일리가 쫓겨나는 장면은 참 잘 찍었어요. 감독이 젊은 편인데 그런 경험을 해봤나 싶을 정도입니다. 〈렛미인〉에서도 일반적인 뱀파이어물과는 다른 느낌이 있었는데, 여기서도 사람들이 느끼는 정서를 섬세하게 표현하고 있다는 생각이 듭니다. 그런 부분을 높게 평가하고 싶어요.

스파이물이지만 멜로드라마처럼 사랑하는 사람과 헤어지는 상황이 있고 거기서 상처를 받는 장면이 있죠. 세 사람을 강조하고 싶은데요. 역시 스마일리가 첫 번째죠. 아내 앤이 굉장한 집안의 딸입니다. 빌과 친척간이에요. 베를린에서 돌아왔을 때 빌이 거짓말을 했잖아요. 지나가다 들렀다고. 연인 사이라는 걸 알지만 스마일리는 자존심이 있어서 모른 척했죠. 어쨌든 영화 속에서 스마일리에게 아내는 잘 있느냐고 안부를 묻는 사람들은 대부분 아내인 앤과 관계가 있는 남자들입니다. 사람들은 스마일리만 만나면 아내의 안부를 물어보죠. (웃음) 말하자면 스마일리에게 아내는 모멸감을 주는 존재고 약점이죠. 게리 올드만이 연기를 참 잘했습니다.

두 번째는 피터입니다. 그는 동성애자였죠. 소설에서는 나이차가 많이 나는 여자가 옆에 있었는데, 영화에서는 바뀌었어요. 피터는 나이 든 남자와 동거합니다. 작전 때문에 그와 어쩔 수 없이 헤어지는데, 파트너는 피터가 자신을 싫어해서 이별을 통보하는 줄 압니다. 파트너가 떠난 뒤 피터가 혼자서 우는 장면이 있습니다.

마지막으로 빌과 짐입니다. 제 기억으로는 소설에서도 그 두 사람은 동성애 관계라고 분명히 밝히지 않습니다. 영화에서도 그렇습니다마는, 저는 그 둘이 사랑하는 사이라고 봅니다. 우정을 넘어선 관계. 짐은 부다페스트에 간다고 사랑하는 빌에게 말한 것이 잘못이죠. 그래서 빌이 조치를 취하게 된 거잖아요. 그렇다면 바보가 아닌 이상 누구에 의해서 작전이 실패했는지 알고 있을 것 같습니다. 사랑이라는 테마로 본다면 스마일리만큼 상처가 큰 사람이 짐입니다. 빌의 입장에서는 짐이 자신에게 총을 쏠 거라고 생각지는 못했던 것 같아요. 그러나 짐의 입장에서는 굉장한 배반감을 느꼈겠죠. 결국 빌은 소련으로 돌아가기 전에 짐에 의해 처벌을 받습니다.

영화적 오마주와 미학적 입장

영화적 오마주도 있습니다. 스마일리 일동이 차를 타고 호텔로 갈 때 느닷없이 파리 한 마리가 나타났죠. 성가시게 굴잖아요. 그 장면은 세르지오 레오네의 〈옛날 옛적 서부에서〉 도입부를 생각나게 합니다. 거기서도 서부 사나이가 역에서 적을 기다리는데 파리가 자꾸 얼굴에 들러붙자 잡는 장면이 나오거든요. 대단한 긴장감을 주는 장면이었는데, 여기서도 그런 긴장감을 주고 있습니다. 또한 리키가 망원경으로 상대를 훔쳐보는 장면은 알프레드 히치콕의 〈이창〉과 아주 흡사합니다. 왼쪽에서는 이리나가 걸어 들어오고, 오른쪽에서는 그걸 모른 채 다른 일이 벌어지고 있고. 이 두 상황 모두 단순히 특정 장면에 대한 오마주만은 아니고, 그 영화를 지지하는 입장이 반영되어 있다고 봅니다. 이를테면 레오네의 서부극은 대체로 〈미션 임파서블〉 같은 액션이 없고 굉장히 정적입니다. 악당들이 느끼는 심리전이 강조되어 있어요. 보통 서부극은 명사수 내지는 말을 잘 타는 인물들이 나오는데, 그의 영화에서는 그렇지 않습니다. 히치콕의 스릴러도 마찬가지죠. 〈북북서로 진로를 돌려라〉를 스파이물로 볼 수 있는데, 일반적인 스파이 영화에서 맛볼 수 있는 여러 가지 스펙터클은 없죠. 그 대신 심리를 이용하고 있습니다. 그래서 그 부분에 대한 미학적인 지지가 있다고 생각합니다. 오늘은 여기까지 하겠습니다.

2012.4.16

내가 고백을 하면
The Winter of the Year was Warm

한국 | 2012 | 100분 | 조성규 감독 | 김태우, 예지원 출연 | (주)영화사 조제 제작 | (주)마인스 엔터테인먼트 배급 | 2012년
11월 15일 개봉 | 15세 이상 관람가 | 2012 부산국제영화제 초청

그 겨울, 따뜻한 바람이 분다

영화를 제작하는 인성은 일상의 피로를 벗고자 주말마다 서울을 떠나
강릉을 찾는다. 강릉에서 간호사로 일하는 유정은 문화생활을 즐기고자 곧잘 서울로
올라온다. 강릉이 좋은 서울 남자와 서울이 좋은 강릉 여자는 한 커피숍 주인의 소개로
주말마다 서로 집을 바꿔 지내기로 하는데……

이동진 여러분과 이야기를 나누고자 조성규 감독, 김태우 배우가 나오
셨습니다. 영화를 보고 나면 세상의 온도가 1, 2도쯤 올라간 것 같은 느낌이
들죠? 제 주변에 이 영화를 나쁘게 얘기하는 사람이 한 명도 없었어요. 좋
다고 말하거나 정말 좋다고 말하거나, 이렇게 두 가지 반응입니다. 사실 제
가 감독님을 알게 된 건 10년도 훨씬 넘었어요. 많이 아는 편이라고 생각했
는데, 이번 영화를 통해서 이분의 마음속에도 소녀가 있다는 걸 새롭게 알
게 됐어요. (웃음)

조성규 일단 다들 좋게 봐주셔서 감사합니다. 영화 관련 일을 한 지가 15
년 정도 됐어요. 그동안 워낙 많은 일을 겪어서 웬만해서는 놀라거나 신기

해하지 않아요. 그런데 이동진 선배가 사회를 보고 제가 이렇게 감독으로 앉아 있는 건 정말 상상하지 못한 일인데, 이런 일이 다 있네요. (웃음) 제가 수입하고 배급한 〈조제, 호랑이 그리고 물고기들〉을 상영할 때 엄청난 반응이 있었거든요. 단순하게 비교하기는 어렵지만, 그때 생각도 살짝 나면서 여러 가지로 기분이 좋습니다.

이동진 여러분, 김태우 씨도 정말 뵙고 싶으셨죠? 곧 방영될 노희경 작가의 드라마(〈그 겨울, 바람이 분다〉) 때문에 옷을 이렇게 입고 오셨습니다. 일어나서 한번 보여주셔야 될 것 같아요. (이날 김태우 씨는 평소 모습과 달리 검은 가죽 재킷에 올백 머리를 하고 왔다.) 항상 교회 오빠 같은 분위기인데 전혀 다른 차림새라 어떤 캐릭터로 나오는지 궁금해지네요. 김태우 씨는 드라마에 들어가기에 앞서 오늘 이 자리가 작품을 떠나보내는 자리죠? 영화야 계속 상영되지만 행사는 이게 마지막인 걸로 알고 있는데, 기분이 어떤가요?

김태우 먼저 영화를 보러 와주신 분들께 감사드려요. 사실 지금보다 더 작은 규모로 생각했는데, 많은 분들이 좋아해주셔서 기분이 좋습니다. 잠깐 옷에 대해서 설명을 드리자면, 이 행사가 있다는 걸 몰랐는데 드라마 준비하느라 머리까지 잘라서 영화처럼 옷을 입는 건 좀 이상할 것 같아 이렇게 하고 왔습니다. 이 옷은 제가 직접 구입했어요. (웃음)

이동진 여기서 감독님이 만든 첫 영화가 언급되니까 이 얘기를 안 할 수가 없는데요. 저는 〈맛있는 인생〉이 개봉했을 때 초반에 이를 악물고 안 봤습니다. 평이 너무 안 좋아서 보고 나면 거짓말할 수는 없으니 의가 상할 것 같아 일부러 피했거든요. 실제로 오늘 찾아보니까 전작에 별 반 개를 주신 분이 있어요. 더 재밌는 건, 그분이 이번에는 별 네 개를 쳤다는 거예요.

김태우 저도 그 영화를 봤으면 출연 안 했어요. (웃음)

조성규 이용철 평론가 말씀하시는 거죠? 어차피 다 나와 있는 거니까 실명을 밝혀도 되겠죠? (웃음) 사람이니까 기분이 좋을 수는 없었죠. 그와 관련해서 에피소드를 말씀드리면, 영화가 개봉하고 나서 〈씨네21〉 담당 기자 분이 마감 전에 전화를 했어요. 평을 보고 충격받지 말라고. 설마 했는데, 그동안 저희가 많은 영화를 수입하고 배급했지만 그런 별점을 받은 건처음이었던 것 같아요. 홍상수 감독님도 그걸 보고 도대체 어떻게 만들었나 궁금해서 영화를 보셨다는 거예요. 그런데 더 충격적이었던 건, 별 반 개는 아닌 것 같다고 하면서도 영화는 만들지 말라고 하시더군요. (웃음) 이건 어디까지나 변명이지만, 제가 당시에 제작하고 있던 영화가 두 편이나 있었어요. 〈집 나온 남자들〉과 〈돌이킬 수 없는〉이 같이 돌아가고 있었거든요. 그러니까 영화 찍으면 안 되는 상황이었죠. 그런데 그해 여름에 개봉한 〈10억〉이 쫄딱 망해서 모든 걸 다 때려치우고 싶은 상태였어요. 그럼 기념으로 영화나 하나 만들자 해서 내 얘기를 가지고 했던 건데, 어쩌다가 부산영화제에서 상영하게 되면서 결국 개봉까지 하게 됐어요. 이번 영화를 하면서는 이 상황을 재밌게 넣었어요.

이동진 영화에서 이 이야기를 들려주는 목소리의 주인공은 박해일 씨였죠. 그럼 김태우 씨에게 묻겠습니다. 잘 알고 지내던 사람이 감독을 한다면서 연기를 부탁할 경우엔 사실 부담이 크잖아요? 전작을 보지 않은 상태에서 출연을 결정한 거로군요.

김태우 오늘은 있는 그대로 다 말씀드리겠습니다. 제가 그때 〈블루룸〉이라는 연극을 더블 없이 장기로 하고 있었어요. 조성규 감독님이야 홍상수, 김기덕 감독님의 영화를 배급하는 분이라서 전부터 잘 알고 있었죠. 시나리오를 읽었는데 솔직히 소재는 좋았지만 '썩'은 아니었어요. 그런데 아이디어가 좋고, 솔직한 마음으로는 연극을 오래 했으니까 이거 끝나면 그간 계속 못 만난 사람들 보면서 지낼 것 같았는데, 소규모로 찍을 수 있는 영화라고 하니 오케이를 했어요. 그러니까 큰 부담이 없었죠. 개봉도 두세 개 관에서 한다고 했고. 웬만하면 전작을 봤을 텐데, 하도 주변 소문이 별로라 안 봤어요. 그런데 직접 전작을 주셨어요. 깜짝 놀랐어요. 일단은 보세요. (웃음) 저는 배우라 그런지 그걸 보는 내내 가장 먼저 현장의 분위기가 보이는 거예요. 그래서 오히려 이 시나리오를 잘 만들 수 있을 것 같은 의욕이 불탔어요. 그래서 배우 이상으로 참여를 하게 됐어요. 예를 들면 조단역 배우들을 저랑 예지원 씨가 잘 아는 분들로 소개하고 부탁해서 꾸렸어요.

이동진 캐스팅이 정말 좋아요. 이거 보면서 김태우 씨와 예지원 씨가 어느 영화에서 같이 나왔나 생각한 분들이 꽤 많을 거예요. 그런 적이 없는데도 그 정도로 궁합이 잘 맞죠. 다른 배우들도 새로운 영화에 금방 캐스팅될 것 같은 느낌이 들 정도로 연기가 좋아요.

조성규 제작자로서 감독한테 항상 요구하는 게 있어요. 현장에서 처음 만나는 배우와의 호흡은 힘들기 때문에 캐스팅을 잘해야 한다는 것. 그래서 감독한테 의견을 묻고 꽤 많은 시간을 들이거든요. 그런데 제가 감독을 하면서는 막상 그렇게 못 했어요. 다행히 이번 영화는 두 배우를 확정하고 나서 마음이 편했어요. 김태우 씨와 예지원 씨는 오래 전부터 봤기 때문에 잘 아는 사이거든요. 그래서 조단역 배우들을 섭외할 때 제가 잘 아는 사람뿐만 아니라 두 분의 추천을 반영했죠.

제가 개그 프로를 좋아해요. 코미디언이 일반 배우보다 연기를 잘한다는 확신 같은 게 있어요. 그런데 맨날 카메오로 소모되잖아요. 그게 답답했어요. 그래서 백도빈 씨를 통해서 김미려 씨, 안영미 씨의 연락처를 알아내고 두 분을 만났어요. 영화도 많이 보는 분들이었어요. 그래서 스케줄이 맞는 안영미 씨가 나오게 됐죠. 서범석 씨는 작년에 예지원 씨와 같이 공연할 때 처음 봤는데 그때부터 같이하고 싶었고. 아주 작은 역할까지도 다 오디션을 봤어요. 첫 번째 영화에서 실수한 게 있어서 이번에는 그러면 안 되겠다는 생각으로. 다행히 좋은 배우들을 만났습니다.

이동진 조성규 감독님은 영화계에서 굉장한 파워맨이죠. 일단 '스폰지' 왕국의 교주잖아요. (웃음) 극장 운영하시죠, 90년대에는 〈네가Nega〉라는 영화 잡지도 창간하셨죠, 기자 생활도 하신 적이 있죠, 영화 제작 및 수입도 하시죠. 게다가 이렇게 감독까지. 그래서 아마 초반부는 영화인들이라면 더 재밌게 봤을 거예요.

저는 별점 얘기가 나올 때까지만 해도 자학 코미디로 재밌게 만든 정도라고 생각했는데, 회사 소문이 안 좋다는 대사도 나오고 직원들이 대표를 우습게 생각하는 장면도 나오는 걸 보고 놀랐어요. 이렇게까지 자기 반영적인 희화화를 할 수 있다는 게 정말.

조성규 첫 영화에서 자기 반영을 어설프게 했더니 별 반 개를 받았잖아요? 아, 할 거면 확실하게 하든지 아니면 하지 말아야지. (웃음) 편집을 하면서 그 장면들을 수백 번 봤는데, 고민을 많이 했어요. 내가 직접 넣고도 좀 창피한 거예요. 내 치부를 다 드러낸다는 게. 그런데 만약 그걸 드러내지 않고 나를 김태우라는 멋진 배우로 포장하면 사람들이 얼마나 재수 없어 하겠어요? (웃음)

김태우 그것보다 이름이 '조인성'이잖아! (웃음)

조성규 그것도 그렇고, 캐스팅에 대한 욕을 덜 먹으려면 있는 그대로 보여줘야겠다는 생각을 했죠.

이동진 이 영화는 수필 같아요. '에세이'*보다는 '미셀러니'**에 가깝죠. 두 사람의 이야기도 어쩜 그렇게 딱 끝낼 수 있을까? 하다못해 조감독과의 썸씽이라도 넣고 싶을 텐데, 그런 게 하나도 없어요. 어떻게 보면 그냥 심심하게 끝을 내죠. 보통 신인감독들이 감독이라는 자의식 때문에 자꾸 이야기를 변형하려고 하다가 이상하게 만드는 경우가 많죠. 특별히 그 정도에서 멈춘 이유가 있나요?

조성규 저는 음식을 좋아하고 요리를 좋아해서 이런 식의 비유를 많이 하는데요. 좋은 재료가 있으면 양념을 많이 안 하는 게 제 원칙이고 철칙이에요. 김태우와 예지원이라는 배우는 굉장히 좋은 재료예요. 제가 거기다 양념을 막 뿌리면 원재료의 맛이 다 날아가잖아요. 그런 생각을 많이 했어요. 만일 이 영화가 큰 규모로 제작되는 거라면 속된 말로 양념을 쳐야겠죠. 그런데 그게 아니라면 재료가 잘 드러나는 쪽으로 만드는 게 좋다고 봤어요. 그런 쪽으로 생각해주시면 좋을 것 같아요.

생활연기의 디테일

이동진 저처럼 연기를 잘 모르는 사람이 오해하기 쉬운 것이 있어요. 희대의 살인마 같은 강렬한 연기를 하면 굉장히 어려울 것 같고 평상시의 모습이 묻어나는 자연스러운 연기를 하면 거저먹는다고 생각하는 거죠. 이

---

* 주로 무거운 내용을 담고 있는 논리적이고 객관적인 수필
** 생활 주변에서 일어나는 사소한 일을 소재로 가볍게 쓴 수필

영화에서 김태우 씨는 굉장히 자연스러운 연기를 보여줍니다. 이런 연기를 할 때 어려움이 있죠? 그걸 말씀해주시면 좋을 것 같아요.

김태우 홍상수 감독님 영화를 비롯해서 이런 영화에서는 소위 '생활연기'를 합니다. 장르영화라면 캐릭터 자체를 살려야 하지만, 여기서는 자연스럽게 해야 하는 거죠. 이번 영화로 말씀을 드릴게요. 예를 들면, 극 중 안영미 씨와 만나는 장면에서 제가 휴대폰을 만지작거리며 연기를 시작합니다. 처음부터 얼굴을 마주보면서 대사를 하는 것과는 달라요. 관객들이 생각할 때 주인공과 그 친구는 굉장히 친한 관계죠. 같이 한 방을 써도 아무도 의심 안 할 정도로. 그렇다면 그 친구가 들어와도 휴대폰을 보면서 이야기를 하는 게 더 자연스럽다고 생각한 거죠. 은연중에 친한 사이라는 정보를 줄 수 있다고 봐요. 그리고 그들의 대화는 별 거 아니니까 지루하거든요. 중간에 휴대폰을 닫고 얼굴을 보면서 이야기를 하게 되면 그걸 좀 덜 수가 있어요. 그런 것을 계산하는 겁니다. 게다가 안영미 씨는 연기를 매우 잘하는 분이지만 영화 매체는 처음이니까 제 입장에서 안영미 씨한테 맞추라고 할 수는 없어요. 그래서 계속 편하게 하라고 합니다. 이 사람은 대사를 언제 어떻게 하는지 어느 정도 파악한 다음에 거기에 제가 맞춰요. 단, 이 모든 건 관객한테 들키면 안 돼요. 홍상수 감독님 영화에서 연기하는 걸 들키게 되면 저는 끝이라고 봐요. 그럴 거면 차라리 그런 설정을 아예 안 하는 게 낫죠. 생활연기도 굉장히 세심한 작업이 필요합니다.

이동진 제가 영화를 볼 때 눈여겨보는 사소한 순간이 있어요. 자다가 일어난 장면에서 배우가 얼마나 오래 누워 있었는지를 알 수 있잖아요. 제대로 표현되어 있지 않으면 저는 그게 상당히 거슬려요. 지금껏 그런 분장을 수도 없이 봤는데, 이 영화에서 진짜 자연스러운 떡진 머리가 나왔어요! (웃음) 어떻게 하신 건가요?

김태우 웃으실지 모르겠지만, 이번 영화에서 남자 배우는 메이크업이 전혀 없었어요. 병원 장면에서 그런 걸 눈여겨보는 분들이 있을 텐데, 저는 원래 그런 계산을 많이 하는 편이에요. 왜, 영화나 드라마에서 자고 일어난 것처럼 보이기 위해서 만든 머리 있잖아요. 들키면 안 돼요. 그래서 제가 그거 직접 만든 거예요. 감독님은 신경도 안 써요. 심지어 그걸 이제 알았을 수도!

조성규 병원에서 촬영을 하는데 김태우 씨가 계속 침대에 누워 있었어요. 그러니까 머리가 그렇게 되죠. 나는 (캐릭터와 함께) 본인도 컨디션이 약간 안 좋아서 누워 있고 싶은가보다 했어요. (웃음) 어쨌든 모든 게 자연스러워서 그냥 넘어갔죠.

김태우 오랫동안 누워 있으면 머리가 눌리는 건 맞아요. 그런데 영화나 드라마의 리얼리티와 실제 리얼리티는 좀 달라요. 실제로 누워 있으면 그냥 완전히 눌려요. 그렇게 되면 화면에 안 보여. 그래서 아주 조심스럽게 머리를 만져야 해요. 그러니까 지금 아무것도 모르시는 거 아닙니까? 정확한 반론이죠? (폭소)

이동진 오늘 아주 흥미진진하네요. (웃음)

강릉, 그리고 음악

관객 A 제목이 많은 것을 상상하게 합니다. 어떻게 짓게 되었나요?

조성규 처음부터 이야기의 마무리는 두 사람이 딱 만나게 되는 시점이었어요. 실제로 남자가 여자한테 고백을 할 때는 정말 고민 많이 합니다. 여성분들이 그걸 좀 알아주셨으면 좋겠어요. 고백은 조심스럽잖아요. 어떻게 될지 모르는 거니까. 그래서 이런 제목을 붙였어요. 아, 그리고 그동안 영어 제목은 제 속내를 많이 드러냈거든요. 이번에도 작년 12월을 떠올리면서 누구에게나 따뜻한 겨울이 있을 거란 생각에 'The winter of the year was warm'으로 지었습니다.

관객 B 다른 도시도 많은데 왜 강릉을 택했나요?

조성규 강릉이라는 도시가 저한테는 특별해요. 여기저기 많이 가봤지만 서울에서 두 시간이면 갈 수 있다는 것도 좋고, 강릉의 기운이 마음에 들어요. 앞이 바다인 동시에 뒤에 산이 있잖아요. 강원도에 있는 여러 항구 도시 중에서도 오래돼서 옛날 집들도 있고, 카페도 많거든요. 그런 것을 고려해서 선택하게 됐습니다.

관객 C 음악이 무척 좋았어요.

조성규 일본에 갔을 때 오시오 코타로의 앨범을 사왔어요. 〈맛있는 인생〉 때는 분위기가 안 맞아서 하나도 못 썼거든요. 이번에 편집을 하면서 가이드로 넣어봤는데 다들 좋다는 거예요. 외국곡이라 비용이 만만치 않아서 어쩔까 고민하다가 밑져야 본전이라고 생각해서 연락을 해봤어요. 그랬더니 그분이 개인적으로 한국을 좋아해서 굉장히 좋은 조건에 쓸 수 있었습니다. 이 영화를 위해 만든 음악처럼 전반적으로 잘 맞았어요.

객석으로 불어오는 훈풍

관객 D 두 사람이 항상 같은 카페에서 만나다가 마지막에 다른 카페로 들어가는 이유가 궁금해요.

조성규 원래는 포장마차에서 찍으려고 했는데, 그날 눈이 와서 사장님이 동창회 한다고 가버렸어요. 그래서 바꿨어요. (웃음) 시나리오에서 유일하게 달라진 부분이에요. 마지막에 나오는 카페는 숙소에서 가까운 곳이라 촬영 갈 때 들러서 커피를 사던 곳인데, 분위기가 괜찮은 것 같아 찍게 되었습니다.

이거 하나 더 말씀드리고 싶은데, 엔딩 장면 마지막 대사에서 배우들에게 또 한 번 놀랐어요. "우리 한번 만나볼까요?"라는 대사가 있었는데 태우 씨가 그거 빼자고 했어요. 그러면서 몇 가지 설정을 바꾸게 됐고, 두 배우한테 그냥 대사를 해보라고 했어요. 그랬더니 (여자가) 아메리카노 시키고 (남자가) 카푸치노 시켰는데 (마지막에) 카푸치노로 통일하는 장면이 나왔죠. 저 그거 듣고 깜짝 놀랐어요. 어떻게 그런 느낌을 즉흥적으로 표현할 수 있을까! 이번 영화에서 제게 배우는 축복이고 엔딩은 선물인 것 같아요.

이동진 김태우 씨에게 이 영화는 어떤 의미로 남았나요?

김태우 워낙 친해서 이야기를 재밌게 했지만, 현장에서는 진지한 편이에요. 그렇게 오래 알았어도 촬영하면서는 한 번도 형이라고 한 적 없고 무조건 감독님의 의견을 받아들였죠. 장난도 거의 안 쳤어요. 이 작품은 여태까지 해왔던 영화와는 조금 다른 느낌이에요. 저는 배우의 범위 안에서만 관심을 확장시켰거든요. 그런데 이 영화는 제가 연출자의 선을 넘은 건 아니지만 참여 자체가 약간 배우 이상으로 뭘 같이하는 느낌이었어요. 그동안 한 번도 친한 배우를 감독에게 소개한 적이 없거든요. 그런 점에서 같이 만들어가는 입장으로 한 영화예요. 주말이 되면 1만 명을 돌파한다고 들었는데, 정말 감사해요.

2012.11.28

로맨스 조
Romance Joe

한국 | 2011 | 115분 | 이광국 감독 | 김영필, 신동미, 이채은, 이다윗 출연 | (주)보리픽쳐스 제작 | (주)씨네21아이 배급 |
2012년 3월 8일 개봉 | 15세 이상 관람가 | 2012 부산영화평론가협회상 각본상 수상 | 2012 부일영화상 신인감독상 수상

꼬리에 꼬리를 무는 이야기

300만 관객을 동원하며 스타 감독으로 이름을 떨친 이 감독.
그는 새로운 시나리오 집필을 위해 프로듀서에게 떠밀리듯 허름한 시골 여관으로 향한다.
무료함을 달래려고 부른 다방 레지에게서 그는 묘하게 빨려드는 '로맨스 조'의
러브스토리를 듣게 되는데······

주성철 안녕하세요. 〈씨네21〉 주성철 기자입니다. 오늘은 이광국 감독, 이다윗 배우가 참석해주셨습니다. 다들 영화는 재밌게 보셨나요? 먼저 김영진 평론가의 말씀부터 듣겠습니다.

이야기가 필요한 남자

김영진 독특한 이야기 구조를 가진 영화입니다. 다르게 받아들일 수 있는 요소가 많은 유형의 흥미로운 영화라고 생각합니다. 후반부에 다방 레지가 "사람들이 원하는 얘기를 들려줘야 돼"라는 대사를 하잖아요? 저는 이렇게 생각해요. 그 대사에 감독의 고민, 이광국 감독의 고민이 있다고.

사람들을 배려한 이야기가 있고 그 속에 자신이 진짜로 하고 싶은 이야기가 있는 거죠. 제가 감읍한 부분은 다른 사람의 고통이나 슬픔을 내면화하는 이야기에다 로맨스를 접목한 점입니다. 영화를 보면서 이야기의 결말을 어떻게 맺을까 무척 궁금했어요. 반쯤은 예상했고 반쯤은 예상하지 못했던 엔딩입니다. 결말은 지금도 생각을 해보고 있습니다.

주성철 이런 이야기를 어떻게 영화로 만들게 되었나요?

이광국 늘 현장에서 조감독으로 일을 하다가 제 영화를 만들어야겠다는 생각을 한 시점이 있습니다. 그런데 뭘 써야 할지 몰라서 많이 헤맸어요. 나는 왜 하고 싶은 이야기가 없지? 심각하게 고민을 하다가 어느 순간 이걸 다른 데서 찾을 게 아니라 '이야기가 절실히 필요한 남자의 이야기'를 하는 것이 좋겠다는 생각을 하게 됐어요. 그때 소문이라는 것에 관심을 갖고 있었기 때문에 그 두 가지를 같이 고려했습니다. 그러다가 우연히 책에서 에셔의 〈그리는 손〉이라는 그림을 보게 됐는데, 영화를 그런 뉘앙스로 만들면 어떨까 하는 호기심이 생겼어요. 그래서 거기에 조금씩 살을 붙여가면서 완성하게 되었습니다.

김영진 예나 지금이나 대중영화가 핵심적으로 팔고 있는 게 로맨스잖아요. 사실 요즘도 난리가 났죠. 내 아내는 내가 온 것도 모르고 밤에 드라마를 보고 있더라고. 기분 나빠! (웃음) (당시에 드라마 〈해를 품은 달〉이 선풍적인 인기를 끌고 있었다.) 나로선 이해가 힘든 설정들이 눈에 보이는데, 그런 상황 속에서도 사랑의 감정은 문제가 없어요. 동서고금을 막론하고 어필하고 있죠. 이 영화에서도 어린 시절의 이야기는 순수하고 아련한 측면이 있어요.

이광국 어린 시절의 주인공이 펼치는 로맨스가 낯간지럽거나 상투적이지 않을까 고심하면서 계속 조율을 했어요. 영화를 다 찍고 나서도 고민했습니다. 제 영화가 장르영화에 속하지는 않는다고 생각하지만 어린 시절의 이야기는 어느 정도 장르 공식을 따르지 않았나 싶어요.

하나의 우주를 만드는 과정

주성철 이 영화에서 다윗 군은 다소 성인 느낌으로 연기한 것 같아요.

이다윗 촬영할 때 한 번도 만나지 않았던 사람들을 완성된 영화에서 보면 다른 영화인 것 같은 느낌이 들기도 하지만, 연기할 때는 그냥 학생이라고 생각했습니다.

김영진 서울로 올라와 여관에서 자잖아요, 도망치잖아요, 울잖아요. 그때 무슨 심정으로 연기한 거예요?

이다윗 여러 가지가 섞여 있는 것 같아요. 일단 대본에 울어야 한다고 되어 있어서 울었죠. (웃음) 사실 여자와 같이 서울로 떠나기는 했지만, 기분 좋게 가기로 한 건 아니고 마음 한구석에 두려움과 무서움을 갖고 있잖아요? 그런 작은 감정들이 쌓이고 쌓이고 쌓였겠죠. 자다가 일어나서 여관을 나오는데 문을 여는 동작 하나에 그게 순간적으로 확 터진 것 같아요.

주성철 꽤 긴 롱테이크가 여러 번 있었죠. 얼마나 찍은 건지 궁금해요.

이광국 영화를 준비하면서 처음부터 움직임에 관심이 많아서 그런 걸 염두에 뒀는데, 카메라와 인물이 자연스럽게 어우러지는 것이 중요해서 테이크를 기본적으로 스무 번씩 갔어요. 동선만 맞추는 게 아니라 매번 디테일을 조금씩 다르게 연출해서 여러 번 촬영했습니다.

주성철 다윗 군은 땡볕에서 장시간 연기했을 것 같은데 괜찮았나요?

이다윗 감독님의 말씀처럼 같은 장면을 여러 번 촬영했는데, 테이크를 7~8번까지 하다 보면 원래 몸에 좀 익잖아요? 그런데 문제는, 감독님이 계속 다른 주문을 한다는 거예요. 그래서 '또 새로운 걸 외워야 돼?' 이런 생각을 하면서 촬영을 했어요. (웃음) 잘 끝나서 다행이에요.

김영진 배에서 다윗 군이 상대 배우와 시선을 주고받는 게 굉장히 좋았어요. 그런 데서 TV 드라마처럼 되기 쉬운데, 아주 자연스러웠거든요. 시선 처리는 감독님이 만진 건가요, 아님 배우들이 알아서 연기한 건가요?

이광국 배우들이 우선 잘해줬고, 제가 조금씩 손을 봤습니다. 전반적으로 배우들이 잘했어요.

김영진 "여기 뭐 묻었다." 뭐 이런 오글거리는 대사에 저항감은 없었나요? 약간 쌍팔년도 느낌인데! (웃음)

이다윗 감독님이 써주신 거니까 그대로 했는데, 사실 저는 그 장면 찍을 때 눈을 마주치기가 굉장히 민망했어요. 꾹 참고 했어요. 음, 무슨 생각으로 했는지는 모르겠어요. (웃음)

홍상수와 이광국

주성철 이광국 감독은 홍상수 감독과 인연이 깊죠. 〈극장전〉 때는 연출부에 있었고 〈해변의 여인〉, 〈잘 알지도 못하면서〉, 〈하하하〉 때는 조감독이었어요. 이번에 〈씨네21〉 20자평을 보니까 김혜리 기자는 "홍상수의 후예라는 말이 누구보다 적당한"이라고 썼고, 독설로 유명한 박평식 평론가도 별 세 개를 주면서 "홍상수와 같으면서도 다른"이라고 썼어요. 그분한테 세 개는 많은 겁니다. (웃음) 그리고 이용철 평론가는 "〈씨네21〉이 근래 한 제일 예쁜 짓"이라고 했죠. 인터뷰에서 여러 차례 이야기가 나왔겠지만, 홍상수 감독의 작업 방식으로부터 어떤 영향을 받았는지 말씀해주세요.

이광국 내가 영화를 만들면 사람들이 이런 질문을 할 거라는 예측 정도는 하고 있었어요. 주위에서 걱정을 많이 하더라고요. 긴 시간 같이 일을 하면 너무 많은 영향을 받게 된다면서요. 근데 저는 그다지 걱정을 하지 않았어요. 일단 감독님과의 작업이 정말 재밌었고요. 감독님을 만나기 전후로 글쓰기도 그렇고, 제가 여러모로 좋아진다는 걸 느꼈거든요. 또 좋은 배우를 많이 만나서 좋은 연기를 많이 봤어요. 그게 나중에 제 영화에 도움이 될 거란 생각을 했습니다. 영화를 다 끝내고 나서 영화제를 몇 군데 갔는데, 비슷하다는 얘기보다는 다르다는 의견이 많았어요. 사실 우리는 엄마 뱃속에서부터 누군가의 영향을 끊임없이 받는데, 그걸 부정할 필요도 없고 그게 좋은 영향이라면 굳이 왜 부담스러워해야 하나 싶어요. 앞으로 영화를 계속 만들면서 제 색깔이 나올 거라고 생각하고 있어요.

김영진 이런 얘기를 하면 또 오해할지 모르겠는데, 장선우 감독이나 홍상수 감독은 여관방 장면을 굉장히 잘 찍어요. 그런데 두 스승을 밀어내는 감독이 등장했다는 생각이 들었어요. 여관방 분위기를 이렇게 잘 찍는단 말이야? (웃음) 아침에 남자의 하의가 언덕에 살짝 걸려 있잖아요? 그 장면의 미장센이 인상적이었어요. 농담 삼아 여쭤보면, 그런 건 현장에서 만드나요?

이광국 일단 시나리오에는 없는 장면입니다. 저는 현장에서 생각을 많이 반영했어요. 책상에서 시나리오를 쓸 때와는 전혀 다른 현장의 기운을, 좋을지 나쁠지 판단은 일단 보류하고 조금씩 최대한 넣으려고 노력했어요. 계속 찾아서 넣었던 것 같아요.

김영진 다방 레지를 연기한 신동미 씨를 보고 깜짝 놀랐어요. 등장부터 압권이야! (웃음) 캐릭터와 디테일을 잘 만든 것 같아요.

주성철 저는 홍상수 감독님 작품에 나오는 '김상경', '김태우', '유준상'

의 어린 시절이 늘 궁금했는데 이 영화에서 살짝 본 것 같아요. 어린 친구들이 연기하는 장면들을 보면서 혼자 그런 생각을 했어요. 어떻게 생각하시나요?

이광국 글쎄, 잘 모르겠어요. 그런 생각을 한 적은 없어요. 그렇게 접근하지는 않았어요. 상경이 형도 시나리오에 관심을 보이긴 했어요. 그런데 나중에 도망갔어요. (웃음)

배우의 말 말 말

김영진 다윗 군에게 질문을 하나 할게요. 지금껏 이창동, 장훈 등 좋은 감독들과 작업을 했잖아요. 배우로서 상대하기는 쉽지 않은 분들이었어요. 그 감독들과 비교해서 이광국 감독은 어땠어요? 인간성으로 순위를 매겨주세요. (웃음)

이다윗 이전에 작업했던 분들 앞에서는 제가 이상하게 긴장을 많이 했어요. 이창동 감독님은 말을 걸어도 대답을 잘 안 해주세요. (웃음) 이광국 감독님과는 이건 어떠냐 저건 어떠냐 이런저런 이야기를 하면서 기죽지 않고 제 생각대로 연기를 할 수 있었던 것 같아요. 그래서 좋았어요.

주성철 늘 좀 어두운 청년을 연기했는데, 밝고 화사한 영화를 하고 싶다는 생각은 없어요?

이다윗 학교 가면 애들이 그래요. 넌 왜 항상 죽는 것만 하냐고. 저도 죽고 싶지는 않아요. (웃음) 가벼운 코미디영화를 해보고 싶어요. 그런 것도 잘할 수 있을 것 같아요. 주변 분들은 코미디 하면 잘할 것 같다고들 말씀하시는데, 아무래도 그런 면을 제가 잘 안 드러내서 그런지 맨날 죽는 것만 해요. (웃음)

관객 A 배우와 캐릭터가 묘하게 어울리는 것 같아요. 초희 역을 맡은 이채은 씨는 어떻게 캐스팅되었나요?

이광국 채은 씨를 만나서 얘기를 했고, 그 뒤로 사진을 한 장 찍어서 휴대폰에 넣고 다녔어요. 다윗 군과 잘 어울릴 것 같다는 생각을 했어요. 다만 나이차가 열세 살이나 나서 가능한 일인지 걱정을 좀 했죠. 그런데 그 사진으로 봐서는 나이를 잘 모르겠더라고요. 그래서 같이 하게 됐어요.

관객 B 다윗 군, 혹시 실제로 여자친구가 멀리 떠나자고 하면 어떻게 할 거예요? (웃음)

이다윗 곰곰이 생각을 해봤는데요. 저 이제 열아홉입니다. 내년이나 내후년에는 군대도 다녀와야 하고, 아무튼 이제 미성년자가 아니라 성인이잖아요. 정말 사랑하는 여자친구를 만난다면, 뭐 같이 가야죠! 가자는데 어떡해요. (웃음)

주체의 역할을 깨뜨리는 이야기

관객 C 다방 레지가 《마담 보바리》를 읽고 있는 장면이 나오는데, 그 의도가 궁금해요.

이광국 그런 점들은 사람들이 궁금해할 수밖에 없는 부분인데, 맥 빠지는 답이 될 것 같아요. 일단 제가 좋아하는 책을 읽고 있으면 어떨까 하는 생각을 했고요. 그 소설은 작가가 일종의 형식적 실험을 한 거라서 그런 맥락으로 활용했습니다. 레지가 보바리 부인과 겹치는 부분이 있을 수도 있겠다 싶었어요.

김영진 《마담 보바리》를 읽는 데서도 감독님의 취향이 드러나는데요. 그게 여성의 권태를 다룬 소설이잖아요. 현대적인 개념이죠. 사실 과거에는 사람들이 권태를 느낄 겨를이 없었어요. 그런데 그 여인은 남들이 보기엔 별로 로맨스도 아닌데 본인은 대단한 로맨스라고 생각하면서 낭만적으로 포장한단 말이죠. 영화도 5, 60년대부터 그런 걸 다루기 시작했어요. (이광국 감독을 쳐다보면서) 세련된 심미안의 소유자만이 주인공의 거대한 심연을 다루는데요. 그런데 한국에서는 홍상수 감독이 그걸 가장 잘하거든요. 그러니까 승부가 안 나는 거야. 그래서 더 나아간 측면이 있어요. 여기에 나오는 여러 명의 '로맨스 조'는 별개일 수도 있고 겹쳐질 수도 있습니다. 이게 중요한 것 같아요. 보통 관객은 이야기의 주체와 자신을 똑같이 놓고 보잖아요. 그런데 이 영화는 주체의 역할을 깨트리고 있어요. 그러면서 다른 세계가 열리는 거죠. 엔딩에 대한 제 생각은 아직도 반반이지만, 흥미로운 영화임에는 틀림없습니다.

주성철 이제 마칠 시간입니다. 오늘은 다른 때보다 더 많은 것을 얻고 가는 기분입니다.

2012.3.6

1999, 면회
The Sunshine Boys

한국 | 2012 | 89분 | 김태곤 감독 | 심희섭, 안재홍, 김창환, 김꽃비 출연 | 광화문시네마 제작 | ㈜인디스토리 배급 | 2013년 2월 21일 개봉 | 15세 이상 관람가 | 2012 부산국제영화제 한국영화감독조합상 남자배우상 수상 | 2012 서울독립영화제 독립스타상 수상

그 시절, 서툴지만 우리는

고등학교 시절에 절친했던 상원, 승준, 민욱은 졸업 후 1년이 지난 지금은
각자 다른 처지에 놓여 소원해졌다. 상원과 승준은 집안 형편 때문에 일찍 입대한 민욱을
만나기 위해 강원도 철원으로 떠난다. 낯선 곳에서 뭉친 그들은 설명하기 힘든
상실감에 젖은 채 잊지 못할 1박 2일을 보낸다.

남인영 오늘은 보시다시피 잘생긴 감독님과 꽃미남 배우들이 함께합니다. 이 나이에 이게 웬일입니까! (웃음) 〈1999, 면회〉는 부산영화제에서 처음으로 상영한 것으로 알고 있습니다. 그때 한국영화감독조합에서 세 명의 주인공이 공동으로 남자배우상을 탔습니다. 출중한 연기력까지 인정받은 거죠. 또한 서울독립영화제에서도 독립스타상을 받았다고 합니다. 저도 서울독립영화제에서 봤는데 정말 재밌었습니다. 거기에 계신 분들도 그런 것 같았어요.

남인영 사실 저는 원래 군대 이야기를 좋아하지 않습니다. 지겹게 듣잖아요. 군대라는 장소는 우리 사회의 부조리와 경직성을 내면화한 복종의 논리를 몸으로 배우는 곳이죠. 그런데 남자들은 그 시기를 지나고 보니 그게 다 인생의 큰 거름이 되었다는 식으로 얘기하면서 다들 소중한 기억으로 간직해요. 이 영화도 세 청춘의 성장을 다루는데요. 그러나 깨달음을 얻는다거나 에너지가 축적되는 게 아니라 인생이란 깨지고 멍드는 것임을 보여주죠. 슬픈 코미디라는 생각이 들었습니다. 그래서 저 친구들이 과거에 어떤 공기를 마셨을지 생각하게 됐습니다. 그것이 제게 자극을 췄어요. 영어 제목은 'Sunshine Boys'인데, 특별히 1999년을 언급한 까닭이 있나요?

김태곤 이 영화는 제가 실제로 1999년에 친구에게 면회를 갔던 일을 그린 겁니다. 내가 잘 아는 이야기, 내가 잘 아는 시대를 다루고 싶어서 그렇게 잡았습니다. 1999년을 언급한 것은 이야기가 간략하게 요약되기도 하고 과거의 기억을 반추하는 의미였습니다. ('Sunshine Boys'는 지난날의 상처가 세 친구를 성숙하게 만들었다는 점에서 그때 그 시절이 가장 빛난다는 의미를 담고 있다고 한다.)

남인영 자전적 이야기라고는 하지만 시나리오도 금방 쓰고 촬영까지 신속하게 했다고 들었습니다.

김태곤 시나리오를 쓰는 데 하루가 걸렸어요. 가끔 그럴 때가 있습니다. (웃음) 준비는 세 달 정도 했고 촬영은 12일 동안 이루어졌습니다. 환경이 좋지 않아서 아무래도 촉박했죠.

남인영 심희섭 씨는 이 작품이 첫 영화죠? 어떻게 참여하게 됐는지, 첫 경험을 하는 역할을 맡았는데 어떻게 연기했는지 들려주세요.

심희섭 상원 역을 맡은 심희섭입니다. 제가 아는 선생님과 김태곤 감독님이 연이 있어서 소개를 받았어요. 오디션을 거쳐서 참여하게 됐고요. 제가 아직 그런 경험이 없어요. (웃음) 그래서 경험을 끌어오기보다는 영화에서 요구하는 대로 장면에 맞게 연기하려고 노력했습니다. 과격한 장면이 없었고 김꽃비 씨가 워낙 연기 경험이 많아서 저는 편하게 할 수 있었습니다.

남인영 제가 너무 첫 경험만 콕 집어서 말씀을 드렸나요? (웃음) 전반적으로 캐릭터의 감정이 아주 섬세하다는 느낌을 받았어요. 호흡과 표정이 많은 것을 이야기하는 것 같아요.

심희섭 연기를 하는 친구들이 다 또래여서 편했어요. 감독, 배우, 스태프 모두 12일 동안 같이 먹고 자면서 현장 분위기가 좋았습니다. 그래서 처음이지만 자연스럽게 연기를 할 수 있었던 것 같아요.

남인영 김창환 씨는 이 영화에서 제일 불쌍하고 갑갑한 역할을 맡았습

니다. 얼굴이 채 나오기도 전에 여자한테 차였죠. (웃음) 여러 가지로 옴짝 달싹 못하는 상황에서 연기를 했어요.

김창환 민욱이라는 캐릭터는 저와 성격이 비슷한 부분이 많았어요. 처음부터 그걸 염두에 둔 건 아니었는데 시나리오를 읽고 나니까 그 캐릭터가 탐이 나더라고요. 그래서 오디션을 볼 때 그쪽으로 준비를 해서 갔는데, 감독님이 제게 그 역할을 주셔서 편하게 할 수 있었습니다.

남인영 김창환 씨는 낯이 많이 익어요. 프로필을 확인했더니 아역 배우라고 나오네요. 드라마 〈폭풍의 계절〉, 〈딸부잣집〉에 나왔네요. 영화는 〈U.F.O.〉와 〈밀월도 가는 길〉이 있습니다. 최근에는 〈학교 2013〉에서 고등학생을 맡아 주목을 받고 있습니다. 보도 자료에는 김창환 씨가 "브라운관과 스크린을 넘나들며 다양한 연기를 선보이고 있다"고 적혀 있습니다. (웃음)

김창환 당황스럽네요. 아역을 했다는 얘기를 잘 안 해요. 그런데 첫 영화가 개봉될 때 홍보사에서 귀신같이 알아내는 바람에 의도치 않게 알려졌어요. 오랫동안 쉬었거든요. 심적으로 방황도 하다가 2010년에 〈U.F.O.〉라는 영화를 만났어요. 거기서 좋은 인연이 파생되어서 〈밀월도 가는 길〉, 〈1999, 면회〉로 계속 이어졌습니다. 그리고 이 작품이 부산영화제에서 상을 받으면서 드라마도 할 수 있게 됐고요. 앞으로도 이 인연을 소중하게 가져가야겠다는 생각을 하고 있습니다.

남인영 드라마와 영화를 모두 경험해본 사람으로서 영화만의 즐거움이 있나요?

김창환 장단점이 있지만 영화가 더 가족 같은 분위기 속에서 작업할 수 있는 것 같아요. 특히 이 작품을 하면서 그런 걸 많이 느꼈어요. 처음 만나면 트러블이 생기기 마련인데 거짓말 같이 한 번도 그런 적이 없었거든요. 끝까지 즐겁게 촬영했고 다들 지금도 잘 지내고 있고요.

남인영 말씀하신 게 영화에서 그대로 묻어나죠. 세 사람이 다른 데를 쳐다볼 때도 한 몸처럼 느껴져요. 이 영화는 인간의 풍경이 히트를 칩니다. 예를 들어 여관방에 널브러져 있을 때 각자 다른 포즈로 개성을 드러내면서도 딱히 할 일이 없어서 그냥 티브이나 봐야 하는 상황을 자연스럽게 표현하고 있죠.

1999년을 추억하다

남인영 그럼 지금부터 객석에서 질문을 받겠습니다. 특별한 선물이 준비되어 있다고 합니다. 군대와 관련된 책과 건빵입니다. (웃음)

관객 A 요즘 트렌드가 90년대를 추억하는 거잖아요. 제목을 지을 때 그런 것을 고려했나요?

김태곤 그런 오해를 많이 합니다. 재작년부터 영화를 준비했어요. 제목은 저희가 헌팅을 가면서 만든 거예요. 먼 거리를 가는 동안 90년대 곡들을 들었거든요. 그렇게 영화를 만들고 있었어요. 그런데 이게 웬 걸, 〈건축학개론〉에서 승준과 비슷한 캐릭터가 나온 거예요. 게다가 너무 센 거예요. '타겟층이 다르니까 괜찮아!' (웃음) 그런데 또 〈응답하라 1997〉이 나온 거예요. 제목을 바꿔야 하나 말아야 하나 회의까지 했어요. '쟤네도 우리 적은 아니야! 적이 될 수 없어! 정신 차려!' (웃음) 그렇게 저희는 그냥 계속 밀고 나갔습니다.

관객 B 프롤로그에 나오는 성가대 영상은 그다지 연출된 것 같지 않던데 어디서 가져온 건가요?

김태곤 제가 기억을 더듬어서 그때를 회상한 것처럼 관객들도 각자 과거를 생각하길 바랐어요. 꼭 1999년이 아니더라도 철은 없고 혈기는 넘치는, 어른이 된다는 사실에 들떠 있었던 시기를 떠올리면 좋을 것 같아서 그런 분위기를 만들고 싶었어요. 그 영상은 실제로 제가 고등학교 때 성가대에 나갔던 모습을 담은 거예요. 실제 민욱이가 그걸 가지고 있더라고요. 그래서 봤더니 재밌는 거예요. 앞에다 배치하면 영화에 이입하기가 쉬울 것 같아서 넣었습니다.

관객 C 경험을 토대로 만들었다면, 면회를 가는 두 친구 중에 감독님은 누구? (웃음)

김태곤 요즘 제가 욕을 많이 먹고 있습니다. (심희섭 배우를 가리키며) "왜

얘가 너냐!" 여성 관객들에게 서비스하는 차원에서 잘생긴 친구를 캐스팅 했고요. (웃음) 영화의 화자가 상원이잖아요. 그러니까 아무래도 제 경험이 상원이라는 캐릭터에 많이 들어 있죠.

잃어버린 것에 대하여

관객 D 상원이는 교통사고를 당해서 군대를 안 가는 걸로 나오잖아요. 음, 멀쩡한 것 같던데? (폭소)

김태곤 그런 친구들이 있어요. 남자 분들은 아시겠지만 농구도 하고 축구도 하고 회식도 하는데 면제인 애들! 저는 군대를 다녀왔지만, 그런 맥락이었어요. 꼭 교통사고를 당해서 어디가 안 좋다기보다는 캐릭터상에 지위 같은 걸 부여한 거죠. 그렇게 대비되는 요소가 재밌을 것 같아서 반영했습니다.

관객 E 잠자리를 가질 때 상원이가 화장실을 가잖아요. 그 장면은 왜 넣은 건지 모르겠어요.

심희섭 첫 경험이라 긴장된 상태에서 소변과 사정을 분간하지 못하는 거죠. 당황해서 자리를 뜨는 게 아닐까요? (웃음)

남인영 답변을 사실적이고 구체적으로 해주시네요. 그렇다면 첫 경험을 한 다음에 냄새를 맡는 행동은 뭘까요?

심희섭 여자의 성기에서 나는 체취라고 해야 할까요?

김태곤 그동안 저희가 이런 질문을 많이 받았어요. 처음에는 답을 제대로 못했어요. 우리 영화가 오염될까 봐. (웃음) 그런데 어느 순간부터 솔직하게 이야기를 하고 있습니다. 오해 없이 들어주셨으면 좋겠어요.

남인영 저는 이게 중요한 모티브라고 생각해요. 단순히 당혹스러워서 그런 게 아니라 사람에게 남아 있는 것이 냄새일 수 있잖아요. 등장인물들은 하나같이 상실의 아픔을 가지고 있어요. 누구는 손가락을 잃었고, 누구는 군대를 못 가고, 누구는 여자친구와 헤어졌고, 누구는 카메라를 잃었고, 이런 것들이 어떤 계기로 기억되는 거죠. 그래서 냄새를 맡는 행동은 많은 이야기를 함축하고 있다는 생각이 듭니다.

관객 F 카메라나 편지가 없어지는 상황은 어떻게 생각하면 좋을까요?

김태곤 저는 많은 것을 잃어야지 많은 것이 채워진다고 생각해요. 누구나 20대 초반에는 그렇잖아요. 학교만 졸업하면 모든 것을 다 가질 수 있을 줄 알았는데 세상이 그렇게 호락호락하지 않죠. 저들끼리 있으면 저들이 최고지만 세상이라는 벽 앞에서는 한없이 약하다는 걸 깨닫게 됩니다. 그때 상처를 많이 받아야 나중에 더 성장하는 것 같아요.

관객 G 맨 마지막에 나오는 〈족구왕〉은 이 영화와 어떤 관계가 있나요?

김태곤 이 영화는 영상원 전문사 동기들끼리 만든 영화예요. 십시일반 돈을 모았고, 편집을 하는 친구가 조감독을 하고 연출을 하는 친구가 미술감독을 하는 식으로 품앗이를 했어요. 이렇게 좋은 분위기에서 같이 작업을 한 것이 이번 한 번으로 끝나지 않고 계속될 수는 없을까? 그래서 '광화문시네마'라는 이름을 건 다음 영화를 또 생각하게 됐어요. 제가 〈족구왕〉을 얘기했는데 아직까지는 실체가 없습니다. 투자를 받기 위해서 간단히 예고편을 만든 거예요.

남인영 속편처럼 보이기도 해요. 군대를 다녀온 복학생의 얘기라고 하니까 그런 기대를 갖게 되죠. 마지막으로 이 영화를 개봉하게 된 소감을 한 말씀 하시죠.

김태곤 영화를 다 찍고 나면 항상 아쉬운 것들이 있어요. 이번 영화 역시 여유가 있었다면 시간이 멈춘 듯한 철원의 풍경을 조금 더 담을 수 있었을 텐데, 그래서 조금 더 과거를 환기할 수 있었을 텐데 하는 아쉬움이 있습니다. 그래도 지금껏 작업한 작품들 중에서 가장 힘들었지만 가장 재밌었어요. 이런 영화를 또 찍을 수 있을까 싶을 정도로 제겐 귀한 작품입니다. 많이 응원해주세요. 감사합니다.

2013.2.21

1999, 면회

라잇 온 미
Keep the Lights On

미국 | 2012 | 101분 | 아이라 잭스 감독 | 투레 린드하르트, 재커리 부스, 줄리앤 니콜슨, 미구엘 델 토로 출연 | (주)레인보우
팩토리 수입 | (주)영화사 진진 배급 | 2012년 11월 1일 개봉 | 청소년 관람불가 | 2012 베를린국제영화제 테디상 수상

관계의 본질을 고민하다

새 다큐멘터리 프로젝트를 위해 뉴욕에 온 에릭은 전화 데이트를 통해
변호사로 일하는 폴을 만난다. 서로에게 방어적인 태도를 취하던
그들은 어느새 사랑에 빠지고 동거를 시작한다. 그러나 폴이 앓고 있는 약물의존은 시련을 가져오고,
그들은 만나고 헤어지기를 반복하며 관계를 이어간다.

김조광수 오늘은 정신과 박사 정혜신 선생님과 함께 이야기 나누도록 하겠습니다. 저는 이 영화를 베를린영화제에서 봤는데, 동성애자로서의 정체성에 대한 고민이 나오지 않는 게 무엇보다 좋았어요. 제 영화도 그렇지만 아시아 퀴어영화들은 여전히 주인공이 동성애자라는 사실 때문에 괴로워하는 내용이 등장하거든요. 저도 그렇게 만들고 싶지 않은데 현실이 그렇다 보니 어쩔 수 없이 담을 수밖에요. 이 작품은 동성애를 다루면서도 사랑하는 사람과의 갈등이 주로 부각되죠. 어떻게 보셨어요?

정혜신 아름다웠어요. 마치 음악을 듣는 것 같았어요. 처음부터 끝까지 선율이 있었다고나 할까요? 두 사람의 관계에 약간 취해서 봤습니다. 얼마

전 김수현 작가의 드라마 〈인생은 아름다워〉가 그러했듯 우리 사회는 동성애를 다룬다고 해도 아직까지 커밍아웃을 하는 과정이나 그것으로 인한 갈등을 비추고 있죠. 뭘 제대로 살아보지도 못하고 시간을 보내는 게 너무 소모적이라고 느꼈는데, 여기서는 두 사람의 진도가 팍팍 나가잖아요. 동성애, 이성애를 떠나서 사람 대 사람으로 사랑을 나누는 이야기 자체가 매우 감동적이었습니다.

동성애자와 이성애자의 사이

김조광수 여전히 동성애자로서의 정체성 때문에 상담을 받으러 오는 사람들이 많은가요?

정혜신 저는 실제로 많이 접하지 못했어요. 진료실에 와서 상담을 하는 경우가 많지 않아요. 숨어 있는 것일 수도 있겠죠. 여전히 커밍아웃에 이르지 못하는 상황이 아닌가 싶어요. 알다시피 동성애는 의학적으로 질병이 아니고 성적 취향이죠. 그건 70년대에 전 세계 의사들이 합의를 본 사항이에요. 정서적으로 합의를 본 수준이 아니라 그때까지 수많은 연구가 있었고 끔찍한 과정을 거쳐서 결론에 다다른 것이죠. 키 큰 남자를 좋아하는 사람한테 키 작은 남자를 봤을 때 가슴을 뛰게 하라고 한들 그게 되나요? 동성애자는 정신과에 올 필요가 없습니다. 물론 그런 세상을 향해서 우리가 조금 더 노력을 해야겠죠.

김조광수 이 영화를 보고 누군가는 약간 불편하다는 얘기를 하더라고요.

머리로는 이해할 수 있지만 가슴으로는 받아들일 수 없다고. 자꾸 거부한다는 거예요. 물론 괜찮다고 하는 사람도 있어요. 그런데 그런 사람들은 대부분 경험이 많은 것 같아요. 어릴 때부터 주변에 동성애자 친구가 있었다거나 외국에 나갔을 때 동성애자를 만나봤다거나 어떤 계기를 통해서 차츰 불편함이 줄어든 것이죠.

정혜신 보통 여자들보다 남자들이 동성애에 대한 혐오가 더 많다고 해요. 남자들의 7,80% 정도. 그들을 상대로 동성애는 성적 취향이라는 걸 자세히 교육하고 나서 다시 조사하면 30%로 떨어진다고 합니다. 그러나 그 30%는 계속 남아 있어요. 사람이 이성적으로 아는 것과 정서적으로 받아들이는 건 다르죠. 어쩔 수 없는 간극이 있어요. 그렇다면 왜 나는 못 받아들일까? 누군가가 불편하게 여긴다고 하면 당연히 생각할 시간이 필요해요. 물론 그걸 꼭 바꿔야만 한다는 얘기는 아닙니다. 다만 그런 시각 때문에 다른 사람이 치명적인 상처를 받거나 일상적으로 비수에 찔리는 삶을 산다면? 우리 모두가 그것을 깊게 생각할 수 있다면 좋겠어요.

김조광수 이성애자가 동성애자를 보면서 가슴으로 받아들이기 어렵다고들 하는데, 사실 그건 반대의 경우도 마찬가지예요. 저도 그렇거든요. 이를테면 〈건축학개론〉에서 이제훈이 수지 때문에 계속 고민하는 걸 보면서 '아니, 납득이가 있는데 왜 저렇게 고민을?' 이런 생각을 하죠. (폭소) 그러니까 동성애자를 완전히 이해하려고 애쓰지 말고 그냥 서로 인정을 했으면 좋겠어요.

정혜신 맞아요. 서로가 불쾌하게 생각해서는 안 되는 거죠. 그런데 이성 애자가 동성애자를 보고 마음껏 불쾌해하는 것은 그런 면에서 교육이 안 되어 있기 때문이라고 할 수 있어요. 이해가 안 되는 건 피차 마찬가지일 텐 데, 이성애는 옳고 동성애는 옳지 않다는 식의 사회적 합의 같은 것을 전제 하고 있기 때문에 서로 다른 삶을 사는 것이죠.

중독된 사람을 사랑한다는 것

김조광수 이 영화에서 폴은 약물 중독에 시달리잖아요. 에릭이 옆에서 계속 치료를 권하지만 결국 밑바닥으로 떨어지게 되는데요. 혹시 이런 문 제가 남자와 남자 사이라서 더 심각해진 걸까요?

정혜신 알다시피 동성애자는 파트너를 만나기가 너무 어렵잖아요. 그런 면에서 이성애자보다 결핍의 상태가 더 가혹할 것 같아요. 그러나 약물 중 독 자체는 성별 차이나 성적 취향과 무관하죠.

김조광수 만약 폴 같은 배우자를 만나면 어떻게 해야 할까요? 영화를 보 면서 약간 두려운 생각이 들었습니다.

정혜신 폴이 가진 특성을 무어라 딱 규정하긴 어려울 것 같아요. 그렇지 만 중독의 문제와 관련해서 말씀을 드린다면 에릭이 감당하기 버겁다는 사실은 분명합니다. 약물 중독, 알코올 중독과 같은 문제는 옆에서 도와주 기가 어렵고 지치기도 쉽거든요.

김조광수 뭔가에 중독된 사람과 사랑을 한다는 건 정말 어려운 일인 것 같아요. 사랑하지만 헤어져야 하는 경우도 있다고 하는데, 이 영화에서 에릭이 폴을 쉽게 떠나지 못하는 이유 가운데 하나는 상대가 잘못될까봐 걱정하는 것도 있잖아요.

정혜신 그럴 때 헤어지지 못해서 관계를 계속 유지하는 경우가 많죠. 문제가 해결되지 않은 채로 사는 것을 병적인 결합이라고 하는데, 감정이 과도하게 결부되어 '본딩Bonding'이 형성되면 두 사람 다 병들게 돼요. 사람이 달라져요. 알코올 중독을 앓는 남편과 계속 사는 여자들이 독특한 성격을 띠게 되거든요. 2, 30년을 고통스럽게 견딘 결과 비슷한 패턴으로 바뀐 것이죠. 병적인 사람과 밀착되어 있다보면 그 기운에 의해 압도되는 경우가 있습니다.

김조광수 그럴 때 상담 치료를 받으면 상대방을 편하게 놓을 수 있나요?

정혜신 놓으라고 하는 것은 아니고, 자신이 처한 상황을 정확하게 보게 하는 거죠. 그건 굉장히 중요해요. 어떤 행동이 두 사람한테 모두 도움이 되는지 현실적으로 인식하도록 돕는 것이죠. 미분화된 상태에서 같이 살다보면 둘 다 망가질 수 있거든요. 사랑하는 사람을 떠나보내야만 하는 상황은 당사자에게 굉장한 결단을 요구하는 일입니다. 그러나 고통스럽다고 해서 그것을 직면하지 않으면 관계는 점점 나빠지기만 하지요.

퀴어영화의 내일

관객 A 올해 수입된 영화들을 보면 남성의 성기가 나올 경우 보통 모자이크 처리가 됐었거든요. 그런데 이 영화는 아주 잠깐이긴 하지만 그대로 나왔어요. 혹시 그와 관련된 뚜렷한 기준이 있나요? 어떻게 피해갔는지 궁금합니다.

김조광수 글쎄요, 모르겠어요. 하드코어라면 어쩔 수 없이 모자이크를 고려하는 경우도 있지만, 저희는 가능한 한 아무것도 가리지 않으려고 노력하거든요. 약물도 나오고 성기도 나와서 사실 걱정을 했어요. 그런데 다행히 통과가 됐어요. 기준이 좀 애매한데, 제가 워낙 쌈닭이어서 그럴 수도 있어요. (웃음) 〈친구 사이?〉라는 영화에 내려진 청소년관람불가 등급이 부당하다고 행정소송을 걸어서 제가 두 번 다 이겼거든요. 그래서 그런지 이번에는 잘 넘어갔네요.

관객 B 저도 이 영화가 성 정체성에 대한 고민 이외의 것을 다룬 점이 좋았어요. 앞으로 '레인보우 팩토리'에서 이런 작품을 많이 볼 수 있었으면 합니다. (김조광수 감독의 파트너 김승환 대표가 운영하는 '레인보우 팩토리'는 '청년필름'의 계열사로서 한국에서는 처음으로 퀴어영화만 전문적으로 제작 수입 배급하는 영화사이며, 〈라잇 온 미〉가 바로 그 첫 작품이다.)

김조광수 이른바 문화선진국이라 불리는 나라들의 퀴어영화 경향을 살펴보면, 최근에는 정체성에 대한 고민보다 새로운 가족을 만드는 것과 관련된 고민이 주를 이뤄요. 예를 들면 게이 커플과 레즈비언 커플이 낳은 아이들이 겪는 어려움 같은 것. 우리보다 진일보한 거죠. 그런 영화들을 우리나라 관객들한테 소개하고 싶어요. 그들이 꼭 우리의 대안이라고 할 수는 없지만 여러 형태의 가족을 접하는 게 좋잖아요. 앞으로 전 세계 퀴어영화를 열심히 수입해서 보여드릴 예정입니다.

정혜신 말씀처럼 퀴어영화의 경우 두 사람의 관계에 몰입하는 영화가 많지 않잖아요. 이 영화는 감정의 본질을 깊숙이 파헤치는 것 같아서 무척 좋았습니다.

김조광수 오늘 선생님과 함께 의미 있는 시간 보낼 수 있어서 좋았습니다. 조금 낯설게 느낀 분들도 있었을 텐데, 이 영화뿐만 아니라 퀴어영화에 많은 애정을 가져주세요.

2012.11.7

달팽이의 별
Planet of Snail

한국 | 2012 | 85분 | 이승준 감독 | 조영찬, 김순호 출연 | (주)크리에이티브 이스트 제작 | (주)영화사조아 배급 | 2012년 3월 22일 개봉 | 전체 관람가 | 2011 암스테르담 다큐멘터리 영화제 장편 부문 대상 수상

손가락으로 세상을 만지는 부부

보이지 않고 들리지 않아 느린 삶을 사는 영찬 씨와 척추장애로 작은 몸집을 지닌 순호 씨는
서로에게 힘이 되는 부부다. 두 사람은 시청각중복장애인이 쓰는 점화로 소통을 하는데,
마치 손가락으로 대화하는 것 같은 그림이 연상된다. 손으로 마음까지 어루만지는 그들은 내내 사랑을
속삭인다. 한때 세상과 단절되어 있었던 영찬 씨는 순호 씨를 만난 뒤로 꿈을 향해 도전한다.

김영진 안녕하세요. 지금부터 이승준 감독님과 함께 이야기를 나누겠습
니다. 저는 이 영화에서 손가락으로 대화하는 거(시청각장애인을 위한 점화)
있잖아요. 보통 사람들도 그런 식으로 하면 좋을 것 같아요. 안 싸울 것 같
아. 착하게 살자, 뭐 이런 결론을 내릴 것 같아.(웃음)

이승준 실제로 부부한테 싸운 적이 있는지 물어봤는데, 얘기하다 보면
다 풀린대요. 크게 싸울 일이 없다고 하더라고요.

김영진 이 부부를 방송 취재하다가 알게 되었다고 들었습니다.

이승준 네, 제가 방송 프로그램도 만드는 피디입니다. 2008년 봄에 EBS 과학다큐멘터리를 하는데, 제가 잡은 소재가 사람의 손가락에 대해 과학적으로 접근하는 거였어요. 그때 주인공이 잠깐 언론에 노출된 적이 있었어요. 일본에 시청각중복장애인 대회라는 게 있는데, 그분이 거기에 초청을 받아서 간 거예요. 그곳에서 손가락으로 대화하는 방법을 배워 왔고 처음으로 쓰기 시작했어요. 그리고 일반 대학을 들어갔어요. 그때는 한 이틀 정도 촬영을 했어요. 몇 개월 지나고 나서 또 생각이 나더라고요. 만나서 얘기를 나누다가 시작하게 되었습니다.

그들만의 독특한 감각

김영진 처음에 다큐멘터리를 만들겠다고 생각했을 때 어떤 관점으로 접근했습니까?

이승준 제가 장애인을 소재로 어떤 프로그램도 만들어본 적이 없었어요. 기존 미디어에서 다루어지는 방식을 굉장히 싫어했거든요. 동정의 시선 내지는 장애의 극복 같은 것들이 주를 이루잖아요. 주인공을 다큐멘터리로 만들겠다고 생각하고 나서 대화를 나누다 보니까 이 사람이 갖고 있는 매력이 크더라고요. 글이 주는 묘한 느낌이나 아내와 지내는 모습이 참 좋았어요. '아, 이 사람은 세상을 바라보는 독특한 감각이 있구나. 그걸 이렇게 글로 풀어내는구나.' 두 사람한테는 저희가 갖지 못한 감각이 있다고 생각해요. 다른 사람들보다 더 많은 걸 보고 느끼고 표현하는 것 같아요. 그걸 관객과 나누고 싶은 마음이 있었습니다.

김영진 작품성은 잘 모르겠는데 영화에 나오는 시를 보면 굉장히 당당하고 자긍심이 느껴져요. 찍을 때부터 영찬 씨가 시를 쓰고 있는 상황을 집중적으로 다루고자 했다는 거죠?

이승준 그게 컸고요. 평소에 이야기를 할 때도 구도자나 철학자 같은 묘한 느낌이 있었어요. 그런 점이 좋았어요.

김영진 시를 어떻게 쓰신 건가요? 수기에 응모한 게 떨어졌을 때 대단히 실망하는 것 같던데.

이승준 예전에 써놓았던 것들이에요. 그걸 제가 읽으면서 나름의 원칙을 가지고 골랐어요. 트라우마를 좀 보여주려고 했어요. 제가 제일 좋아하는 게 자신처럼 우주인이 되면 된다고 말하는 부분입니다. 통쾌하더라고요. 뭔가 세상 밖으로 나와서 비장애인이 할 수 없는 이야기들을 하는 게 좋았어요. 그래서 그걸 뒤에다 배치했죠. 그리고 응모한 거 떨어졌을 때 실제로 많이 실망하셨어요. 저는 전문가가 아니라서 잘 모르지만, 주인공은 세상을 텍스트로 이해하거든요. 가끔 색깔에 대한 게 나와요. 물어보니까 색깔을 몰라요. 가령 빨간색은 그저 정열적이라고 이해하는 거죠. 그런 것만 조금 더 거치면 훌륭한 글을 쓰지 않을까 생각합니다.

김영진 이런 생각도 했어요. 신의 은총이 아니고서야 저렇게 좋은 아내를! (웃음) 다들 보셨다시피 아내가 혼자 밥을 먹을 때는 반찬도 별로 없이 먹는 것 같은데 남편한테는 잘 차려주잖아요. 거의 뭐 엄마 같은 느낌입니다.

이승준 촬영을 한 2년 정도 했는데요. 순호 씨는 정말 천사로 태어났다는 생각을 했어요. 처음에는 남편 옆에서 뒷바라지하는 모습이 강했어요. 그런데 1년 정도 지나고 나서는 순호 씨의 외로움이 보이기 시작했어요. 영화에서는 직접적으로 다루지 않았지만, 그분이 갖고 있는 외로움과 트라우마가 있거든요. 그런 게 있기 때문에 영찬 씨를 사랑하고 지켜줄 수 있는 것 같아요. 외로움을 공감하기 때문에 늘 남편 옆에 있다는 생각이 들어요.

김영진 제가 이 영화에서 가장 좋았던 것은 카메라의 시선이 건방지거나 수직적이지 않은 점예요. 저 그런 거 정말 싫거든요. 사실 영화가 그들의 생활이나 환경은 많이 안 보여주잖아요. 취재하는 과정에 촬영은 다 했을 것 같은데, 그걸 넣지 않겠다고 판단한 건 애초의 결정이었습니까?

이승준 물론 전통적인 내러티브를 따라가지 않겠다는 생각을 갖고는 있었어요. 그들의 생활이나 환경을 배제하겠다고 한 건 아니었어요. 실제로 어머니와 대화한 걸 찍기도 하고, 생활 문제로 고민하는 걸 찍기도 했죠. 사실 NHK 방송에 나간 52분짜리 버전에서는 그런 부분이 들어갔어요. 거기서 요구하기도 했고. 근데 찍은 걸 가지고 편집을 하는 친구와 상의를 했어요. 이 영화를 통해서 애초에 이야기하고자 한 걸 지킨다고 했을 때, 전체적인 톤에서 가족의 이야기와 생활의 어려움은 안 맞는 것 같아서 뺐어요. 상영을 하다 보니까 그런 걸 궁금해하는 분들이 있더라고요. 그건 상상해주셨으면 해요. 둘이 얘기하는 과정에서 살짝 드러나기도 하고.

김영진 순호 씨가 외로워 보이기도 하는데, 상상에만 맡기지 말고 조금 만 더 얘기를 해주세요.

이승준 순호 씨는 어렸을 때 어딘가에서 떨어졌어요. 시골에서는 다쳐 도 병원에 안 데려가고 민간요법을 쓰곤 했잖아요. 그래서 상황이 안 좋아 졌는데 그걸 부모님이 모르고 계셨어요. 이제는 다 아는 일이지만, 처음에 는 그게 안 알려졌으면 좋겠다고 하셨어요. 그런 얘기를 하지 않으려고 했 어요. 아까 말씀을 드린 동정의 시선 같은 것들을 생각하시더라고요. 힘든 건 안 보였으면 좋겠다는 말씀도 하셨고. 다큐멘터리는 실존 인물이 등장 하는 것이고 이건 고발성 프로그램이 아니기 때문에 주인공의 의견을 감 안했습니다. 뭐, 결과적으로 이 영화를 보고 두 분이 굉장히 행복해하셨어 요. 생활의 어려움은 주로 순호 씨가 느끼는데, 수급자 혜택을 받는 게 전부 지만 여행을 간다거나 취미 생활을 하는 게 아니기 때문에 우리와 비슷한 정도로 빡빡하게 살고 있다고 보시면 될 거예요. 나중에 영찬 씨가 공부를 더 하고 싶을 때 쓰려고 순호 씨가 적금도 들었다고 하더라고요.

말하지 않아도 알아요

김영진 처음부터 내레이션은 쓰지 않을 생각이었나요? 그러기가 쉽지 않았을 텐데.

이승준 뭐랄까, 사실 저한테는 그게 그렇게 어렵지는 않아요. 제가 13년 정도 일을 하고 있는데, 직접 촬영하고 내레이션 없이 만드는 훈련을 계속

해왔어요. 방송만 했다면 힘들었을 텐데 다행히 그러진 않았고. 워낙 내레이션을 싫어해요. 조금 불친절하다 싶기도 하고요.

김영진 TV 버전에도 없나요?

이승준 없습니다. 그 NHK 방송 자체가 좀 특이해서요. 그런 강박이 없었어요.

김영진 한국에서는 여전히 그런 틀을 강요하는 부분이 있잖습니까?

이승준 있죠. 내레이션이 없으면 엄청난 작품이라고 생각해요. 예전에 인터뷰만으로 구성한 게 있었는데, 대단한 걸 만들었다는 식으로 홍보를 하더라고요. 한국에서는 매체가 많지 않으니까 그렇게 할 수밖에 없는 부분은 인정해요.

김영진 영화는 집중해서 보게 되는 면이 있잖아요. 근데 저걸 만약 TV로 보게 되면 대부분의 시청자들은 부주의하기 때문에 저항이 있을 것 같은데요.

이승준 분명 TV로 보면 의도가 많이 전달되지 않을 거라 생각해요. 소리도 그렇고. 음, 배리어프리Barrier-Free Film 버전이 있거든요. 청각장애인을 위해서 만든 건데, 일반 관객이 보면 내레이션 개념으로 느끼시더라고요. 그게 TV 내레이션과는 달라요. 장면을 잘 묘사해야 되거든요. 그래서 제

의도를 정확하게 내레이션으로 삽입합니다. 그걸 보셔도 좋을 것 같아요.

작지만 커다란 순간들

관객 A '달팽이의 별'이라는 제목의 의미는 무엇인지 궁금합니다.

이승준 영찬 씨가 인터뷰를 할 때 자기와 같은 시청각중복장애인은 달팽이 같다고 한 적이 있었어요. 소통이 굉장히 느리잖아요. 누가 옆에서 "안녕하세요?" 해도 한참 이따가 반응을 하거든요. 달팽이의 촉수처럼 촉각에만 의존해서 소통을 하는 거죠. 그리고 이 작품을 만들 때 어른을 위한 동화처럼 만들고 싶었어요. 제가 '어린왕자'를 참 좋아하는데, 주인공이 어린왕자와 비슷한 면이 있어요. 거기서 '별'을 따와서 '달팽이의 별'이라고 지었습니다.

관객 B 손으로 대화할 때 나오는 소리는 우주를 표현하고자 한 건가요?

이승준 나무를 끌어안을 때, 물속에 들어갔을 때, 후배와 병원에서 대화할 때 그런 소리들이 나오죠. 사운드 디자인을 핀란드에서 했어요. 그걸 만드는 분께 주인공이 우주인이라는 말을 많이 한다는 것과 수영을 좋아하고 물에서 자유롭다는 얘기를 했어요. 그랬더니 그렇게 나왔어요.

김영진 마지막에 (주인공이) 유영하는 이미지는 따로 찍으신 건가요?

이승준 시청각장애인 친구들과 MT 같은 걸 가게 됐어요. 영찬 씨가 원래 수영을 좋아해요. 바다에서 수영을 해봤다고 하더라고요. 기왕 가는 거 수영하는 장면을 찍겠다고 했죠. 영찬 씨도 좋아했고. 다른 분들도 다 같이 가서 준비를 하고 촬영을 했죠.

김영진 설거지를 할 때 아내가 할 게 남았다고 하는데도 남편이 업고 나가잖아요. 프레임아웃되죠. 그런 장면에서 느낌이 굉장히 좋아요. 그러고 나서 뭐한 거죠? 뽀뽀하셨나? (웃음)

이승준 아, 아닙니다. 거실 쪽에 친구들이 있으니까 끝나고 같이 놀려고 한 거죠. 무슨 상상을 하신 거죠? (웃음)

김영진 사실 이분들은 세상에서 제일 행복한 사람이란 생각이 들고, 오히려 우리가 결핍이 있는 것처럼 느껴져요. 그런 공감대가 있는 것 같아요. 오늘 의미 있는 이야기를 많이 나눈 것 같습니다. 여러분도 즐거운 시간이었습니까? 앞으로 감독님도 자주 뵐 수 있었으면 좋겠습니다.

2012.3.21

인 간 을 향 한 시 선

광대를 위한 슬픈 발라드
Balada Triste De Trompeta

스페인, 프랑스 | 2010 | 107분 | 알렉스 드 라 이글레시아 감독 | 카를로스 아레시스, 안토니오 드 라 토레, 캐롤라이나 뱅 출연 | (주)피터팬픽쳐스 수입 | 오드 배급 | 2012년 8월 9일 개봉 | 청소년 관람불가 | 2010 베니스국제영화제 감독상, 각본상, 영시네마상 수상 | 2011 시체스유럽영화제 유럽 최우수작품상 수상

광기와 풍자의 곡예

광대로 살아가던 아버지는 강제로 군대에 징집되어 죽을 위기에 처하자
아들에게 복수의 말을 남기고 떠난다. 아들 하비에르는 '슬픈 광대'가 되고,
서커스단에서 스타로 군림하는 '웃긴 광대'와 아름다운 여인 나탈리아를 놓고
폭력적인 경쟁을 벌이게 되는데……

심영섭 자, 이 영화가 다루고 있는 스페인 내전은 유럽에서 일어난 이념
전쟁입니다. 어찌 보면 전 세계인이 이 전쟁에 휘말렸고, 따라서 서구 문화
에는 스페인 내전을 관통하는 문화적 산물이 많습니다. 대표적으로 파블
로 피카소의 〈게르니카Guernica〉(1937)를 들 수 있겠죠. 게르니카는 스페
인 북부 바스크 지방의 작은 마을인데, 스페인 내란 중에 프랑코군을 지원
하는 측에서 전투기 성능을 시험한다며 이 작은 마을에 융단폭격을 가했
고 수천 명의 시민이 죽었습니다. 그 소식을 들은 피카소가 그림을 그린 거
예요. 어니스트 헤밍웨이의 《누구를 위하여 종은 울리나》, 조지 오웰의 《카
탈로니아 찬가》, 파블로 네루다의 《내 가슴속의 스페인》도 모두 스페인 내
전을 바탕으로 한 작품입니다. 영화도 많은데, 켄 로치가 연출한 〈랜드 앤

프리덤〉이 아주 유명하죠. 오늘 본 〈광대를 위한 슬픈 발라드〉도 그런 작품들과 맥을 같이한다고 볼 수 있습니다.

그렇다면 먼저 스페인 내전에 대한 이야기로 시작하는 게 좋을 것 같아요. 강력한 가톨릭 국가를 이룬 스페인은 교회가 토지의 대부분을 독식하면서 왕정 유지 문제를 놓고 갈등이 있었습니다. 1936년 2월 총선거에서 인민전선 내각이 성립되자 이것에 반대하는 프랑코 장군이 인솔하는 군부가 반란을 일으켜 치열한 내전이 일어났습니다. 나치 독일의 파시스트 진영과 이탈리아의 무솔리니 정권이 반정부군 측을 강력하게 지원한 것에 반대하여 소련이 인민전선 정부군 측을 원조하였고, 영국과 프랑스 등은 불간섭 정책을 취했습니다. 그로 인해 점차 정부군 측이 불리하게 되어 1939년 3월 마드리드가 함락되었고, 내전은 프랑코 장군이 이끈 반정부군의 승리로 끝이 났죠. 그 뒤로 프랑코 정권은 무려 35년간 통치를 지속했어요.

스페인의 역사와 문화를 관통하는 하나의 트라우마라고 할 수 있습니다. 이걸 모르면 스페인어를 쓰는 문화권에 대한 이해가 상당 부분 불가능하다고 해도 과언이 아닐 정도예요. 그만큼 유럽 내에서 중요한 사건이죠. 전쟁 당시 좌파와 우파를 합쳐서 약 35만 명의 군인이 목숨을 잃었고, 그 이후에 보복이나 처형으로 인해 20만 명 정도가 더 죽었습니다. 또한 약 7천 명의 가톨릭 사제와 수녀가 살해되었습니다. 내전이 끝나고 프랑코는 영화에도 등장하는 '전몰자의 계곡'에 수만 명을 묻었습니다. 아이러니한 것은 프랑코도 거기에 묻혔다는 거예요. 오늘날 그곳은 스페인의 숨기고 싶은 과거의 치부가 고스란히 드러나는 역사적 장소죠. 지금도 스페인에서는 프랑코의 무덤을 옮기는 문제를 놓고 치열하게 논쟁을 벌인다고 합니다.

우화, 혹은 거꾸로 가는 성장담

나탈리아는 왜 죽어야만 했을까요? 이 영화는 완벽한 우화예요. 겉으로 보면 치정극의 형태를 띠고 있지만 내부로 들어가면 그 의미가 풍성하죠. 웃는 광대가 프랑코 정권, 공화당, 가해자라면 슬픈 광대는 그에 맞서는 공산주의자, 국민당, 반역자로 읽을 수도 있을 것 같습니다. 그 둘 사이에서 좀처럼 확신을 갖지 못하고 계속 여기 붙었다 저기 붙었다 하는 나탈리아는 스페인 국민 그 자체처럼 보여요. 우리는 영화를 통해서 그들의 피 터지는 싸움으로 인해 수많은 사람이 죽음을 당한 스페인의 어두운 역사를 엿볼 수가 있습니다. 그렇다면 서커스 단원은 뭘까요? 이상주의자, 방관자는 아닐까요?

감독은 이 네 부류를 모두 긍정적으로 그리지 않습니다. 슬픈 광대도 웃는 광대에 맞서다가 결국 괴물이 되잖아요. 폭력의 속성이 드러나죠. 이 두 광대는 그들이 가장 사랑하는 나탈리아를 잃고 나서야 스스로 어떤 짓을 했는지 깨닫게 되죠. 따라서 이 영화는 광대에 맞서는 광대, 악마에 맞서는 악마, 독재자에 맞서는 독재자를 그린 우화라고 할 수 있습니다.

그러나 이 영화를 한 가지 코드로만 단선적으로 해석할 수는 없어요. 이글레시아의 영화는 늘 혼성 모방, 복잡한 상징, 과잉의 스토리텔링이 존재합니다. 이 영화도 처음부터 끝까지 이미지가 계속 바뀌고 있습니다. 나탈리아는 처음에 천사 같은 이미지였죠. 후광을 받으며 하늘에서 내려오잖아요. 하비에르와 사랑에 빠지면서 약간 달라집니다. 그들이 데이트를 즐길 때도 나탈리아가 현실적이지 않은 공간으로 이끌어요. 유혹하는 겁니다. 마치 아담을 꾀는 이브와 같은 느낌이 들어요. 이러한 설정에서 팜므파탈 요소도 떠올리게 되죠. 하비에르한테 금단의 열매는 어린아이가 되는 거거든요. 지나가던 아이의 솜사탕을 뺏어 먹잖아요. 금기를 어겼죠. 신이 나타나서 벌하고 데려갑니다. 그러고 나서 그는 어린아이가 아니라 짐승이 되고 미친 악마가 되는 거죠. 성장영화와 정반대로 가요. 이 영화는 한 소년이 악마로 변하는, 거꾸로 가는 성장담이라고 할 수가 있습니다. 그런 의미에서 에덴동산 같은 우화도 살짝 들어 있다고 봅니다.

이성과 광기의 경계

심영섭 이글레시아는 원래 철학을 전공했고 시사만화가로 활약했어요. 자국에서 인기가 있는 감독인데, 〈야수의 날〉이 가장 유명합니다. 그 작품은 스페인 영화 흥행 탑 5에 들었어요. 할리우드로 잠깐 갔다가 다시 스페인으로 와서 〈광대를 위한 슬픈 발라드〉를 만들었습니다. 베니스영화제에서 감독상, 각본상, 영시네마상을 수상했는데 이때 심사위원장이 쿠엔틴 타란티노였어요. 시체스영화제에서도 유럽최우수영화상을 거머쥐었습니다.

이 영화는 원래 과거에 감독이 〈웃다 죽기〉라는 단편으로 만든 적이 있어요. 서로를 질투하는 라이벌 코미디언이 살인을 벌이는데 그걸 보는 사람들은 코미디인 줄 알고 좋아하는 내용입니다. 원본이 있었다고 할 수 있죠.

이 감독은 자신의 영화 안에서 주로 악마, 야수, 괴물 등을 다루는 것으로 유명합니다. 그런 방법을 통해 환상과 현실을 서로 스며들게 하고 이성과 광기의 경계를 지우는 것이죠. 이 영화도 주인공의 환상이 스페인의 역사와 맞물리죠. 말하자면 현대판 악마적 돈키호테의 난투극입니다. 스페인 감독 중에서 이런 풍으로 영화를 만드는 이가 한 명 더 있는데, 바로 기예르모 델 토로입니다. 최근에 나온 〈판의 미로〉도 스페인 내전과 관계가 있잖아요. 그런데 이글레시아에 비하면 다소 정제되어 있죠. 양순하게 보이기까지 합니다.

이 영화 속에 나오는 몇몇 이미지는 대단히 창의적이지 않습니까? 여자 옷을 입고 칼을 든 광대를 보신 적이 있나요? (웃음) 이글레시아는 늘 피학과 가학의 관계를 다뤄요. 여성 혐오적인 느낌이 있습니다. 강간 장면도 많이 나오고, 여자가 거기에 별다른 저항도 하지 않고 심지어 즐기기까지 하거든요. 그러면서 대부분의 여자 주인공은 남자를 비극의 구렁텅이로 빠뜨리는 역할을 합니다. 여기서도 나탈리아가 성모 마리아와 창녀의 이미지를 다 갖고 있잖아요. 이는 김기덕 감독의 영화와 매우 닮은 점이라는 생각이 듭니다. 또한 매스미디어에 대한 비판이 빠지지 않아요. TV 장면이 늘 나오는데, 이것 역시 이글레시아의 트레이드마크라고 할 수 있습니다.

관객 A 공중곡예사로 나오는 나탈리아가 죽는 장면이 매우 독특했어요. 어떤 의미가 있나요?

심영섭 이 영화에서 중요한 상징을 꼽으라면 '빨간 끈'과 '트럼펫'입니다. 트럼펫은 슬픈 광대의 상징입니다. 하비에르의 여성적이고 감성적인 내면을 보여주죠. 그런데 두 사람의 성관계를 보고 광기에 빠진 하비에르는 갑자기 트럼펫으로 얼굴을 가격하기 시작합니다. 폭력의 도구가 된 거죠. 그러고 나서 기관총이 손에 들려요. 매우 남근적이고 폭력적인 물건입니다. 이 영화의 제목이 '슬픈 발라드'인 것과도 연관이 있는 물건으로 보여요. 빨간 끈은 성녀 같은 이미지를 드러냅니다. 빨간색에서 오는 성적인 느낌도 있고요. 끊으려야 끊을 수 없는 프랑코 정권과의 관계에 대한 애정과 증오가 엿보여요. 반기를 들었는데 다시 압제를 받는 시기잖아요. 죽어야만 벗어날 수 있는, 추락의 이미지가 있는 것이죠.

초현실주의적 색채

심영섭 이 영화는 밤, 낮, 밤, 낮, 이런 식으로 번갈아 장면이 전환됩니다. 낮에는 환상적인 분위기, 밤에는 폭력적인 그림자가 짙게 드리워져 있죠. 유려한 화면이 많은데 대부분 컷이 길게 안 갑니다. 컷의 운용 자체를 짧고 강렬하게 갑니다. 컬트적인 느낌이 드는 이글레시아 감독의 연출 특징이라고 할 수 있죠. 또한 각도를 다양하게 씁니다. 앙각촬영(대상을 아래에서 올려다보며 찍는 방식)이나 부감촬영(대상을 위에서 내려다보며 찍는 방식)을 써서 인물을 바라보는 앵글이 과장된 시선으로 툭툭 끼어드는 게 있어요. 기울어진 화면도 많습니다. 그렇게 되면 나도 모르게 불안정하고 부자연스러운 시선을 느끼게 되죠. 다른 사람을 찍을 때와 달리 '세르지오와 하비에르', '하비에르와 나탈리아'를 잡을 때는 어깨에 걸쳐서 찍어요. 권력적으로 서로에게 심리적 영향을 끼치는 상황을 표현하기 위한 것이죠. 마치 서로가 서로를 지배하는 느낌을 줍니다.

관객 B 알레한드로 조도로프스키* 감독과 비슷한 면이 있는 것 같아요. 처음에 카페에서 식사할 때 웃긴 광대가 재밌는 이야기랍시고 엄마와 관련된 농담을 하잖아요. 거기서 뭔가 비슷하다는 생각을 했습니다.

심영섭 이글레시아는 영화광이죠. 문화적 세례를 많이 받고 자란 사람이에요. 서커스를 차용하거나 성과 속을 뒤섞거나 살인과 치정을 연결하는 것은 분명 이글레시아가 영향을 받은 것 같아요. 또한 조도로프스키는 영화 속에서 주로 모자 관계를 그리는 특징이 있어요. 여기서는 어머니가 아니라 아버지가 등장하죠. 재밌는 건 아버지가 웃긴 광대라는 점이에요. 아들한테 끝까지 복수하라고 하는데, 그도 분노를 불 지르는 가해자라고 볼 수 있겠죠.

말이 나온 김에 이 영화와 관련이 있는 것들을 잠깐 언급하고 가죠. 스페인 감독이라면 대부분 루이스 브뉘엘에 대한 강박이 있습니다. 세계적으로 유명한 감독이고, 살바도르 달리와 함께 스페인 초현실주의의 거장으로 불립니다. 달리는 회화로, 브뉘엘은 영화로 갔죠. 〈광대를 위한 슬픈 발라드〉 역시 초현실주의적인 색채가 분명히 있습니다. 아이 옆에 갑자기 사자가 등장하는 장면, 오토바이를 타는 사람이 비현실적으로 붕 날아가는 장면은 참으로 현실을 빗겨가 있죠.

또한 이글레시아가 존경하는 감독은 알프레드 히치콕이랍니다. 전작에서 여러 번 히치콕의 영향이 드러났어요. 이 영화의 마지막 장면도 〈북북서

---

* Alejandro Jodorowsky. 〈판도와 리스〉, 〈엘 토포〉, 〈홀리 마운틴〉, 〈성스러운 피〉 등 기괴함과 아름다움이 공존하는 컬트영화를 만들었다.

로 진로를 돌려라〉와 관련이 있는 것 같아요. 거기서도 대통령 얼굴이 바위에 새겨진 러시모어 산을 막 기어오르는 장면이 나오잖아요. 히치콕에 대한 오마주가 아닌가 싶습니다. 첫 장면은 〈프랑켄슈타인〉에서 모티브를 가져온 것 같아요. 얼굴을 얼기설기 꿰맨 괴물이 등장하는데 연민을 느낄 수밖에 없는 측면이 비슷합니다. 또한 꿩을 사냥하는 장면에서는 피에르 파올로 파졸리니의 〈살로 소돔의 120일〉이 떠오릅니다. 그 영화도 무척 센 장면들이 많거든요. 에밀 쿠스트리차의 떠들썩한 역사의식과 조증에 가까운 광기도 생각이 났습니다. 이 감독은 대단한 영화광이라 수많은 감독에게 오마주를 바치고 장르를 다양하게 비틀어 예측이 불가능한 이야기를 만드는 게 주특기라고 할 수 있습니다.

스페인 영화의 상상력

관객 C 스페인 문화를 잘 몰라서 조금 낯설기도 하지만, 영화를 보는 내내 한국의 정치적 상황이나 역사적 사건을 자연스럽게 생각하게 됐습니다. 비슷한 면이 많은 것 같아요. 그런데 한편으로는 이런 생각도 들어요. 스페인에서는 숨기고 싶은 과거를 적당한 거리를 두고 조롱하거나 비판하는 방식으로 영화를 만드는데, 한국에서는 이런 작품이 전혀 없잖아요. 비슷한 역사적 경험을 가지고 있는데 문화적으로 이렇게 차이가 나는 이유는 뭘까요?

심영섭 대담함의 차이인 것 같아요. 박정희 대통령을 조롱하는 영화를 만들면 어떻게 될까요? 만드는 것도 어렵겠지만, 일단 흥행이 안 되겠죠?

(웃음) 아직 많은 한국의 근대사가 청산이 되지 않았기 때문에 그런 식으로 거리를 둔다는 게 쉽지 않은 것 같습니다. 그 시절에 대한 재해석이 너무 부족하다고 느껴요. 게다가 우리 영화계는 리얼리즘적인 추동이 강하거든요. 가령 〈박하사탕〉이 나왔을 때 비평적으로 찬사가 쏟아졌어요. 똑같은 내용을 이런 식으로 만든다면 어떤 평가를 받을지 모르겠어요. 우리는 역사를 마주할 때 현실적인 요소가 반영되어야 한다는 강박이 많습니다. 앞으로 우리의 현대사를 마구 비트는, 발칙한 감독이 많이 나타났으면 좋겠습니다.

관객 D 이 영화를 보고 나니 스페인 영화에 대한 관심이 생깁니다. 간단하게나마 소개해주세요.

심영섭 거장 중심으로 설명하면, 평론가들이 꼽는 스페인 감독은 역시 빅토르 에리세입니다. 〈벌집의 정령〉, 〈햇빛 속의 모과나무〉 등 정통적인 예술영화를 많이 만들었습니다. 잘 만든 세공품 같아서 평론가들이 만장일치로 좋아하죠. 또 거장으로 추앙받는 사람은 그와 대극에 있는 페드로 알모도바르입니다. 〈내 어머니의 모든 것〉, 〈그녀에게〉는 꼭 보세요. 개인적으로 걸작이라고 생각하는 영화예요. 스페인 사회를 뒤집고 성 정체성을 비트는 등 기기묘묘한 상상력을 가진 현재의 거장입니다. 또한 카를로스 사우라도 빼놓을 수 없습니다. 〈사냥〉이라는 영화가 있죠. 그것도 프랑코 정권에 관한 우화로 읽히는 영화입니다. 단순하지만 강렬해요. 아마 보기가 비교적 편할 겁니다. 그 외에 기예르모 델 토로, 알레한드로 아메나바르, 비가스 루나도 유명합니다. 이들의 영화를 보면 스페인의 열정을 느낄 수가 있습니다. 오늘 본 작품 역시 가장 존엄한 얼굴마저 지지고 할퀴는 전쟁 같은 역사, 전쟁 같은 사랑을 그리고 있죠. 저는 스페인을 비롯한 라틴문화권에 관심이 많습니다. 만약 국가를 선택해서 다시 태어날 수 있다면 그쪽에서 태어나고 싶어요. 스페인에 여행을 가면 고향에 온 것 같은 느낌이 들어요. (웃음) 여기까지 하겠습니다. 감사합니다.

2012.8.17

신의 소녀들
Dupa dealuri

루마니아 | 2012 | 150분 | 크리스티안 문쥬 감독 | 크리스티나 플루터, 코스미나 슈트라탄 출연 | 찬란 수입 | 찬란 배급 | 2012년 12월 6일 개봉 | 15세 이상 관람가 | 2012 칸영화제 여자연기상, 각본상 수상

신은 그곳에 없었다

어린 시절 고아원에서 같이 자란 두 소녀 알리나와 보이치타.
독일로 떠났던 알리나는 수도원에 있는 보이치타를 데려가기 위해 고향 루마니아로 돌아온다.
그러나 보이치타가 계속 수녀로 살기를 원하자 알리나도 수도원에 머물게 된다.
친구의 사랑을 되찾고 싶은 알리나는 수도원의 규율 때문에 괴로워하고 결국 신부와 수녀들은
알리나의 몸에 깃든 악마를 쫓아내야 한다며 퇴마의식을 시작한다.

이화정 안녕하세요. 〈씨네21〉 이화정 기자입니다. 오늘은 깜짝 손님으로 이상용 평론가를 모셨어요. 영화는 잘 보셨나요? 아마 〈4개월, 3주…그리고 2일〉을 기억하는 분들이 많을 것 같은데, 크리스티안 문쥬의 신작입니다. (크리스티안 문쥬는 한 여성의 불법 낙태 과정을 다룬 데뷔작 〈4개월, 3주…그리고 2일〉로 2007년 칸영화제에서 황금종려상을 받았다.) 이번에도 칸영화제에서 여우주연상과 각본상을 수상했죠.

이상용 칸에서 볼 때 초반에 한 시간 정도는 좀 괴로웠어요. 오늘 다시 보면서 역시 내가 어휘력이 짧다는 걸 느꼈어요. (웃음) 영어 자막으로는 어려운 단어를 바로 이해할 수 없어서 더 깊게 보지 못했던 것 같아요.

김영진 이 작품이 칸에서 상을 받긴 했지만 영화제 도중에는 그다지 좋은 평가를 못 받았다고 들었어요.

이화정 개인적인 판단으로는, 이 영화의 결말이 지극히 예상 가능한 수순으로 진행되어서 그런 것 같아요. 사실 종교에 저항하는 여자의 이야기는 많잖아요. 〈잔 다르크의 수난〉, 〈막달레나〉 등을 생각할 수 있을 텐데, 그것들과 비슷한 면이 있어요. 물론 이 영화는 종교만 아니라 체제를 이야기하고 있지만, 전작보다 강한 반향을 일으키지 못한 거죠. 그 부분에 대한 실망이 있었고 무엇보다 강력한 후보들이 많았어요. 그래서 수상 결과가 다소 의외라는 생각도 했어요. 칸에서 이 감독을 밀어주는 게 아닌가 하는 의혹도 좀 있었죠. (웃음)

이상용 영화제 첫 주말을 지날 때 이 영화가 상영됐습니다. 별점이 나쁘지 않았어요. 상위권에 속했거든요. 말씀대로 크리스티안 문쥬에 대한 기대감이 워낙 컸기 때문에 상대적으로 평가가 좋지 않았는데, 리뷰나 별점은 괜찮았던 걸로 기억해요. 동유럽뿐 아니라 서구에서는 이런 이야기들이 워낙 다양한 장르로 만들어졌기 때문에 이야기 자체가 그리 신선하지는 않다고 봐요. 소녀들의 이야기라는 점이 비슷한 주제를 다룬 영화와는 그나마 다른 점이라고 할 수 있겠죠.

김영진 처음부터 영화를 그렇게 잘 찍어놓으면 진짜 스트레스 받을 것 같아요. 데뷔작이 너무 많은 주목을 받았던 것을 감안하면, 저는 이 영화도 잘 만들었다고 봅니다.

이화정 그럼 두 분의 총평을 들어보죠. 어떤 점이 인상적이었나요?

이상용 저는 이 영화를 보면 숫자 2가 연상됩니다. 이야기가 전반부와 후반부로 나뉘죠. 알리나가 집에 가서 모든 걸 정리하고 다시 수도원으로 들어간 뒤로는 일종의 쿠데타를 기획합니다. 그때부터 액션이 쌓이면서 감정의 파고가 올라와요. 전반부가 알리나의 세계라면 후반부는 보이치타의 세계인데, 그것이 뒤바뀌는 것은 의도적인 연출로 보입니다. 마지막에 보이치타는 수녀들 사이에서 일상적인 옷을 입고 있죠. 저들의 사랑과 우정이 그런 식으로 표현되는 것을 보면서 괜히 크리스티안 문쥬가 아니라는 생각을 했습니다.

김영진
이화정 기자는 두 소녀의 관계를 어떻게 생각하십니까?

이화정
음, 사랑하는 사이죠. 그런 사랑이 정말 가능할까 싶을 정도예요. 한 명이 신의 부름을 받았는데도 다른 한 사람이 끝까지 물고 늘어지는 걸 보면 정말 대단하죠. 확고하게 믿었던 것이 끝내 흔들리는 모습을 보면 사랑의 과정과 비슷하지 않나 싶어요.

관객 A 초반에는 알리나의 대사와 행동에서 에로스가 상당히 많이 뿜어져 나왔잖아요. 그런데 저는 중간부터 별다른 이유 없이 휘발된 것 같은 느낌을 받았어요.

이상용 기독교 전통 안에서 동성애는 금지된 것이죠. 알리나가 집단에 맞서 자신을 강렬하게 보여줄 수 있는 방식으로 그것을 생각하는 것도 충분히 가능합니다. 그런데 뒤로 가면서 방금 얘기한 것처럼 두 소녀의 무게중심이 전환됩니다. 보이치타는 알리나를 대할 때 친구의 마음이 더 크잖아요. 그래서 에로스는 자연스럽게 사라지거나 녹아드는 것 같아요. 와이퍼가 지나가듯 캐릭터가 전이되는 흐름이라고 생각하면 좋을 것 같아요.

다르덴 형제의 그림자

김영진 한국영화도 마찬가지인데, 최근 유럽영화를 보면서 이런 생각을 했어요. 다르덴 형제*가 없었다면 오늘날의 영화는 어떻게 됐을까? 클리셰처럼 느껴지는 대목이 없지 않으나 그것이 주는 파워풀한 느낌이 있네요. 가장 흥미로웠던 것은 뒤에 가서 알리나를 묶는 장면이었어요. 그 장면은 좀 이상해요. 현장에서 한 번에 찍었나? 저걸 어떻게 오케이컷으로 썼지?

---

* 장 피에르 다르덴과 뤽 다르덴은 벨기에 출신의 형제 감독으로 리얼리즘 극영화에 큰 영향을 끼쳤다. 다르덴 형제는 이 영화의 공동제작자로 참여했고, 편집본을 완성하는 과정에도 도움을 준 것으로 알려졌다.

이런 생각이 들 만큼 카메라 워킹이 비전형적이거든요. 일반적인 드라마 문법에 충실했다면 알리나가 그렇게 당하는 동안 보이치타의 반응을 넣었을 텐데, 그게 없잖아요. 그런데 그런 생각조차 들지 않게 아주 혼란스러운 상황을 연출합니다. 그들의 행위 자체에 도덕적 코멘트를 하지 않겠다는 감독의 의도가 있다고 봐요. 그런 식으로 감정을 쌓다가 맨 마지막에 경찰이 신문할 때 딱 나옵니다. 그것이 그 어떤 정서적 배색보다도 강렬한 인상을 심어줘요. 마치 그 장면을 위해서 달려온 것 같은 느낌? 관객의 판단이나 선택을 강요하지 않으면서도 선악의 문제를 넘어서 이야기를 하는데, 그것을 인상적인 이미지로 잘 포착한 영화라고 생각합니다.

이화정 말씀하신 것은 촬영 기법과도 관련이 있다고 생각해요. 이 영화는 일정하게 거리 두기를 하잖아요. 감독의 말에 따르면 사실적으로 보여주는 게 가장 영화적이라고 생각해서 어떤 채색도 하지 않고 날것 그대로를 표현하는 데 중점을 뒀다고 합니다. 사실 두 주연 배우도 신인이거든요. 좋은 연기를 끌어내는 것 또한 그가 영화를 만드는 태도와 연결이 되죠.

이상용 보이지 않게 연출한다고도 할 수 있겠죠. 알리나는 보이치타를 보면서 너무 답답한 거예요. 자본주의가 물결치는 독일에서 여러 가지 경험을 했을 겁니다. 루마니아로 돌아와서 친구를 데려가고 싶은데 뜻대로 되지 않아요. 화를 내기도 하고 히스테리를 부리기도 하는데, 그것이 역전되는 순간이 이 영화의 백미죠. 수도원으로 다시 들어왔을 때 십자가에 묶이게 되고 갇히게 되고 기도문을 듣게 되죠. 그때부터 카메라는 더 이상 알리나가 아니라 그녀를 바라보는 보이치타를 비춰요. 자기가 그렇게 갇혀 있는 건 아닐까 의식하고 있는 느낌을 주면서 점점 변해가는 모습을 보여줍니다. 그것은 이 영화의 가장 기본적인 설계인데, 거기서 울림을 줍니다. 사건을 터뜨리거나 대사를 넣는 게 아니라 두 사람이 서로 바라보는, 시선의 교차를 통해서 자연스럽게 이야기하고 있죠. 침묵 속 시선의 효과를 유감없이 발휘하는 영화입니다.

김영진 보이치타의 표정이 정말 인상적이에요. 스스로 이런 질문을 해봤습니다. 왜 이 영화에서 그 표정이 가장 아름다울까? 그 배우는 무슨 생각으로 연기를 했을까? 현장은 어떤 분위기였을까? 얼마 전에 어떤 배우를 만났는데 본인은 관객이 절대 단정 지을 수 없는 연기를 보여주고 싶대요. 말하자면 기쁜 감정, 슬픈 감정을 넘어서는 연기죠. 이 영화를 보면 그런 느낌이 들어요. 나중에 이걸 다시 떠올리면 그 장면이 딱 생각날 것 같아요. 제겐 가장 인상적인 이미지였어요. 그렇게 오랫동안 화면을 버텨낸다는 게 쉽지 않거든요. 여주인공의 얼굴이나 눈빛이 표상하는 느낌은 정말 압도적입니다.

이화정 감독이 들으면 좋아할 얘기인 것 같아요. (웃음) 문쥬가 의도한 것도 그 부분이 아닐까 싶어요. 외부에서 들어온 인물이 당연하다고 생각하는 어떤 것을 깨뜨리는 작업을 하고 내부에 있는 인물이 그것을 보면서 변해가는 과정을 담았죠.

김영진 얼마 전에《신은 없다》라는 책을 읽었어요. 거기에 이런 이야기가 나와요. 현재 종교의 영향이 가장 약한 사회가 핀란드와 덴마크래요. 오랜 전통이 있음에도 불구하고 종교를 갖고 있는 사람이 20%밖에 안 된다고 해요. 그런데 그 지역의 문명이 가장 합리적이고 상식적이라는 겁니다. 저자가 미국인인데, 한번은 라디오에서 누가 어떤 고민을 털어놓자 그 답변으로 지금 당장 교회에 가서 열심히 기도하고 헌금하라는 조언을 했대요. 더 웃긴 건 그 얘기를 들은 사람이 너무나 감사하다고 했다는 겁니다. 그런 충고를 듣고 감화를 받는 게 너무나 이상하다고 느꼈대요. 비슷하지 않나요? 수도원 사람들도 악의로 그런 게 아니잖아요. 이런 식의 잘못된 도그마는 지금 이 사회에 굉장히 많죠. 이 영화는 그걸 다시 한 번 느끼게 합니다. 전작에 이어서 이번 작품도 무지의 시스템을 다루고 있어요. 알리나는 정말 건강한 여자예요. 주변 환경에 비하면 엄청 노력하는 거죠. 사랑하는 대상을 얻고자 불굴의 의지로 모든 어려움을 무릅쓰는 영웅적인 인간인데, 그 여자를 한마디 말도 못 하고 죽게 만들었죠. 노력하면 잘 살 수 있다고 하는데, 여기서 어떻게 더 노력해요? 감독이 진짜 냉정하고 잔인하게 응시하고 있다는 생각이 듭니다.

이화정 수도원의 위치가 바깥세상과 완전히 고립된 상황을 잘 말해주는 것 같아요. 병원이나 길거리는 많이 나오지 않으니까 수도원이 주된 공간인데, 전기가 안 들어와서 밤만 되면 완전히 깜깜해지고 심지어 우물에서 물을 길어 먹잖아요. 이교도는 출입할 수 없다는 팻말까지 붙어 있죠. 얼마

나 미개한 곳인지 느낄 수 있습니다. 거기에 알리나가 들어와서 질문을 던지는데, 전혀 대답을 하지 못해요. 할 수도 없고. 준비가 안 되어 있다는 거죠. 감독이 객관적인 시선을 유지한다고 하더라도 이미 결론이 나 있는 상황을 보여준다는 느낌이 들어요.

이상용 문쥬의 영화에서 공간은 정말 중요하죠. 한쪽은 종교적인 공간, 수도원이고 다른 한쪽은 과학적인 공간, 병원입니다. 둘 다 무지해요. 약간 변화를 주는 게 알리나의 집인데 그곳도 무지하고, 경찰이나 공무원 역시 다르지 않습니다. 이 감독이 바라보는 루마니아의 현실이 아닌가 싶어요.

현대영화의 리얼리즘

관객 B 불필요한 장면이 많이 삽입되었다고 느꼈어요. 흐름을 막기 위한 것인지 흐름을 정리하기 위한 것인지 아리송해요. 예를 들면 보이치타가 병원에 갔다가 돌아왔을 때 알리나의 오빠를 만나잖아요. 한 1분 정도 그냥 정적이 흐르는데 아무것도 보여주지 않아요. 왜 그 장면을 삽입했는지 모르겠어요. 이 영화에는 그런 장면이 꽤 많은 것 같아요.

김영진 그런 장면이 좀 싫었던 거죠? (관객 B가 질질 끄는 느낌이 든다고 하자) 그건 현대영화의 한 경향이기도 한데, 요즘 국제영화제에 가서 영화를 보면 10편 중 8편은 그렇습니다. '내가 그렇게 시간이 많은 줄 알아?' 이렇게 항변하고 싶어지는 영화들이 많아요. (웃음) 그런데 그렇게 만든 이유는 분명히 있습니다. 그런 장면은 극적으로 죽은 시간과 공간이라고 할 수 있죠. 일반적인 영화에서는 넣지 않을 거예요. 흔히 영화를 가르치는 학교에서도 의미 있는 것들만 쓰라고 하거든요. 또 사람들이 그런 것을 좋아해요. 그런데 현대영화는 사소해 보이는 순간들과 행위들을 버리지 않고 다 모아요. 현장에서 배우가 엉뚱한 행동을 한다? 어차피 모든 게 계획대로 되지 않거든요. 그런 현장은 재미없어요. 그러니까 그것들을 일단 긁어모았다가 나중에 적절히 쓰는 거죠. 이 영화도 리듬이 있습니다. 서서히 몰아치잖아요. 그렇다면 언급하신 장면은 활을 뒤로 당기는 행위와 비슷한 게 아닐까요? 영화를 다시 생각하면 분명히 그 형상이 종합적으로 나올 겁니다.

이상용 제가 말을 덧붙이자면, 이것은 크리스티안 문쥬가 리얼리스트라고 불리는 것과 무관하지 않습니다. 우리가 현실을 들여다보면 영화처럼 딱 딱 딱 꼭지가 짜여 있나요? 그렇지 않죠? 사소한 부스러기들이 많잖아요. 현실은 그런 것들로 이루어져 있거든요. 리얼리즘에 관한 이야기를 많이 한 독일의 영화이론가 지그프리트 크라카우어를 그의 친구이기도 한 발터 벤야민은 '새벽의 넝마주이'라고 불렀어요. 완결된 것을 향해서 나아가는 게 아니라 마치 부스러기를 모아 그럴듯한 현실을 그리려고 한다는 점에서 그렇게 말한 것이죠. 그러니까 문쥬는 어떤 장면에서 딱 멈추지 않고 시간을 조금 더 길게 가져갑니다. 그러면서 부스러기를 담죠. 이게 리얼리즘의 중요한 특징이에요. 결국 이 영화 역시 사소한 것들을 통해서 관객에게 의미를 전달한다고 할 수 있습니다.

이화정 이 영화는 2005년 루마니아에서 일어난 실화를 바탕으로 만들어졌습니다. 아마도 각본을 쓸 때 그곳을 직접 방문해서 분위기가 어떤지

다 살펴봤겠죠. 그런 영향이 있을 거예요. 그리고 이건 당연한 얘기지만 문쥬가 아니라 다른 감독이 만들었다면 영화는 조금 달라졌을 거라고 봐요. 사실 굉장히 충격적인 이슈잖아요? 수도사가 실형을 선고받았다는 사실도 다 빼고 어떻게 보면 별로 들어가지 않아도 될 것 같은 장면을 오랫동안 담고 있거든요. 그것은 고전적인 방식과는 다른 것을 건드리기 위한 하나의 장치라고 봅니다. 하나의 질문에 길게 답변을 했네요. 이것으로 이 영화가 낯설게 느껴진 것들이 조금이나마 풀렸기를 바랍니다.

2012.12.11

다른 나라에서
In Another Country

한국 | 2012 | 88분 | 홍상수 감독 | 이자벨 위뻬르, 유준상, 정유미, 윤여정 출연 | 영화제작전원사 제작 | (주)영화사 조제 배급 | 2012년 5월 31일 개봉 | 청소년 관람불가 | 2012 칸영화제 경쟁부문 초청

그녀가 스쳐간 자리

안느라는 이름의 세 여자는 서로 다른 이유로 모항이라는 작은 해변 마을에 도착한다.
한 펜션에 묵으며 안느는 외국어에 능통한 사람보다 그렇지 못한 사람과
더 많은 얘기를 나누고 그녀를 잘 아는 사람보다 그렇지 않은 사람과 더 많은 시간을 보낸다.

정한석 안녕하세요. 〈씨네21〉 정한석 기자입니다. 옆에 계신 분은 누군지 아시죠? 이 영화를 연출한 홍상수 감독님입니다. 이런 질문으로 시작할까 합니다. 우리가 살면서 '좋다' 혹은 '나쁘다'라는 표현을 많이 쓰죠. 감독님은 다들 아시는 것과 같이 '귀엽다'라는 표현을 많이 합니다. 심지어는 문성근 씨의 연기를 보고 귀엽다고 할 정도니까 그 표현을 얼마나 좋아하는지 짐작할 수 있을 겁니다. (웃음) 개봉한 이후로 어떤 평자와의 인터뷰 자리에서 감독님께서는 이 영화가 특히 맑고 귀엽다고 하신 적이 있습니다. 어떤 점에서 그런 느낌을 받으셨나요?

홍상수 영화는 제가 만든 거지만 어떤 식으로 보이고 경험될지 잘 모르

겠어요. 각자 보는 대로 느끼면 된다고 생각합니다. 그래서 직접 영화가 어떠하다고 말하는 건 가능하면 안 하는 편인데요. 그래도 피할 수 없는 상황이 생기죠. 그래서 언젠가 한마디 하게 된 것 같고, 그게 틀린 표현은 아닙니다. 구체적인 이유가 있었던 것은 아닙니다.

세 명의 안느와 배우들

정한석 초반부터 진땀을 빼고 있습니다. (웃음) 홍 감독님 영화에서 구조는 대단히 중요하다고 느낍니다. 그걸 어떻게 잡느냐에 따라 여러모로 다르게 느낄 수 있는 것들이 많다는 생각이 드는데요. 이 영화는 〈리스트〉라는 단편을 만든 뒤에 짧은 부분이나마 그것과 연결을 시도한 것이라고도 할 수 있는데, 실은 그것이 그간의 방법으로 놓고 보면 조금 이례적인 일이거든요. (〈리스트〉와 〈다른나라에서〉의 처음 장면은 같은 커트로 이루어져 있다.) 어떤 느낌이 닿아서 그렇게 해도 좋다고 생각하신 건지 궁금합니다.

홍상수 장편을 만들고서 단편을 하나 만들어야 하는 상황이었어요. 그래서 이 영화를 찍고 기왕이면 스태프와 배우가 다 있으니까 하루 쉬고 바로 다음 날 이틀 동안 찍기로 했습니다. 장소도 같고 여기에 나오는 분들 가운데 세 분이 그대로 출연하니까 만들 때 스치는 생각으로는 내용적으로 연결할 수도 있겠다 싶었는데 그렇게 하지는 않았고요. 편집할 때 지금과 같은 구성을 하는 것이 좋겠다는 생각이 들었어요.

정한석 저는 지금과 같은 버전이 아니라 앞부분이 겹치지 않는 버전을

126

본 적이 있습니다. 뭐라고 말하기 어렵습니다만 느낌이 좀 다르거든요. 감독님 입장에서는 그 두 개를 놓고 볼 때 어떤 점이 달라진 것 같으세요?

홍상수 〈리스트〉를 안 본 관객이 많을 것 같은데, 간단히 얘기하겠습니다. 여러분이 보신 첫 번째 파트 있잖아요. 정유미가 엄마와 얘기하고 테이블에서 글을 쓰는 부분이요. 처음에 그거 없이 1, 2, 3부를 만들어서 붙였어요. 이게 만약 한국 사람이 주인공이고 한국말로 진행된 거라면 다른 디테일이 나왔을 거고 텍스쳐도 달라졌을 텐데, 그렇다면 그렇게 세 개를 붙여도 괜찮았을 거예요. 그런데 외국 사람과 작업하는 데다 영어까지 쓰다보니까 별로 만족스럽지 않더라고요. 그러다 〈리스트〉 앞부분이 생각났어요. 그게 잡아주는 기능을 하는 것 같더라고요. 다른 인물과의 연결도 재밌는 것 같고. 그렇게 해서 만들게 되었습니다.

정한석 옴니버스 구조라고들 많이 이야기하는데요. 매번 이런 방식을 사용하는 건 아닙니다만 이번엔 조금 더 단순하게 펼쳤다고 할까, 조금 더 단순하게 연결했다는 느낌이 듭니다. 이런 구조는 어느 정도 작업 시점에서 결정하신 건가요?

홍상수 이자벨 위페르와 하기로 해놓고 이것저것 생각을 하다가 저한테 가장 강하게 다가오는 게 외국 사람을 만난 경험이었어요. 그걸 다뤄보고 싶다는 생각을 했습니다. 정확히 뭔지는 모르겠는데, 다른 한국 사람들도 잘 하는 행동들을 가지고 영화를 만들면 되겠다 싶었어요. 그리고 배우한테 얘기를 해줘야 하잖아요? 그래서 촬영 2, 3주 전에 이름이 같은 안느가 세 인물로 나온다고 했죠. 그 두 가지만 미리 정하고서 촬영에 임했습니다. 안느가 세 명이라 3부가 되었습니다.

정한석 이자벨 위페르가 중요한 인물로 나오긴 합니다만 각각 주인공으로 등장하는 세 명의 안느 주변에서 위성처럼 돌고 있는 나머지 배우들의 역할도 분량과 무관하게 공정한 정도로 아주 잘 나뉘어 있고 모두 가치가 있다고 느꼈습니다. 그중에서도 특히 인상적인 사람을 꼽자면 아무래도 안전요원일 텐데요. 저로선 이 인물에 대한 느낌이 감독님 영화에서 처음 보는 남자 같아요. 그동안 백치미를 겸비하고 있고 투박하기도 한 인물이 없었던 것은 아닙니다만 유독 안전요원은 좀 맑다는 느낌을 받았습니다. 부족한 영어로 친절을 베푸는 게 그랬어요. 감독님은 이 인물이 어떤 느낌으로 형성되던가요?

홍상수 이런 질문을 받으면 답변하기가 힘들어요. 하다보니까 나온 거거든요. (웃음) 사전에 정해진 것들이 아니에요. 제 몸에 축적된 것과 그때그때 주어진 것들이 부닥쳐서 나왔다고 할 수 있어요. 그걸 미리 알고 있었다고 생각하지는 않고요. 무의식이나 직관으로는 알고 있었을 수도 있겠죠. 그렇지만 그건 제가 말씀드릴 수 없는 것이고. 외국인과의 표피적인 만남을 그리다보니까 그 사람의 내면이나 히스토리가 나올 수 없잖아요. 게다가 영어로 표현해서 더 그런 면이 강조되었을 수도 있어요. 물론 거기엔 유준상 씨가 연기한 것이 더해진 것이고요.

눈에 보이지 않지만 주변을 맴도는 것들

정한석 영어 대사로 이루어진 첫 번째 영화인데요. 말씀하신 것처럼 여배우가 결정되고 일상에서 외국인을 대하는 감정을 떠올리면서 그런 소재가 나온 것이라고는 해도, 감독님 영화에서 한국말의 어조나 어감이 주는 영향이 굉장히 크다는 걸 생각한다면 그 부분을 제하고 만드는 상황에 놓였을 때 어떤 불안감 같은 것도 얼마간 있었을 것 같아요.

홍상수 당연히 조금 걱정스러운 생각은 했던 것 같아요. 대사를 촬영하는 당일 아침에 쓰니까 영어로 한다고 했을 때 뭐가 나올지 모르는 게 더 많다고 할 수 있죠. 근데 뭐 하다보니까 되더라고요. 그래서 계속 그렇게 갔고. 아까 말씀드린 걸 또 반복하는데, 외국인과의 표피적인 만남을 구경하는 데 목적이 있는 게 아니라 그걸 통해서 우리의 어떤 모습들이 그려진다고 생각하면서 영어를 썼기 때문에 효과적으로 드러나지 않았을까 싶습니다.

정한석 감독님 영화를 보고 의도나 의미를 묻는 건 무용한 일이 되기가 쉽습니다. 그런데 유독 이 영화에서 스님과 세 번째 안느, 민속학 교수가 나누는 대화와 상황에 관해서는 "저희가 어떻게 이해하면 좋을까요?" 이렇게 질문하고 싶은 생각을 참기가 어렵거든요. 그때 대사 사이사이를 채울 때 어떤 느낌으로 연결되기를 원했는지 들려주세요.

홍상수 그날 아침에 나오는 대로 쓴 겁니다. 당연히 스님이 말하고 묻는 장면이니까 제 생각이 많이 들어갔겠죠. 정리는 아니지만 뭔가 마무리가 됐겠죠. 그렇지만 제가 쓸 때 항상 그런 걸 조심해요. 인물과의 거리로 볼 때 중간 정도에서 하거든요. 조금만 이쪽으로 가거나 조금만 저쪽으로 가면 원하는 게 안 나와요. 마지막 부분이라서 약간 정리하는 느낌도 있지만 그걸 결론으로 보는 건 아니고. 대답이 재미없습니다만 모르는 상태에서 해야 돼요. 저인 것 같기도 하고 인물인 것 같기도 한 지점에서, 이상하게 떠 있는 상태에서 대사가 나오는 게 옳다고 봅니다.

정한석 이건 순전히 제 개인적인 느낌인데요. 감독님 영화에서 대사들은 때때로 의미 전달에 비중이 있다기보다는 그 대사가 던져졌을 때 눈에 보이지는 않지만 우리 주변에 널려 있는 만년필이나 소주병이 떠돌아다니는 느낌을 보는 것과 마찬가지로 사물화되어 있는 느낌입니다. 지금 말씀을 듣다보니까 그런 생각이 드네요.

관객 A 감독님 영화를 볼 때마다 실제 이야기인 것 같다는 생각을 해요. 대부분 영화 쪽에서 일을 하는 인물들 위주로 돌아가잖아요. 그래서 더 공감이 가는 측면이 있습니다. 내용을 어떻게 만드는지 궁금합니다.

홍상수 제가 뭘 쓰면 제 속에 있는 게 나오는 거지 제 속에 없는 게 나올 수는 없어요. 근데 그게 새로워지는 것은 배열하는 데 있거든요. 한 인물이 무슨 이야기를 합니다. 세 줄이 흘러가요. 그럼 첫 번째 줄은 제가 직접 누군가한테 들은 것, 두 번째 줄은 책에서 읽은 것을 응용한 것, 세 번째 줄은 어저께 텔레비전 뉴스를 보다가 환기된 어떤 사건, 이런 식입니다. 한 사람의 말에도 그게 다 섞여 있어요. 그 안에 있는 재료는 제가 다 직감적으로 받아들인 건데, 그걸 배열하는 과정을 통해서 새롭게 하는 거라고 생각해요. 그건 소설가도 그렇고 모든 예술가가 마찬가지죠. 흔히 창작이라는 게 아무것도 없는 데서 새로운 것이 생겨나는 것처럼 생각되지만, 그런 건 불가능해요. 아무리 기발한 것도 그 사람이 어디선가 본 것을 응용한 것이거나 새롭게 섞어서 나온 거죠. 그게 창조고 발견이고 상상이거든요. 인물이나 상황을 그렇게 느끼면 저로선 고마운 일이에요. 진짜 같다는 느낌을 받으면 좋죠.

그러나 제 나름대로 거리를 둡니다. 굉장히 희한한 행동을 하는 후배가 있어요. 저와 가까운 사람이라서 보여준 행동이죠. 그게 참 재밌어요. 그런데 그걸 영화에다 그리겠답시고 그대로 옮겨 놓는다면, 후배에 대한 인간적인 부담감 때문에 영화의 다른 요소들이 막 움직여야 하는데 마치 암 덩어리가 있는 것처럼 딱 막혀요. 그건 실재에 대한 존중이라고 할 수도 있고, 그 사람이 어떻게 생각할지에 대한 부담감이라고도 할 수 있죠. 그러니까 너무 멀어도 안 되고 너무 가까워도 안 됩니다. 너무 멀면 남의 작품을 흉내 내는 것밖에 안 되고, 너무 가까우면 창작이 필요로 하는 최소한의 자유가 없다고 봐요. 〈극장전〉에서 김상경 씨가 엄지원 씨랑 술을 먹는 장면에서 뜬금없이 소주잔을 확 깨물어요. 남자다운 호기로움 같은 게 있는데, 별 것 아닌 디테일이잖아요? 그 장면을 아침에 쓰게 됐어요. 그래서 후배한테 전화를 걸었어요. 허락을 맡아야겠더라고요. 그 자그마한 디테일도. 왜냐면 자기는 지금 상태가 안 좋은데 선배라는 놈이 영화를 만들면서 소주잔을 이로 깨무는 걸 썼다는 걸 알고 안 좋게 생각할 수 있잖아요. 기분 안 좋을 수 있잖아요. 그래서 전화를 했어요. 그랬더니 필리핀에 가 있더라고. 국제

전화를 했어요. 괜찮다고 하더라고. 그렇게 해서 썼어요.

정한석 거리를 둔다는 말을 염두에 두고 들어주시면 좋을 것 같아요. 영화에서 일반적으로 이야기 또는 서사라고 하는 것이 감독님 영화에서는 특이하게 완전히 배제되지 않고 얼마간 유지되면서도, 가끔씩 출몰하는 작은 사물들에 따라 좌지우지되며 다른 생각을 하게 만든다고 느낍니다. 그것이 늘 놀랄 만한 지점을 만드는 게 아닌가 싶습니다.

자유로움과 디테일 사이에서

관객 B 감독님 영화에 나오는 술자리 장면을 좋아합니다. 앉아서 술 마시는 모습을 마치 바로 옆에서 보는 것 같아서요. 롱테이크를 많이 쓰는데, 배우들이 NG를 냈을 때 얼마나 살리는지 궁금합니다. 얼마 전에 유준상 씨가 이 영화에서 텐트와 랜턴은 자기 아이디어라고 했어요. 본인이 가지고 가서 중요하게 쓰였다고. (웃음) 어떻게 생각하시나요?

홍상수 술자리 장면이라고 해서 다른 장면과 다르지는 않아요. 간단한 장면이라고 해도 대략 디테일이 천 개 정도가 있어요. 그걸 다 통제할 수는 없어요. 촬영이라는 건 무한정 하는 게 아니니까 제한이 있죠. 예를 들어 3분짜리 장면에서 꼭 체크해야 할 것들이 일곱 개라면 그건 절대 놓치지 않도록 준비를 해요. 근데 일곱 개가 다 기분 좋게 A가 나오지는 않아요. 네 개 정도 나오고, 나머지 세 개가 B+, B 정도 나왔다면 꽤장히 좋은 '오케이'가 됩니다. 그리고 유준상 씨가 텐트를 가져온 건 맞아요. 근데 그 의미를 약간 오해하신 것 같아요. "해변으로 가니까 텐트 가져갈까요?" 하길래 내가 가져오라고 했어요. 기타랑 랜턴도 가져왔더라고. 그걸 제가 쓴 거죠. 그 친구가 그렇게 쓰라고 한 건 아니고. (웃음)

정한석 촬영장에 가서 느낀 게 있어요. 감독도 뭘 쓸지 모르는 상태에서 배우들은 더 모를 것 아니겠습니까? 그래서 아침에 상황을 보면 다들 긴장하고 있습니다. 자기 분량이 어느 정도인지 모르고, 이야기가 어떻게 전개될지 모르는 상황이잖아요. 그래서 대본이 딱 나오면 사람의 암기력이 이렇게 발휘될 수 있을까 싶을 정도로 A4 몇 장씩 되는 대사들을 순간적으로 외워요. 그러면서 마치 자기가 아닌 다른 사람인 것 같은 무아지경에 빠지면서 영화를 찍는 경우가 많습니다. 구경꾼 입장에서 볼 때 감독님이 테이크를 갈 때마다 뭔지는 모르겠습니다만 이것만은 분명히 얘기하겠다 하는 것들을 적어도 한 가지씩 배우에게 정확히 지적해줍니다. 그걸 배우가 놓치지 않으면서 전체적으로 조화롭게 진행되는 인상을 받았습니다.

관객 C 영화를 볼 때마다 배우들이 홍상수스러운 캐릭터로 변신하는 게 놀라워요. 문성근 씨는 주로 개성이 강한 역할을 했는데, 여기서는 안느와 술을 먹을 때 아주 찌질한 연기를 보여주잖아요. 간극이 컸어요. 배우들에게 어떤 식으로 연기를 끌어내나요?

홍상수 홍상수스러운? 그건 잘 모르겠고요. 제가 써드린 대사를 배우가 자기 식으로 소화해서 촬영하는 순간 나오는 거죠. 그건 머리로 연습하는 건 아니거든요. 그래서 저한테는 캐스팅이 제일 중요해요. 캐스팅할 때 내

x

x

x

마음, 이 사람한테 본 것이 영화와 잘 맞느냐 안 맞느냐가 중요하고요. 말이 별로 필요 없어요. 처음 하는 분과는 술을 마시기도 하는데, 중요한 건 그게 일단 맞아야 돼요. 그리고 배우가 할 수 있는 대사를 쓰려고 노력하고요. 그러면 저절로 일어나는 것 같아요. 제가 준비할 시간을 별로 안 주거든요. 다른 배우들은 대본을 몇 달 전에 받기도 하고 그러는데, 그분들은 다 아침에 받아요. 읽고 연습하는 시간이 어떤 때는 3, 40분밖에 안 돼요. 외우기 바빠요. 다음 장면 찍으려고 뛰어가다시피 해서 또 외우고. 그런 게 제 방식인데, 제 속에서 나온 것과 배우에게서 나온 것이 똑같이 중요하죠. 배우가 의도한 건 아니지만 배우의 존재로 자극받는 것들이 중요해요. 설명할 수 없는 과정이 계속 일어나는 것 같아요. 어떤 때는 저도 많이 놀라요. 배우들도 놀라고요. 다른 분들도 잘했지만 이번에는 유준상 씨가 잘했어요. 특히 그 서 있는 모습 있잖아요? 그 자세! 참 대단한 것 같아요. 거기에 대해서는 한마디도 안 했어요. 그렇게 말이 없어도 되는 게 있어요. 주어진 건 구체적인 대사와 행동뿐입니다. 뭐, 말로 다 설명이 안 되네요.

정한석 전통적으로 연기를 잘하는 배우를 꼽으면 로버트 드 니로처럼 메소드 연기를 하는 분들이죠. 배우가 캐릭터로 변신을 하는 건데 그게 100% 가능하다고 보는 겁니다. 그런 걸 중요하게 여기는 연기 전통이 있어요. 그런데 홍상수 영화에서는 메소드 연기를 할 수 있는 가능성이 원천적으로 봉쇄되어 있고, 배우 자체가 자기도 모르게 자유로움을 느낄 수 있도록 하는 것이 큰 특이점이 아닌가 생각됩니다.

관객 D 제가 어렸을 때 자주 했던 게임이 생각났어요. 책을 펼치면 '몇 쪽으로 가시오'가 나오고 그걸 선택하면 또 '몇 쪽으로 가시오'가 나오는 게임이었거든요. 그걸 떠올리면서 영화를 봤습니다. 그러다가 맨 마지막에 안느가 우산을 딱 빼서 어디론가 가는 장면을 보고 세 명이 실은 한 명이라는 생각이 들었습니다. 그 장면에 특별한 의미가 있나요?

홍상수 세 명이 이름도 같고 배우도 같지만 영화에서는 다 다른 사람이잖아요. 1, 2, 3부에서 작은 행동이나 물건이 흘러 다녀요. A는 A고 B는 B인 것 같으면서도 그들의 행동이나 그들이 처한 상황이 인물과 비등하게 따로 떠올라서 중요해진다고 그러나? 이해하시겠어요? 그렇게 느껴졌으면 했던 것 같아요. 3부에서 스님이 주는 만년필이 1부에서 안느가 쓰는 몽블랑이라든가, 2부에서 안느가 숨긴 우산이 3부에서 다시 나온다든가, 그런 것들이 있었죠.

관객 E 저는 영화 동아리에서 영화를 찍고 있습니다. 오늘 이 영화를 두 번째 본 건데 느낌이 좀 달랐어요. 찾아낼 수 있는 것들이 많았어요. 감독님은 영화를 완성하고 나서 다시 볼 때 어떤 느낌이 드는지 궁금합니다. 더 넣거나 다르게 찍었으면 하는 것들이 있는지 여쭙고 싶습니다.

홍상수 볼 때마다 다른 경험, 저도 그래요. 그거 정말 좋죠. 아무리 오래 본 사람도 어느 날 갑자기 다르게 보이잖아요? 그런 물건이 되길 바라요,

제 영화가. 제가 단순하게 언어로 정리될 수 있는 주제 의식에 봉사하는 식으로 디테일을 짜지 않으려고 하는 것도 그런 거예요. 막연한 이상 같은 거죠. 어떤 물건이 보는 사람의 의도나 기분이나 처지에 따라서 다르게 보일 수 있게끔 하려는 게 있습니다. 주제 의식에 철저히 쏠리기보다는 볼 때마다 다른 게 느껴지길 원하고요. 그리고 두 번째 질문은, 그런 건 없어요. 예를 들어 '주인공이 잡힐락말락하다가 도망가는 장면이다. 그때 포인트는 특정 장르 효과를 쓴다.' 이런 게 정해져 있는 경우가 있죠. 천 명의 감독이 다 달라붙어서 똑같은 걸 하면서 조금씩 다르게 만들려고 하죠. 그렇다면 끝없이 할 수 있어요. 목표한 게 뚜렷하면 목표한 데서 조금 떨어진다고 생각되는 것들이 나오기 쉽잖아요. 근데 저는 떠오를 때 아예 통으로 확 떠오르고, 그게 배우한테 들어가서 덩어리가 되기 때문에 좀 다르죠. 아까 말했듯이 일곱 개 다 A가 나올 수는 없어요. 그렇게 하려면 지쳐요. 돈이 많이 들어요. 그러면 다음 영화를 만들기 힘들어져요. 그건 제가 원하는 게 아녜요. 그래서 딱 맺어버리는 게 있죠. 그렇기 때문에 저 장면은 없었으면 한다거나 뭐 다르게 찍었으면 하는 생각은 거의 하지 않습니다.

정한석 이 영화를 본 한 관객은 "솔직히 말해서 뭔지 잘 모르겠는데 그냥 좋더라"라고 했답니다. 저는 그런 반응과 느낌이 이른바 '홍상수 영화'를 감상하는 데 있어서 어떤 단계 혹은 충만함이라고 생각합니다. 그것이 질문과 함께 있다면 좋지 않을까 생각합니다. 오늘 늦은 시각까지 함께 이야기를 나눠주신 분들께 감사합니다.

2012.6.27

박쥐
Thirst

한국 | 2009 | 133분 | 박찬욱 감독 | 송강호, 김옥빈, 김해숙, 신하균 출연 | (주)모호필름 제작 | (주)씨제이엔터테인먼트 배급 | 2009년 4월 30일 개봉 | 청소년 관람불가 | 2009 칸영화제 심사위원상 수상 | 2009 스페인 시체스국제영화제 여우주연상 수상

영화적 체험의 강렬한 극단

병원에서 근무하는 신부 상현은 남몰래 백신 개발 실험에 참여했다가
바이러스에 감염된다. 죽음의 문턱에서 정체불명의 피를 수혈받은 그는 기적처럼 소생하지만
뱀파이어가 된다. 상현은 피를 원하는 육체적 욕구와 살인을 할 수 없는 신앙심의 충돌 속에서
친구의 아내 태주를 만나고, 시어머니와 남편에게 학대받던 그녀와
위험한 사랑에 빠져드는데……

이동진 저도 오늘 이곳에서 영화를 다시 봤습니다. 2009년 4월에 개봉한 작품이니까 벌써 꽤 시간이 흘렀죠. 이 영화는 역시 극장에서 봐야 한다는 걸 느꼈습니다. 모든 영화가 그렇습니다만 특히 〈박쥐〉는 더 그런 것 같아요. 처음 볼 때도 느꼈는데, 영화가 참 감각적입니다. 여기서 감각이라는 것은 시각, 청각, 촉각 등을 다 포함하는 개념이죠. 뭐랄까, 영화적 체험의 깊이뿐만 아니라 넓이까지 한 극단을 보여주고 있다는 생각이 듭니다. 감독님도 오랜만에 보신 거죠? 어떠셨어요?

박찬욱 사실 오랜만에 본 건 아닙니다. (웃음) 얼마 전 안성기씨, 이병헌씨가 할리우드에서 핸드프린팅을 했죠. 기념 행사에서 지금과 같이 관객

과 만나는 자리가 있었거든요. 정말 오랜만에 보는 거였죠. 그런데 영화를 보고 나서 기분이 별로 좋지가 않았어요. 영화를 만드는 사람이라면 누구나 느끼는 건데, 자기 영화를 거듭 보다보면 어떤 때는 괜찮게 생각되기도 하고 어떤 때는 부끄럽게 느껴지기도 합니다. 그날은 이상하게 내 영화가 아닌 것 같고. (웃음) 오늘은 괜찮네요. 그때와 달리 이번에는 디지털 상영을 부탁했는데 다행히 준비가 잘된 덕분에 조금 더 좋은 상태로 볼 수 있었습니다.

캐스팅의 추억

이동진 저는 개봉 전에 운 좋게 먼저 봤는데 막 흥분했던 기억이 납니다. 지금도 제 이름을 검색하면 연관검색어로 '이동진 박쥐'가 떠요. (웃음) 3년이나 지났는데, 그 정도로 제가 이 영화를 좋아한다는 소문이 난 거죠. 지금 다시 박쥐를 만들던 때를 생각하면 어떤 일이 가장 먼저 떠오르시나요?

박찬욱 김옥빈 양을 캐스팅하려고 만났던 날이 떠올라요. 그 친구는 제가 원했던 것보다 나이가 어려서 거들떠도 안 봤거든요. 그런데 정정훈 촬영감독이 〈다세포 소녀〉를 찍고 나서 강력하게 추천을 하는 거예요. 그래서 한번 만났어요. 3만 원짜리 와인을 시켰는데 생각보다 굉장히 맛있는 거예요. 게다가 배우도 다양한 얼굴을 갖고 있고 마음에 들었어요. 기분이 좋아서 와인 한 병을 더 시켰죠. 나갈 때 계산하려고 보니까 내가 0을 하나 빠뜨린 거예요. 그걸 계산하면서 얼마나 손이 떨리던지. 그래서 결심했죠. 김옥빈은 반드시 캐스팅한다! (폭소) 캐스팅 비화입니다. 사실 제가 영화를 볼 때 관객과 똑같은 눈으로 대하기는 힘들어요. 여기에 나오는 면면이 친한 사람들과 작업한 결과물이라서 피식피식 웃음이 나죠. 어떤 장면은 너무 송강호스럽고, 어떤 장면은 태주가 아니라 옥빈이 보이고. 태주가 라여사를 의자째 드는 장면이 있죠. 그때 오달수 씨가 대사를 하는데, 무슨 생각을 했는지 갑자기 고함을 지르는 거예요. 원래 오버 액션을 하는 사람이 아닌데 자기가 처음으로 그렇게 하고 나서 머쓱해했던 기억이 나요. 우리는 그걸 만나기만 하면 두고두고 놀렸어요. 다시 봐도 또 웃겼어요.

이동진 저는 다시 보면서 이런 생각을 했습니다. 대한민국에서 호구 연기는 역시 신하균! (웃음)

박찬욱 드라마 〈브레인〉을 보고 비로소 팬이 된 사람들에게 말하고 싶어요. "나의 하균은 그렇지 않아!" (웃음)

이동진 김옥빈 씨는 지금도 이 영화로 기억되는 것 같습니다. 개인적으로 송강호 씨 베스트 연기를 꼽으라면 이 영화인 것 같아요. 송강호 씨도 그렇게 생각하시는 것 같고요. 송강호 씨와 김옥빈 씨는 이 영화에서 연기 방식이 반대잖아요. 김옥빈 씨는 육식동물처럼, 송강호 씨는 초식동물처럼 연기합니다. 김옥빈 씨는 더하면서 연기하고 송강호 씨는 빼면서 연기하는데 두 사람이 잘 어울려요. 다들 훌륭한 연기를 보여줬죠. 그런데 그런 송강호 씨한테 한번은 이런 얘기를 들었어요. 이 영화를 감독님에게 처음으로 제의를 받았던 순간이 〈공동경비구역 JSA〉에서 갈대밭 장면을 찍을 때였다고. 거의 10년 전이죠. 아침 식사를 하는데 영화 〈복수는 나의 것〉

과 〈박쥐〉를 얘기했다는 거예요. 그러면 보통 "와! 재밌겠는데요?" 이렇게 인사라도 해야 하는데 너무 힘들어서 차마 그 얘기가 안 떨어졌다고. (웃음)

박찬욱 별로 존경하는 감독이 아니었던 거지! (웃음) 그전에 만든 영화는 아마 보지도 않았을 거예요. '이 영화나 잘 마쳐야 할 텐데' 그런 걱정을 하는 표정이더라고요. 소주 한 병 마시면서 얘기를 했는데 반응이 안 좋았고, 그래서 오랫동안 상처가 됐어요. 〈복수는 나의 것〉도 처음에는 거절했거든요. 그렇게 애를 먹이더니 그 뒤로는 자연스럽게 같이하게 됐죠.

궁극의 로맨스가 탄생하기까지

이동진 이 영화 속에는 거의 모든 장르가 다 녹아 있다는 생각이 듭니다. 마지막에 이르러 피바다가 되는 것까지 보고 나면 영화 자체가 마치 하나의 대양처럼 느껴져요. 어떤 생태계처럼 보입니다. 이렇게 많은 요소로 구성된 작품을 만들 때는 고려해야 할 것들이 너무나 많잖아요? 그런 측면에서 영화를 찍는 동안 이것만큼은 절대 놓치지 말아야겠다고 생각한 부분이 있다면요?

박찬욱 제게는 이 영화가 로맨틱 코미디이기 때문에 아무래도 그 점을 가장 중시했습니다. 결국 공포와 로맨스죠. 두 사람이 죽음을 함께하는, 또는 죽음으로부터 부활해서 다시 죽음을 맞이하는 '궁극의 로맨스'라고 생각했습니다.

이동진 〈싸이보그지만 괜찮아〉 때도 로맨틱 코미디라는 표현을 했어요. 그렇다면 전작에 이어 2부작을 만든 셈이었군요?

박찬욱 그 작품은 '일종의' 로맨틱 코미디였고, 이 작품은 '궁극의' 로맨틱 코미디입니다. (웃음)

이동진 다시 보는데도 130분을 넘는 시간이 짧게 느껴졌어요. 그런 측면에서 더 길게 만들었어도 좋지 않았을까 하는 생각이 듭니다. 애초에 지금보다 더 긴 버전도 구상하신 걸로 알고 있는데, 그게 DVD에 포함되어 나오기도 했죠.

박찬욱 확장판이 있습니다. 부산과 런던에서 한 번씩 상영한 적이 있어요. 블루레이는 디렉터스컷이라고 이름을 붙여서 확장판으로 나와 있고, DVD는 추가로 한 장 더 들어 있어요. 그건 심의를 받지 못해서 평소엔 상영할 수가 없어요. 거기엔 여기서 몇 가지 설명되지 않았던 것들이 포함되어 있습니다. 예를 들어서 태주가 밤길에 엎드려 있다가 자동차와 충돌해서 사람을 죽이는데 그때 그 운전자가 형사라는 것, 상현이 태주를 위해서 데려온 의사가 실은 상현에게 고해성사를 한 적이 있다는 것 등이죠. 상현은 누군가를 죽여야 한다면 비교적 나쁜 사람, 혹은 스스로 죽기를 원하는 사람을 택했어요. 그걸 조금 더 알 수가 있죠.

이동진 제가 제일 좋아하는 장면은 역시 상현이 태주를 살려내는 장면입니다. 종교적인 뉘앙스를 갖고 있는 영화에서 인물을 부감으로 찍을 때는 보통 구원에 대한 갈망을 드러내는 데 반해 이 영화에서는 하나같이 인물이 전락하는 순간을 포착한다는 점에서 매우 인상적이었어요. 아주 중요한 장면이라고 할 수 있을 텐데, 그걸 찍을 때 현장 분위기는 어땠나요?

박찬욱 저도 이 영화에서 가장 중요한 단 한 순간을 고르라면 상현이 태주의 얼굴과 목에 흐르는 피를 핥는 장면입니다. 그때 상현은 짐승처럼 보이죠. 고결한 신부가 그야말로 바닥으로 전락하는 순간이잖아요. 사실 생일 케이크에 촛불을 켜고, 라 여사의 따귀를 때리고, "해피버스데이 태주씨"까지가 하나의 시퀀스거든요. 굉장히 길어요. 그것은 분리될 수 없는 장면입니다. 그래서 배우들과 같이 매 컷마다 상의하고 의논하면서 공동 창작을 하듯 작업을 했어요. 다들 고도의 집중력을 요했죠. 좁은 스튜디오 안에 열기가 가득했어요. 공기가 끈적끈적하게 느껴질 정도였어요. 아직까지도 제게 매우 행복한 기억으로 남아 있습니다.

관객 A 영화 속에 흡혈귀 아이디어와 에밀 졸라의 《테레즈 라캥》 아이디어가 들어갔는데 어떻게 그것을 결합하게 되었는지 듣고 싶습니다.

박찬욱 《테레즈 라캥》과 관련된 내용이 나중에 들어갔어요. 처음엔 그냥 순수한 흡혈귀 영화였고, 훗날 에밀 졸라가 쓴 책이 번역된 이후에 그걸 읽고 영화를 만들기로 마음을 먹었거든요. 그건 다른 작품이었어요. 그러니까 〈박쥐〉를 만들고 나서 다음 작품으로 생각하고 있었던 거죠. 그런데 어느 날 피디가 그 두 가지를 합쳐서 안 될 이유가 있느냐고 하더라고요. 마침 또 그때 〈박쥐〉에서 여자 캐릭터가 남자 캐릭터와 어떤 관계인지 잘 안

풀려서 고생하고 있었거든요. 그래서 그 이야기에 조금씩 관심을 갖게 되었고, 서로 의견을 주거니 받거니 하면서 지금과 같은 이야기를 만들게 되었습니다.

관객 B 태주가 사는 곳을 한복집으로 설정한 이유가 있나요?

박찬욱《테레즈 라캥》에서도 실과 단추를 파는 가게가 나와서 연상이 됐는지 모르겠는데, 지긋지긋하게 건강한 여자가 요조숙녀처럼 하루 종일 비녀를 꽂고 앉아 있는 모습이 떠올랐어요. 그게 그 여자의 욕망을 더 억누르는 것 같기도 하고. 태주의 표현대로라면 그 집은 늘 질질 짜는 뽕짝을 틀어 놓잖아요. 그것도 한복과 잘 어울릴 것 같았어요. 그리고 뱀파이어 영화에 한복집이 나온다는 게 웃기다고 생각했어요. 서양 옷을 입히는 마네킹과 한복을 입히는 마네킹은 생김새가 전혀 다른데, 일부러 서양 옷을 입히는 마네킹을 썼거든요. 그렇게 우스꽝스러운 것들을 많이 넣었어요. 마작을 하면서 보드카를 마시는 것도 그렇죠.

관객 C 이 영화뿐만 아니라 박찬욱 감독님 작품에서는 스스로 지은 죄 때문에 고통을 받는 인간들이 많이 나옵니다. 속죄하는 감정에 특별히 주목하는 이유는 무엇인지 궁금합니다.

박찬욱 죄를 지었다는 자각이 마음의 고통을 낳는 게 제 영화의 주된 얘깃거리라는 건 확실한 것 같아요. 누가 봐도 큰 죄를 저질렀는데 아무렇지 않게 살아가는 사람들이 있어요. 그와는 반대로 별 것 아닌 작은 실수에도 아주 예민하게 반성하고 번민하는 사람들이 있어요. 저는 그렇게 괴로워하는 사람, 그걸 어떻게 해서든 바로잡아보려고 하는 사람이 존경스러워요. 그래서 그런 인물을 자꾸 등장시키는 것 같아요. 제 영화가 대개 폭력적이고 변태적이라고 하지만, 제가 생각하기엔 시대착오적이라고 할 만큼 고전적인 도덕에 관한 이야기를 하고 있다고 봅니다. 바로 그런 점들 때문이죠.

할리우드로 날아간 박찬욱

이동진 드디어 〈스토커〉를 끝내셨습니다. 〈박쥐〉로 최상의 순간을 맞이하고 나서 할리우드에서 작품을 만들게 되었는데요. 영화를 찍는 환경과 관련해서 한국과 가장 다른 게 뭔가요?

박찬욱 충무로에서 속고 살았어요. 미국에서는 어떻게 한다더라, 그런 것이 두 가지가 있었습니다. 하나는 스토리보드를 처음부터 끝까지 그린다는 겁니다. 제가 〈공동경비구역 JSA〉를 준비할 때 심재명 씨가 그렇게 얘기해서 믿었거든요. 완전히 거짓말이었어요. 그분도 속았을지 모르죠. (웃음) 미국에 가서 그 얘기를 했더니 다들 놀라면서 왜 그러냐는 둥 그게 어떻게 가능하냐는 둥, 그들은 복잡한 시퀀스에서만 쓴다고 하더라고요. 나를 신기하게 생각한 프로듀서가 "우리 감독은 스토리보드 처음부터 끝까지 그리는 사람"이라고 하고 다녔어요. (웃음) 또 하나는 현장 편집인데, 〈친구〉의 황기석 촬영감독이 미국에서 온 사람이었는데 할리우드에서는 다 그렇게 한다는 거예요. 그게 퍼져서 한국은 다 그렇게 하고 있잖아요?

그런데 현장 편집은 아예 개념조차 없어요. 그게 뭔지도 몰라요. 하여간 그게 제일 큰 차이였는데, 저는 그렇게 속아서 산 인생이 보람찼어요. 스토리보드도 그렇고, 현장에서 편집하며 찍어온 것이 제게 도움이 된 것 같아요. 그렇게 하지 않고 찍으려니까 애를 먹었죠.

이동진 오히려 미국 스태프들이 놀랐겠네요. 한국의 선진적인 현장 편집.

박찬욱 그건 못 썼어요. 촬영 횟수가 너무 적었기 때문에 현장 편집을 하는 사람이 있다고 해도 써먹을 수가 없는 거죠. 김지운 감독은 〈라스트 스탠드〉를 찍을 때 현장 편집이 있었어요. 얼마나 부럽던지.

이동진 〈스토커〉에 훌륭한 배우들이 여럿 나오는데 누가 가장 마음에 드셨나요?

박찬욱 다 좋았어요. 그래도 제일 친했던 건 미아 바시코프스카였어요. 먼저 찾아와서 다음 촬영에 대해서 묻기도 하고 쉬는 날 만나자고도 하고, 적극적이라서 대화를 많이 한 편이죠.

관객 D 박찬욱 감독님이 칸영화제에서 심사위원상을 탔기 때문에 세계 3대 국제영화제에서 가장 먼저 최고상을 받는 한국 감독이 될 것이란 얘기가 있었습니다. 그런데 이번에 김기덕 감독님이 〈피에타〉로 베니스영화제에서 황금사자상을 받았죠. 미국에서 활동하는 바람에 그런 기회를 놓친건 아닌가 하는 아쉬움은 없나요?

박찬욱 뭐, 저도 받으면 되죠. (웃음) 이번에 김기덕 감독님의 수상 소식을 들었을 때 올 것이 왔다는 생각이 들었어요. 놀랍지도 않았어요. 그분이 유럽에서 어떤 평가를 받고 있는지 잘 아는 사람으로서 오히려 좀 늦은 감이 있다는 느낌이었거든요. 같은 한국 감독일 뿐만 아니라 동네 이웃 사람으로서 무척 기뻤습니다. 우리 동네에 현수막도 걸렸어요. 진심으로 축하하는 마음입니다. 말씀하신 것처럼 미국영화는 아무래도 조금 더 장르적이라서 유럽영화제 경쟁부문에 들어가는 것도 쉽지 않고 들어간다 하더라도 상을 받는 것은 좀 어울리지 않죠. 제가 외국에서 상을 받으면서 비판도 많이 받았어요. 제일 듣기 싫은 소리가 상을 받을 목적으로 작품을 기획했다거나 장면을 만들었다는 얘기예요. 어디 가서 하소연하고 싶은데 그럴 수도 없고, 그런 것들이 신경이 쓰여요. 몇 십억이 오가는 영화인데 개인의 명예를 충족하려고 그렇게 만든다는 건 정말 파렴치한 짓이 아니겠습니까? 저는 그런 사람이 아닙니다. (웃음)

이동진 이상으로 마치겠습니다. 마지막으로 인사 말씀 부탁드립니다.

박찬욱 저도 아주 소중한 추억이 될 것 같아요. 오랜만에 좋은 극장에서 영화도 보고 진지한 관객들 틈에서 소중한 체험을 했습니다. 〈스토커〉가 개봉하면 이런 자리가 또 만들어지겠죠. 또 뵐 수 있길 바랍니다.

2012.9.12

토리노의 말
A Torinoi Lo

헝가리, 프랑스, 독일, 스위스, 미국 | 2011 | 146분 | 벨라 타르 감독 | 야노스 델시, 에리카 보크, 마할리 코모스 출연 | (재)전주국제영화제조직위원회 수입 | (재)전주국제영화제조직위원회 배급 | 2012년 2월 23일 개봉 | 15세 이상 관람가 | 2011 베를린국제영화제 은곰상 수상

거꾸로 쓰인 창세기

1889년 토리노에서 길을 지나던 니체는 마부의 매서운 채찍질에도
꿈쩍하지 않는 말을 보고 흐느꼈다. 그러고 나서 집으로 돌아와 "어머니, 저는 바보였어요"라는
말을 남긴 채 10년간 식물인간에 가까운 삶을 살다가 세상을 떠났다.
영화는 이 유명한 이야기로 시작해서 어느 시골 마을에 사는 부녀를 비춘다. 물을 긷고 감자를 먹고
옷을 입고 잠을 자는 일련의 행위가 반복되는 동안 세상을 밝히는 빛은 점점 꺼져 간다.

이동진 제가 오늘 어느 정도로 이야기를 드려야 할지 잘 몰라서 먼저 한
가지 여쭤볼게요. 혹시 벨라 타르의 영화를 이 작품 말고 한 편이라도 본 적
이 있으면 손들어주시겠어요? 음, 거의 없군요. 뭐, 무리도 아니죠. 보기가
어려우니까요. 제가 언론 시사회를 못 가서 개봉한 첫 주에 영화를 봤어요.
벨라 타르의 영화는 꼭 챙겨 보려고 하기 때문에 극장에 가서 봤는데, 대부
분 혼자 오셨더라고요. 아트시네마 같은 데가 아니면 사람들은 혼자 영화
잘 안 보잖아요? 극장 분위기가 굉장히 독특했어요. 많은 분들이 졸 줄 알
았는데 의외로 그렇지 않았어요. 제가 맨 뒤에서 봤거든요. (웃음)

원래 벨라 타르의 영화를 좋아하지만 이 영화를 보고 나서 '와, 정말 굉장하다! 거장이 퇴임을 작정하고 영화를 만들면 이렇게 되는구나!' 싶었습니다. 저는 이제껏 총 여섯 편을 봤는데요. 오늘 본〈토리노의 말〉과 더불어〈사탄탱고〉,〈베크마이스터 하모니즈〉이렇게 세 편은 진짜 걸작이란 느낌이 듭니다. 하나만 꼽으라면 90년대에 만들어진〈사탄탱고〉가 베스트라고 생각합니다. 그럼에도 불구하고, 영화에 관한 장력이라고 할까요? 그런 측면에서 이번 작품이 가장 밀도가 높은 영화라는 생각이 듭니다. 영화가 점점 공산품처럼 되어가는 시대에 아직도 이렇게 위대한 작품이 만들어지고 있다는 데 감동을 받았습니다. 아마도 올해 최고의 영화가 아닌가 싶어요. 이 영화를 만들 때부터 벨라 타르가 공언을 했죠. 이것을 은퇴작으로 하고 더 이상 영화를 만들지 않겠다고. 너무나 맞춤한 영화를 만들었네요. 일말의 여지도 없이 문을 닫고 퇴장하면서 딱 끝내잖아요. 그런데 벨라 타르가 대단한 거장이라 우리가 외경심으로 봐서 그렇지 사실 나이는 얼마 안 됩니다. 조기 은퇴했어요. 이제 68세거든요. 할 만큼 했다고 생각한 것 같아요. 배급사 측에서 얘기를 들었는데 앞으로 영화와 관련된 일은 계속 한다고 하네요. 협회도 만들고 제작도 하고.

벨라 타르가 이와 같은 영화를 만들게 된 것은 80년대 후반입니다.〈파멸Karhozat〉이라는 작품부터 고유의 문법을 발견하고 그렇게 찍기 시작했어요. '벨라 타르' 하면 생각나는 몇몇 장면들, 방법론들이 떠오르게 됐죠. 그렇게 주목을 받으면서 90년대 중반에 위대한 작품을 내놓습니다. 그 작품이 바로 아까 말씀드린〈사탄탱고〉입니다. 무려 일곱 시간이 넘어요. 제가 알기로는 우리나라에서 상영한 적이 딱 두 번밖에 없어요. 두 번 다 전주영화제에서 상영한 걸로 알고 있는데, 아마 맞을 거예요. 벨라 타르를 한국에 소개한 것은 전주영화제의 공헌이 결정적이었다고 생각합니다. 이것도 지금 전주영화제에서 수입 배급하고 있는데 정말 감사한 일이죠.

전주영화제에서 1회 때 〈사탄탱고〉를 상영했어요. 저는 그때 기자로 취재를 하러 전주에 갔었는데요. 보고 싶었죠. 심야 시간에 잡혀 있었습니다. 근데 하필이면 다음날 아침 아홉 시부터 직장에 나가 뭘 해야 하는 상황이라서 봐야 하나 말아야 하나 고민을 했어요. 결국 밤 열한 시에 차를 몰고 그냥 갔거든요. 나중에 땅을 치고 후회했죠. 그러고 나서 2008년에 벨라 타르 기획전을 전주영화제에서 했어요. 그때 우리에게 본격적으로 소개됐다고 할 수 있습니다. 〈사탄탱고〉는 굉장한 작품입니다. 언젠가 우리나라에서 상영할 기회가 있으면 시네마톡을 꼭 한번 해보고 싶은 마음이 있는데, 단 살아남으셔야 한다는 전제가 있죠. 새벽 다섯 시쯤 피곤한 상태에서 얘기를 한다면? (웃음)

'벨라 타르'라는 독특한 세계 속으로

벨라 타르 영화는 몇 가지 특징이 있어요. 이 영화에서 그대로 드러납니다. 첫 번째는 일단 방법론적인 특징을 얘기할게요. 흔히 영화에서 '쁠랑세 깡스plan-sequence'라는 말을 합니다. 영어로 얘기하면, '원 신 원 쇼트one scene-one shot' 혹은 '원 시퀀스 원 쇼트one sequence-one shot'거든요. 특정한 장소와 특정한 시간에서 이루어지는 하나의 이야기를 보통 나눠서 찍잖아요? 그런데 이 사람은 하나로 찍어요. 〈사탄탱고〉에서도 끝없는 트래킹 쇼

트가 나오는데, 소들이 계속 지나가요. 그것도 천천히. 10여 분간 트래킹을 하는데도 끝나지가 않죠. 이 영화도 처음에 말이 등장하는데 그렇게 찍었잖아요. 기술적으로 어려운 장면입니다. 이 영화는 편집의 영향력이 최소한으로 줄어들 수밖에 없습니다. 왜냐하면 한 편의 영화에서 쇼트가 4000개인 영화와 30개인 영화는 당연히 편집에서 구성할 수 있는 것이 다를 수밖에 없으니까요. 그래서 이런 영화들은 사전에 콘티를 명확하게 짜야 합니다. 현장에서 즉흥적으로 촬영할 수 없어요. 수도 없이 리허설을 했을 거고요.

현대 영화에서 쇼트 길이가 보통 평균 6초에서 8초라고 하거든요. 여러분, 평소에 인지 못 하시죠? 왜냐하면 영화 언어가 주로 할리우드 중심으로 '불가시편집'이라고 해서 눈에 보이지 않게 하는 기술이 굉장히 발달했기 때문인데, 이 영화는 한 장면이 5분씩 지나가니까 한참 졸더라도 그 장면이 그대로예요. (웃음) 영화 역사상 영화 언어를 만드는 방법을 크게 두 가지로 말한다면, 하나는 쇼트 안에서 뭔가를 구사하는 방법이고 다른 하나는 쇼트와 쇼트를 연결하는 방법입니다. 이 영화는 전자에 해당합니다. 그러니까 편집보다 촬영이 중요하죠. 미장센이 더 중요해져요. 소품의 배치, 화면의 깊이, 배우의 동선 등 쇼트 안에서 이루어지는 것들 말입니다. 이런 게 바로 뻴랑세캉스의 방식입니다.

두 번째는 흑백 필름입니다. 이 사람은 24년간 모든 장편을 흑백으로 찍었어요. 흑백이 갖고 있는 미적인 감각이 있잖아요. 이 영화도 황폐하고 미니멀한데 한편으로 매우 아름답게 느껴지지 않습니까? 그런 것들이 흑백 필름과 관련이 있고요. 세 번째는 수평 트래킹입니다. 왜, 바닥에 레일 같은 거 깔죠? 옛날에는 유모차에 신기도 했어요. 좌에서 우로 이동하면서 찍는 건데, 벨라 타르 하면 그게 딱 떠오르죠. 일반적으로 영화에서 그걸 하는 이유는 인물의 동선을 따라가기 위해서입니다. 최근에 김경묵 감독의 〈줄탁동시〉에서도 인물이 계속 거리를 걷는데 수평 트래킹으로 찍고 있어요. 그런데 벨라 타르 영화에서는 그게 아니라 공간감을 살려내기 위해서입니다. 그런 면에서 벨라 타르 영화를 이해하는 핵심 중의 하나는 공간감이라는 건데, 그건 또 잠시 후에 다시 얘기하도록 하죠.

벨라 타르가 추구한 일생의 주제는 사실 이 영화에서도 똑같이 반복된다고 할 수 있을 텐데, 결국 두 가지예요. 하나는 '인간의 실존이 얼마나 처참한 운명 속에 놓여 있는가?'이고, 다른 하나는 '그런 인간들이 모여 사는 사회란 얼마나 부조리한가?'입니다. 〈사탄탱고〉나 〈베크마이스터 하모니즈〉가 그렇죠. 이 사람만큼 자신의 비관적인 시선과 전망을 타협하지 않고 철두철미하게 함축해서 만드는 사람이 또 누가 있나 싶을 정도예요. 근데 또 인터뷰는 그와 달리 유머러스하게 하시더라고요. 모든 예술이 그렇습니다만 벨라 타르도 영향을 받은 사람이 있어요. 제일 먼저 얘기하는 감독은 미클로시 얀초입니다. 형식적인 측면에서 관계가 있는데요. 쇼트 안 인물의 움직임, 카메라의 움직임과 같은 것들이죠. 그 외에 로베르 브레송이나 안드레이 타르코프스키가 있습니다. 그것까지 얘기하면 너무 깊어질 것 같으니까 오늘은 이 정도로 넘어갈게요.

창세기와 수비학

다른 분들은 뭐라고 얘기했는지 궁금해서 좀 찾아봤는데, 여러 국내평론가가 이 영화를 너무 상징적으로 해석하면 안 된다고 했어요. 저는 그렇게 생각하지 않습니다. 굉장히 상징적으로 해석해야 한다고 생각해요. 왜 냐하면 이 영화를 꼼꼼히 뜯어보면 벨라 타르가 고도로 상징적인 뉘앙스를 집어넣었다는 걸 알 수 있거든요. 하다못해 서양의 고전적 전통인 수비학數秘學, numerology이 보입니다. 쇼트의 개수도 그렇고, 특정 이야기를 비트는 방식도 그래요.

그렇다면 이 영화를 내용적인 측면과 형식적인 측면에서 분석해볼 필요가 있겠죠. 여러분도 느꼈겠지만, 이 영화는 창세기를 뒤집은 이야기입니다. 여기서부터 굉장히 상징적이죠. 기독교인이 아니더라도 신이 세상을 일주일 동안 만들었다는 것쯤은 다들 알잖아요. 최초로 만든 것이 빛입니다. 6일째 만든 것이 인간입니다. 7일째는 신께서 흡족해하며 하루를 쉰 거죠. 그게 안식일이고요. 이 영화는 그걸 뒤집어서 만들었어요. 창세기는 세상을 만든 신화입니다. 그런데 영화에서는 6일까지 나오죠. 마지막 날은 몹시 참담합니다. 바로 인간이 만들어진 그 순간의 상태를 보자는 거죠. 그리고 빛이 꺼지면서 영화가 끝이 납니다. 이것은 사실 벨라 타르가 자주 활용하는 방식입니다. 〈사탄탱고〉를 보면 두 가지 이야기를 따왔다는 걸 알 수 있습니다. '소돔과 고모라'에 관한 이야기와 예수 부활에 관한 이야기를 비틀어서 만들었다고 할 수 있거든요. 그런 면에서 이 영화는 〈사탄탱고〉와 가장 비슷하지 않나 싶습니다.

제가 다른 건 못해도 숫자는 굉장히 잘 세거든요. (웃음) 쇼트를 세어 봤더니 31개예요. 인터넷에는 30개로 돌아다니는데, 아니고요. 제가 정확히 두 번 셌는데 31개예요. 벨라 타르라는 사람이 얼마나 집요하고 강박적인 사람인가 하면, 쇼트의 배치에서도 알 수 있어요. 제가 찾아본 어떤 글에서도 언급하지 않았는데, 날마다 정확히 쇼트가 여섯 개입니다. 첫째날, 둘째

날, 계속 여섯 개예요. 마지막 날만 한 개입니다. 왜 이런 것까지 맞췄을까요? 벨라 타르가 말한 적은 없지만, 6에 대한 수비학 때문입니다. 6이 인간을 상징하는 숫자이기 때문이죠. 기독교 문명에서 7은 완전한 숫자예요. 하나가 모자라기 때문에 인간은 불완전하다고 보는 거죠. 그래서 6은 인간의 불완전함을 상징하기도 하고 인간 자체를 상징하기도 합니다. 이렇게 인간의 존재 조건에 관한 실존적 딜레마를 쇼트의 개수로 맞춰놓은 거예요.

그렇다면 왜 쇼트의 개수를 30개라고들 하느냐? 다섯째 날을 보면 보기에 따라서 다섯 개일 수도 있고 여섯 개일 수도 있다는 생각이 들어요. 불이 꺼지는 장면에서 그런 차이가 생기는데요. 이때 벨라 타르가 그동안 거의 쓴 적이 없었던 쇼트가 한 번 등장합니다. 등불이 등장하는 인서트 쇼트인데, 그 장면만 인서트 쇼트를 넣었어요. 불이 꺼지는 것을 딱 보여주죠. 이 감독은 원래 그런 걸 쓰지 않아요. 뿔랑세깡스로 영화를 찍는 사람이니까요. 이례적으로 쓴 겁니다. 그래서 엄청난 순간을 만들어냅니다. 어쨌건 불이 꺼지고 불이 들어오는 쇼트를 하나로 보느냐 둘로 보느냐에 따라 차이가 나는데, 뒤쪽에 가면 앵글이 달라지기 때문에 두 개의 쇼트로 보는 게 당연하다고 생각합니다.

완벽한 폐곡선, 가장 위대한 은퇴작

빅토르 에리세의 〈벌집의 정령〉을 보면 쇼트의 개수가 정확히 1000개입니다. 더 웃긴 건 실내 장면이 500개고 실외 장면이 500개라는 거예요. 이쯤 되면 완벽한 변태죠. (웃음) 맞춰서 찍었다는 얘기잖아요. 30개 정도는 셀 수 있지만 1000개는 누가 세겠어요? 어쩌면 자신만 알 수도 있는 것을 장치한 거예요. 그 정도는 아니지만 이 영화도 만만찮죠. 부제를 짓는다면 '건축학개론' 정도 됩니다. 저는 가장 건축적인 방식으로 영화를 만드는 감독이 바로 벨라 타르라고 생각하거든요. 공간 자체가 중요한 데다 플롯이나 쇼트를 쌓아가는 방식도 매우 건축적입니다. 그 공간감을 채우는 건 시적인 리듬입니다. 여기서는 건축적인 면을 뒷받침하는 몇 가지 예를 살펴보도록 하죠.

이 감독의 영화에서 창문은 매우 중요한 구실을 합니다. 영화마다 창을 우두커니 내다보는 장면이 많아요. 처음에는 주인공이 바깥을 열심히 쳐다봅니다. 이사를 하려다 실패하고 돌아오죠. 그 전에는 맨날 안에서 밖으로 찍었는데, 그때 처음으로 밖에서 안을 찍습니다. 딸이 창문으로 바깥을 쳐다보는 모습을 볼 수가 있죠. 완전히 유폐된 자 같아요. 갇힌 사람입니다. 창문의 용도는 두 가지예요. 하나는 밖을 내다보는 것이고, 다른 하나는 환기하는 것이죠. 이 영화는 앞의 용도로는 쓰이는데 뒤의 용도로는 쓰이지 않습니다. 세상을 보고는 있지만 통하지는 않는 거예요. 그렇게 단절의 느낌을 줍니다. 노인은 마지막에 창문을 보지 않고 고개를 숙이고 있습니다. 이런 게 다 사전에 콘티를 짠 거죠. 굉장히 어렵게 찍었을 거예요.

바람도 그래요. 실제로 바람이 부는 데서 찍은 것 같아 보이지만 벨라 타르가 만든 공간은 전 세계 어디에도 없어요. 집은 세트입니다. 바람은 인공적인 거고요. 심지어 헬기까지 동원하기도 해요. 그야말로 인위적인 방식이죠. 그만큼 바람이 중요하니까요. 영화에서 비가 쏟아지는 장면을 찍으려고 해도 통제를 해야 하거든요. 자연 상태에서 폭우가 와도 돈 굳었다며 그냥 찍을 수는 없어요. 그래서 영화에서 비 오는 장면은 대부분 살수차를 동원해서 찍죠. 이 영화 역시 통제를 한 겁니다. 얼핏 봐서는 아주 간단히 찍은 것 같죠? 여기서 보이는 자연스러움은 인위적인 자연스러움입니다. 그래서 벨라 타르가 위대한 감독이라는 겁니다. 자기가 만들고자 하는 것에 대한 미학적인 장악력을 보여주니까요.

연기는 어떤가요? 어느 동네에 사는 사람들을 데려와서 시킨 것 같죠? (웃음) 전혀 아닙니다. 남자 배우는 베테랑이고 여자 배우는 〈사탄탱고〉의 주인공이었어요. 거기서는 꼬마였죠. 두 사람은 이 영화 외에도 감독의 다른 작품에 많이 나왔어요. 이런 방식으로 찍으려면 감독이 독재적일 수밖에 없습니다. 그러니까 맨날 같은 사람하고만 찍어요. 배우, 촬영, 각본, 음악 모두 자신의 예술적인 비전을 공유하는 이들과 함께 만들어나가는 거죠. 그런데 이제 폐업 선고를 합니다. 이미 다 보여준 걸까요? 절망적인 곳에 던져진 인간의 존재를 물끄러미 응시하면서 끝을 냅니다.

혹시 약속을 깨고 다시 영화를 만든다면 굉장히 어려울 거예요. 왜냐하면 이 영화만큼 닫힌 영화가 없거든요. 폐곡선처럼 만들었어요. 필모그래피에서도 그런 역할을 하죠. 한 거장의 퇴임사로 이보다 더 완벽한 작품이 있을까 싶을 정도입니다. 알다시피 이 작품은 베를린영화제에서 은곰상을 받았습니다. 황금곰상을 받은 〈씨민과 나데르의 별거〉도 훌륭하지만, 저라면 이 영화를 택했을 것 같아요. 이쯤 되면 위대한 영화라고 말을 해야겠네요.

절망적 분위기가 남긴 궁금증

관객 A 영화에서 옷을 입는 행위나 밥을 먹는 행위가 너무 반복적으로 나오는데, 그 의도를 모르겠어요.

이동진 일반적으로 영화는 생략할 수 있을 때까지 생략하는 방식을 씁니다. 영화 언어는 활자 언어에 비해서 경제성이 매우 떨어져요. 그래서 줄일 수밖에 없어요. 영화에서 이야기는 단조로울 수밖에 없다는 얘기죠. 그런데 벨라 타르는 정반대입니다. 그의 작품 세계를 설명할 때 많은 평론가들이 얘기하는 것이 바로 '물성物性'입니다. 그것을 몸으로 느낄 수 있다는 거예요. 만약 이 영화를 일반적인 방식으로 찍게 되면 단편영화 분량이겠죠. 이야기가 없잖아요. 날짜만 있을 뿐이죠. 그러니까 길게 찍는 이유는 그 시간과 공간을 관객이 고스란히 체험했으면 하는 거죠.

관객 B 중간에 집시들이 찾아왔을 때 절망적인 느낌이 들었습니다. 성경을 주고 간 것 같은데.

이동진 그런 식의 설정도 빠지지 않고 나옵니다. 정확하게 말하면 성경이 아니라 성경과 비슷하게 만든 겁니다. 각본가가 썼다고 해요. 벨라 타르가 만든 영화에서 종교적인 함의는 언제나 우스꽝스럽거나 헛소리에 가까운 것으로 치부됩니다. 아마도 감독은 무신론자일 거예요. 재밌는 건 무신론자라고 하더라도 신의 부재를 내내 생각하는 사람인 것 같아요. 어떤 무신론자는 신이 있건 없건 신경을 안 씁니다. 말이 좀 이상하지만, 제가 볼 때 그게 진정한 무신론자예요. 그런데 벨라 타르는 그렇지 않다는 거죠. 그런 의미에서 그의 생각은 기독교 문명과 관련이 있어요. 여기서 집시 말고 한 사람 더 나오죠. 술 먹고 와서 거의 예언에 가까운 말을 하는 남자. 길게 떠드는데 그에 대한 주인공의 답변이 재밌어요. "헛소리군." (웃음) 〈사탄탱고〉에서도 그런 순간이 있어요. "매년 그 소리를 반복하는군." 그의 영화가 무서운 이유는 인물들이 살아야 할 이유를 하나도 발견하지 못한다는 데 있어요. 극도의 '카오스' 속에서 살아갑니다. '코스모스'를 제시하는 사람이 나타나지만 소용이 없는 거죠.

관객 C 한쪽 팔밖에 못 쓰는 마부가 니체와 어떤 관련이 있는지 궁금합니다. 니체의 삶도 몹시 불행했죠.

이동진 팔을 못 쓰는 건 어려운 삶의 조건을 보여주기 위해서겠죠? 전 그렇게 이해합니다. 니체의 발병에 관해서는 여러 가지 얘기가 있습니다. 가장 유명한 건 매독이죠. 19세기에는 매독으로 목숨을 잃은 사람이 많았어요. 벨라 타르는 어렸을 적에 철학자를 꿈꿨다고 합니다. 그가 만든 영화가 철학적이라는 이야기도 많죠. 그런데 저는 이 영화가 딱히 철학적이라고 생각하지 않습니다. 초반에 니체가 언급되는 내레이션은 약간 함정이 있다고 봐요. 니체와 연관을 지어서 설명하려면 얼마든지 설명할 수 있습니다. 그런데 니체는 전반기의 사상과 후반기의 사상이 다른 철학자인 데다 그 내용이 상당히 어렵고 문학적이에요. 거칠게 말하면 이현령비현령이죠. 그런 면에서 특별히 니체의 사상으로부터 철학적 토대를 깔았다고 보기는 어렵습니다.

2012.4.25

꿈의 경계에 서서

비스트

Beasts of the Southern Wild

미국 | 2012 | 93분 | 벤 제틀린 감독 | 쿠벤자네 왈리스, 드와이트 헨리, 레비 이스털리 출연 | (주)마운틴픽쳐스 수입 | (주)마운틴픽쳐스 배급 | 2013년 2월 7일 개봉 | 12세 이상 관람가 | 2012 선댄스영화제 심사위원대상 수상 | 2012 칸영화제 황금카메라상 수상

소녀는 모험을 떠났네

세계의 끝자락에 있는 욕조섬BATHTUB은 남극의 빙하가 녹으면
육지가 물에 잠기는 것을 막기 위해 쌓아놓은 제방 바깥에 위치하고 있다. 욕조섬의 사람들은
자연의 섭리를 두려워하지 않고 문명화된 삶을 거부한다. 그곳에 살던
어린 소녀 허쉬파피는 태풍으로 터전을 잃을 위기에 처하자
병든 아버지를 살리고 자신만의 세계를 되살리기 위한 모험을 떠나는데……

심영섭 벤 제틀린의 〈Beasts of the southern wild〉는 '남쪽 광야의 괴수'라고 해석할 수 있겠죠. 우리나라에서는 개봉하면서 제목이 〈비스트〉로 바뀌었네요. 영화가 어떤가요? 이제껏 보던 미국영화와는 많이 다르지 않나요? 이게 데뷔작인데 대박을 쳤어요. 칸영화제에서 황금카메라상, 선댄스영화제에서 심사위원대상을 받았습니다. 이번 아카데미에서는 무려 네 개 부문에 후보로 올랐죠. 스티븐 스필버그, 이안 등과 함께 감독상 후보에 올랐고, 심지어 캐스린 비글로우를 제쳤습니다. 이 감독이 스물아홉 살이니까 대단한 거죠. 허쉬파피 역의 쿠벤자네 왈리스도 여우주연상 후보에 올랐습니다. 찍을 때는 다섯 살, 지금은 여섯 살. 미취학아동입니다. (웃음) 아카데미 역사상 최연소예요. 미국에서는 대단한 화제작입니다.

땀을 흘리는 운동회

이 작품은 벤 제틀린이 속한 독립영화제작커뮤니티 '코트 13'에서 공동 작업을 한 결과물입니다. 감독이 뉴욕에서 대학을 다녔는데, 버려진 코트Court가 있었답니다. 그게 13번째 코트였대요. 거기서 따온 이름인데, 맨날 친구들과 거기 가서 놀면서 영화를 만들게 됐답니다. 루시 알리바가 각본을 썼는데, 두 사람은 10대 시절 여름 캠프에서 만난 친구 사이라고 합니다. 그 단체도 그렇고, 이렇게 친구들과 같이 영화를 만드는 거죠.

이 작품을 찍게 된 배경부터 얘기해볼까요? 루이지애나 남부에 위치한 뉴올리언스에 카트리나가 휩쓸고 지나가면서 기름이 유출된 사건이 있었습니다. 땅이 썩으면서 동물이 멸종하고 있는 곳인데, 이 감독이 거기에 직접 들어가서 영화를 찍겠다고 한 거예요. 주변 사람들이 다 말렸지만, 별다른 스크립트도 없이 희곡에서 얻은 아이디어만 가지고 시작했답니다. 장소를 고르고 캐스팅을 하면서 작업을 진행했나봐요. 배우를 찾으려고 그 지역에 있는 학교를 모조리 방문했다고 합니다. 처음에는 4개월 정도를 예상했는데 쉽게 안 나타나서 거의 1년간 4천 명 정도 오디션을 봤고, 그런 뒤에야 쿠벤자네 왈리스를 만났답니다. 모든 게 이런 식이에요. 마지막에 나오는 배도 감독의 동생이 타고 온 낡은 트럭이 연소된 것을 반으로 잘라서 만든 겁니다. 그러니까 마침 차가 퍼진 거죠. (웃음) 본인은 영화를 만드는 게 "땀을 흘리는 운동회" 같았다고 합니다. 촬영도 헨드핸드 위주고, 조명도 거의 안 친 것 같고. 놀이 하듯 만들었어요. 그래서 질감이 좀 다르죠.

심영섭 〈비스트〉는 성장영화인 동시에 여성영웅담이라고 할 수 있습니다. 소녀는 아주 특별한 아이입니다. 여기서도 무슨 4분 만에 태어났다고 하죠. (웃음) 그들에겐 어느 순간 소명이 옵니다. 여기서는 그게 괴물을 퇴치해야 하는 절체절명의 과제가 되겠죠. 그런데 처음에는 그 소명을 거부해요. 그러면 영웅신화에서는 주인공에게 반드시 위기가 옵니다. 무슨 법칙처럼요. 이 영화에서는 땅이 범람하고 아버지가 쓰러지게 되죠. 최대 위기는 시설에 갇히게 되는 순간이죠. 그래서 소녀는 뭔가를 해결하려고 일종의 반란을 일으키게 됩니다. 떠돌아다니기도 하고 다른 장소에 가보기도 합니다. 그러면서 자신이 누군지 자각하고 결국 운명을 받아들이게 되는데요. 허쉬파피가 지닌 특별함은 야생에서 태어나 짐승으로 자랐다는 거예요. 마치 〈바람계곡의 나우시카〉처럼 자연의 일부인 거죠. 보통 소년 영웅은 적을 처치합니다. 자기 무의식에 들어가서 대적하기 마련이죠. 그런데 소녀 영웅은 그렇지 않습니다. 모든 것을 포용하는 여성성을 발휘하죠. 미야자키 하야오의 〈모노노케 히메〉나 니키 카로의 〈웨일 라이더〉를 떠올려보세요.

관객 A 소녀와 오록스가 서로 다른 퍼즐을 맞춰가면서 교감한다고 느꼈습니다. '비스트'라는 것은 그 퍼즐의 상징이 아닐까 싶어요.

심영섭 오록스는 빙하기 때 실제로 있었던 짐승입니다. 이것은 자연인 동시에 자연을 파괴하는 문명의 이기심, 탐욕 같은 것을 의미합니다. 소녀의 아버지는 칼을 쓰는 것조차 막잖아요. 이 섬은 반문명지대의 상징이에요. 그들의 입장에서는 우리가 타자인 겁니다. 우리가 사는 땅을 '마른 곳'이라고 하죠. 그들의 눈에는 랩에 생선을 싸먹고 유모차에 애를 가두고 옷도 격식에 따라 차려입는 것이 이상하게 보이는 거죠. 그곳에서 태어난 소녀와 오록스를 보면서 영화는 문명과 자연의 공존을 통해 우리 안에 있는 야생성과 원시성을 경시하지 말아야 한다는 원형적인 메시지를 전하고 있습니다. 물론 새로운 메시지는 아니죠. 일본 애니메이션에서 미야자키 하야오가 맨날 얘기하는 것과도 같다는 생각이 듭니다. 오록스의 존재는 여러분 모두 갖고 있을 겁니다. 다들 자신만의 '비스트'가 있죠? (웃음)

관객 B 둥지 안에서 입을 벌리고 있는 새처럼 아버지가 던져주는 음식을 가만히 받아먹던 소녀가 위기의식을 느끼면서 다른 세계를 들여다본 뒤에는 거꾸로 음식을 가지고 와서 누워 있는 아버지의 입에 넣어줍니다. 저는 그걸 보면서 이제 소녀가 완전한 야생인이 되었다는 생각이 들었어요. 그래서 찡했습니다.

심영섭 이 영화에서 먹는 행위는 중요하죠. 말씀하신 내용은 '변환 transformation'의 차원으로 볼 수 있을 것 같습니다. 여러분도 틀림없이 시련이나 고통을 통해서 성숙해졌을 거예요. 선천적인 장애, 후천적인 질병, 사랑하는 이의 부재와 상실, 노력해도 불가능한 무언가에 의해서 우리는 다른 사람이 됩니다. 이를테면 애벌레가 나비가 되는 것과 비슷한 거죠. 이것은 질적인 변화이자 비가역적인 변화예요. 소녀도 그렇다고 봅니다. 벤 제틀린은 그것을 먹는 행위로 보여줍니다. 영화 속 대사에 따르면 '고기, 고

기, 고기'의 문제인 것입니다. 우리는 모두 시체를 통해서 살을 찌우고 시간이 흐르면 그게 다시 자연의 일부로 돌아가잖아요. 여기서는 그와 같은 자연의 순환성을 엿볼 수가 있죠.

미국땅에 드리운 마술적 리얼리즘

심영섭 저는 영화를 보면서 마술적 리얼리즘을 생각했어요. 감독이 존 카사베츠와 에밀 쿠스트리차를 좋아한다고 합니다. 그래서 그런지 존 카사베츠의 극단적인 사실주의와 에밀 쿠스트리차의 몽환적인 느낌이 뒤섞여서 굉장히 묘한 이질감을 내죠. 에밀 쿠스트리차의 영화를 보면 지진 때문에 땅이 섬처럼 떠다니고, 멀쩡한 여자가 갑자기 하늘로 뜨죠. (웃음) 보통 마술적 리얼리즘은 남미, 유럽을 생각하게 돼요. 그런데 그런 걸 미국 땅에서 보니까 신기하네요.

관객 C 이 영화를 보면 테렌스 멜릭이 생각나기도 합니다.

심영섭 '테렌스 멜릭' 하면 세 편의 영화 〈천국의 나날들〉, 〈황무지〉, 〈씬 레드 라인〉을 떠올리죠. 철학자 출신의 감독이고 미국의 3대 거장 중 한 명입니다. 자연에 대한 외경, 문명의 황량함 등을 느낄 수 있다는 점에서 테렌스 멜릭의 영화와 벤 제틀린의 영화가 일맥상통한다는 시각이 국내 비평 중에도 있습니다. 김혜리 기자가 20자평에 "테렌스 멜릭을 동경하는 '포스트 카타리나'의 광시곡"이라고 썼더군요. 그런데 저는 벤 제틀린이 테렌스 멜릭을 동경한다는 생각이 별로 안 들어요. 테렌스 멜릭의 영화는 숨이

막힐 정도로 압도적인 느낌이 있거든요. 장대한 분위기 속에서 삶과 죽음을 논해요. 요즘은 더 난해해지고 있죠. 무엇보다 그는 '놀이'를 하는 것처럼 영화를 찍지 않습니다. 아까도 얘기했지만 벤 제틀린은 친구들과 노는 분위기에서 영화를 만들었거든요. 그래서 저는 이 영화가 테렌스 맬릭과 통하는지 잘 모르겠습니다.

관객 D 소녀의 엄마는 분리된 공간에 있는데, 그것을 어떻게 받아들이면 좋을까요?

심영섭 보통의 영화는 이런 상황에서 엄마가 안 나타잖아요. 그런데 이 영화는 엄마를 독특한 방식으로 등장시키고 있죠. 그게 신기했어요. 엄마를 보면 아마존 여전사 같은 느낌이 들지 않나요? 강하고 세죠. 이상한 논리인데, 이 엄마는 아이를 보고 가슴이 뛰어서 집을 나갔다고 합니다. 왜 가출했는지 그 이유를 관객들이 잘 몰라요. (웃음) 영화 속 등장인물들이 그것을 이상하게 생각하지도 않죠. 여기서 엄마가 누군지는 중요치 않아요. 유령일 수도 있고 환상일 수도 있죠. 확실한 건 소녀와 다른 공간에 있다는 것이죠. 문제는 아이가 엄마를 매우 그리워한다는 겁니다. 허쉬파피는 욕조섬에 불빛이 나타날 때마다 엄마라고 생각해요. 엄마와 가상의 대화를 하는 장면도 있죠. 그래서 감독이 엄마를 기적처럼 만나게 해준 것 같아요.

지구의 절반은 물이야

심영섭 '욕조섬'이라는 장소가 진짜로 욕조처럼 보인다는 게 흥미로웠어요. 이 영화의 스펙터클은 섬에 물이 찼다가 다시 빠져나가는 상황이죠. 감독이 물의 이미지에 관심이 많다고 합니다. 여기서 물은 으스스하고 음습합니다. '김기덕'의 물도 아니고 '모노노케 히메'의 물도 아녜요. 산 것과 죽은 것이 같이 떠다니는 어항의 이미지죠. 그러다보니 그것과 대비되는 반문명의 공간은 하얗고 깨끗하고 정돈이 잘 되어 있습니다. 사실 지구의 절반 이상이 물인데 우리는 땅에 살기 때문에 그걸 잘 모르잖아요. 그런 면에서 이 영화는 미국이라는 나라의 자본주의적 속성을 완전히 뒤집어서 보는 셈이죠. 미학적으로나 비평적으로나 환영을 받고 있는 이유가 거기에 있다고 봅니다. 어쩌면 안전하고 영리한 전략이죠.

관객 E 여기서 물은 삶과 죽음의 경계처럼 보이기도 하잖아요. 그래서 현실적인 동시에 환상적인 느낌을 많이 받았습니다. 오룩스와 더불어 악어의 이미지도 많이 쓰인 것 같아요. 제방을 폭파할 때도 그렇고, 엄마가 요리를 할 때도 그렇고.

심영섭 이 영화에서 악어가 없었다면? 아무래도 야생성이나 적대적인 생기를 스크린에 불어넣지 못했을 겁니다. 악어는 삶과 죽음이 혼재된 늪의 저승사자라고 할 수 있죠. 우리가 악어를 마주치면 공포를 느낄 수밖에 없잖아요. 그런데 이 사람들은 그것을 사로잡을 수 있는 용기를 지니고 있어요. 제방을 터뜨린다는 것도 일종의 반란이죠. 그런 점을 이야기하고 있는 것 같아요.

관객 F 이야기를 전개하는 과정에서 난민에게 도움을 주려는 이들을 어

172

쩔 수 없이 부정적으로 그리는 측면도 있는 것 같아요. 제가 너무 현실적인 건지 모르겠는데, 구호 활동 자체는 나쁜 게 아니잖아요?

심영섭 도와준다는 건 우리의 관점이죠. 그들을 난민이라고 말할 수 있을까요? 그 사람들 입장에서는 그곳이 고향이에요. 타자의 관점으로 뒤집어볼 필요가 있습니다. 간단해요. 가령, 섹스를 생각해볼까요? 남자에게는 '삽입' 행동이지만 여자에게는 '흡입' 행동이거든요. 삽입이라는 용어를 한 번이라도 여자의 입장에서 생각해본 적이 있나요? 말이라는 기호를 만들고 난 뒤 그 말에 대해 생각하지 않으면 말을 만든 자들과 그 말을 쓰는 자들 사이의 계급적 사회적 차이를 이해하지 못하게 됩니다. 이처럼 우리는 지금 너무나 질서 정연한 곳에서 문명의 혜택을 받으며 살고 있기 때문에 그들을 난민으로 생각하는 거예요. 이것은 도덕의 문제가 아니라 윤리의 문제입니다. 이들을 구호하는 것이 옳은지 논쟁을 하는 것은 별 의미가 없다고 봅니다. 물론 우리의 관점을 같이 생각하는 것은 흥미롭습니다만.

그들은 왜 거기서 계속 살려고 하는 걸까요? 이 영화가 던지는 중요한 질문 중 하나입니다. 곰곰이 생각해보십시오. 감독은 그렇게 몰락하고 있는 땅을 지키려는 사람들에 대한 기념비적인 영화를 만들고 싶었다고 합니다. 영화에서 이런 얘기가 나왔어요. 우주는 작은 조각들이 맞물린 퍼즐이고, 아무리 작은 조각일지라도 잘못되면 질서가 무너진다고. 그 안에 있는 늪도, 물도, 집도 무용한 것은 없습니다. 우리의 삶을 이루는 작은 조각들처럼 맞물려 돌아가고 있는 것이죠. 여러분도 집으로 돌아가시면서 이런 것을 생각해보셨으면 좋겠습니다.

2013.2.15

휴고
Hugo

미국 | 2011 | 126분 | 마틴 스콜세지 감독 | 클로이 모레츠, 아사 버터필드 출연 | (주)씨제이이앤엠 수입 | (주)씨제이이앤엠
배급 | 2012년 2월 29일 개봉 | 전체 관람가 | 2012 아카데미 촬영상, 미술상, 시각효과상, 음향상, 음향효과상 수상 | 2012
골든글로브 감독상 수상

새로운 세상을 창조한 예술가

1931년 프랑스 파리, 기차역에서 커다란 시계탑을 관리하며 살아가는 휴고는
아버지와의 추억이 담긴 고장 난 로봇을 고치려고 애쓴다. 어느 날 인형 부품을 훔쳤다는
이유로 장난감 가게 주인 조르주에게 아버지의 수첩을 빼앗기지만,
조르주의 손녀 이자벨의 도움을 받아 비밀의 열쇠를 여는데……

김영진 이 영화 재밌죠? 〈휴고〉를 보면 오랫동안 잊고 있었던 영화에 대한 애정을 느낄 수가 있습니다. '마틴 스콜세지의 가상 자서전'이라는 얘기가 있던데, 딱 맞는 말인 것 같습니다. 감독이 어렸을 때 병약해서 바깥세상과 많이 단절되어 있었어요. 그때 부모님이 극장에 자주 데리고 갔다고 합니다. 그래서 엄청난 영화광이 되었다고 하죠. 어린 나이에도 상당한 영화적 지식을 축적하고 감독이 되었습니다. 그러니까 이게 본인 얘기죠. 심지어 자화자찬을 합니다. (웃음) 멜리에스가 "저 소년이 아니었으면 이 자리에 서지 못했다"는 대사를 하잖아요. 그는 실제로 행복한 결말을 맞지 않았습니다. 영화에는 나오지 않지만 예술인 아파트에서 아무도 기억하지 않는 죽음을 맞았거든요. 전쟁이 터져서 불우해진 것도 있고, 당시엔 저작권

법이 강력하지 않았기 때문에 수익이 많이 나지 않은 것도 있어요. 이 영화는 마틴 스콜세지가 조르주 멜리에스를 감동적으로 복권시킨 작품입니다. 작년에 칸영화제에서 복원판으로 상영이 됐어요. 이 영화가 스콜세지 작품 중에서도 비교적 흥행이 잘됐다고 합니다. 이번 전주영화제에서도 〈달 세계 여행〉 복원판을 상영한다고 들었어요.

조르주 멜리에스와 마틴 스콜세지

그냥 재밌게 볼 수도 있지만, 이 영화에는 몇 개의 층이 있습니다. 일단 영화에 대한 영화죠. 조르주 멜리에스라는 사람의 전기적 사실에 기초해서 만든 영화입니다. 그가 한창 영화를 만들던 시기를 예전에는 선사시대라고 했습니다. 영화 언어로써 정착되지 않았다고 해서 폄하하는 시선이 있었는데, 60년대 후반부터 재평가되기 시작했습니다. 어쩌면 현대영화가 개척하지 못한 미답의 가능성이 있었던 시기가 아닐까 거꾸로 생각을 한 거죠. 요즘 영화는 편집술이 개발되면서 완연한 장편 분량의 스토리텔링 매체가 됐는데, 그는 스토리 규약에 얽매이지 않았어요. 멜리에스 영화는 엉뚱하게도 아방가르드한 실험영화에 굉장히 많은 영향을 줬습니다. 요즘 영화 볼 때 제일 무서워하는 게 스포일러잖아요. 누가 어떤 영화 봤다고 하면 무조건 "얘기하지 마!" 막 그러잖아요. (웃음) 우리는 알게 모르게 스토리에 대한 강박이 있어요. 그때는 스토리보다 이미지에 순수하게 반응했습니다. 흔히 '인력의 영화' 또는 '끌어당김의 영화'라고 하죠.

스콜세지는 멜리에스는 물론이고 수많은 영화에 애정을 가지고 있어요. 아까 말한 것처럼 그는 영화를 정말 많이 봤는데 거의 중독자 수준입니다. 10년 전에 듣기로는, 거실에 네 개의 스크린이 있고 그걸로 동시에 여러 편을 본대요. 비디오 시절부터 스콜세지가 고용한 비서의 가장 중요한 업무는 TV에서 방영하는 영화를 녹화하는 거였다고 합니다. 심지어 다른 나라 영화제에 가서도 체크했다는 얘기가 있어요. (웃음) 그래서 엄청난 양의 자료를 직접 소장하고 있죠. 스콜세지는 세계영화재단(WCF) 책임자를 맡고 있어요. 한국영화도 많이 본답니다. 김기영 감독의 〈하녀〉도 거기서 나온 예산으로 복원한 거예요. 어쨌든 그런 영향으로 자기가 만든 영화에는 무수한 인용이 있습니다. 소년이 바깥세상을 자그마한 창으로 바라보잖아요. "영화는 세계를 바라보는 창이다"라는 유명한 말도 있는데, 꼭 그런 것 같죠? 열차가 도착하는 것으로 시작해서 슬랩스틱코미디 추격전이 벌어집니다. 초기 무성영화의 단골 소재가 바로 그거잖아요. 그런 식의 인용이 많아요. 중반에 열쇠를 가지고 소녀랑 실랑이할 때 광장에서 인파에 휩쓸리죠. 서로 엇갈리는 장면이 있었습니다. 그건 로베르토 로셀리니의 〈이탈리아 여행〉 마지막 장면과 유사해요. 오마주인 것 같습니다.

멜리에스는 뤼미에르와는 달랐어요. 사실 뤼미에르는 영화를 그렇게 존중하지 않았어요. 먹고 튀자는 생각이 있었기 때문에 조금 찍다가 싫증을 냈어요. 멜리에스는 무대 예술인이었기 때문에 무대에 대한 개념이 있었어요. 그래서 처음에는 카메라를 움직인다는 생각을 하지 못했어요. 그 대신 화면을 연극의 막처럼 짰어요. 미장센 개념이 나타난 거죠. 40년대 영화를 보면 깊이가 있고 화면을 짜는 영화 언어가 발달했다는 걸 느낄 수 있어요. 그런데 요즘은 완전히 바뀌었죠. 이제는 조금만 긴 호흡으로 만들어도 싫어하니까 편집을 통해서 장면을 짧게 만듭니다. 스타카토로 돌리는 거예요. 한동안 계속 그런 영화가 만들어졌습니다. 최근에는 3D 영화 열풍이 불고 있죠. 〈아바타〉가 성공한 뒤로 한국에서도 3D 영화가 많이 만들어졌습니다. 극장에서 개봉하는 영화 말고도 애먼 작품이 많아요. 그와 관련한 세미나도 미친 듯이 한 적이 있었어요. 몇 군데 가봤는데 듣도 보도 못한 사람들이 영화의 미래를 토론하는 거예요. 저와 친분이 있는 모 감독도 돈을 받아서 영화를 찍었어요. 홍상수 감독의 영화도 3D로 만들면 재밌을 것 같다는 거예요. 진짜? 그럴 수도 있겠다는 생각이 들어요. 이제는 그만큼 관객이 영화를 보는 패턴이 바뀌었습니다. 지각의 습관이 달라진 거죠.

그런데 3D 영화는 짧은 호흡으로 만들 수가 없어요. 그렇게 만들면 상당히 어지럽습니다. 〈휴고〉도 3D 영화잖아요. 그런 면에서 영화 언어가 되돌아간 거라고 볼 수도 있어요. 그래서 스콜세지가 이 소재를 3D로 만든 게 아닌가 싶어요. 많은 사람들이 그런 얘기를 했죠. 마틴 스콜세지도, 베르너 헤어조크도 다 3D로 만들고 있으니 20세기 영화는 이제 끝난 거 아니냐고. 그러나 다르게 사고할 필요가 있다고 봅니다. 새로운 차원이 아니라 계승의 측면이 있다는 거죠. 후반부에 멜리에스가 소개를 받는 장면에서 줌-트랙을 씁니다. 줌렌즈로 끌어당기면서 동시에 트랙을 바깥으로 빼는 거죠. 알프레드 히치콕의 〈현기증〉에서 최초로 쓴 기법예요. 그걸 쓰면 공간 감각이 이상해져요. 당기는데 멀어지는 느낌? 이런 것이 과거에 멜리에스가 화면을 설계한 것과 비슷합니다.

시간의 예술, 불멸의 영화

김영진 다른 건 몰라도 이 영화는 스토리 자체가 감동적이에요. 앞 세대에게 결핍된 것을 뒷 세대가 메워주면서 삶이 계속된다는 내용이죠. 소년이 "세상은 기계와 같다"는 말을 합니다. 그러면서 자기도 "부품"처럼 쓰임이 있을 거라고 얘기하죠. 실제로 소년은 여기서 소중한 존재입니다. 망가진 기계를 되살리고 경관의 다리를 고치는 데서 그런 걸 느낄 수가 있죠. 그러면서 결국 하나같이 잘돼요. 소년도, 경관도, 멜리에스도, 심지어 개들까지. (웃음) 그런 것은 개별적인 삶이 아니라 상호 관계 속에서 성립하는 거잖아요. 그러니까 서사적 구성과 관련해서 갱생, 공존, 계승이라는 테마를 다루고 있다고 할 수 있습니다. 이 영화는 영화의 역사와 더불어 삶에 대한 보편적인 테마를 녹여낸 것 같아요. 그런 면에서 가족영화로서도 괜찮고, 영화를 좋아하는 이들에게도 재밌는 작품이라고 생각합니다.

장 뤽 고다르의 〈중국 여인〉을 보면 공산주의자들이 랑페르 대학에서 합숙을 하면서 미학에 관한 토론을 합니다. 칠판에 위대한 감독들을 적습니다. 그런데 다 지워요. 얘는 이래서 안 되고 쟤는 저래서 안 되고. (웃음) 맨 꼭대기에 멜리에스와 뤼미에르만 남아요. 우리는 둘 중에 당연히 뤼미에르를 생각하잖아요? 그런데 뤼미에르를 지워버립니다. 뤼미에르는 세상을 기록하기만 했을 뿐이고 멜리에스는 세상을 해석하고 창조했다고 말해요. 그러니까 멜리에스는 자신만의 비전으로 세상을 보여줬다는 거예요. 그래서 지금 봐도 전혀 지루하지 않다고. 이것은 감독이 얘기하는 것이나 마찬가지죠. 우리가 그런 걸 좀 잊고 있었던 게 아닌가 생각하게 됩니다.

관객 A 자동인형은 멜리에스와 소년을 연결하는 하나의 매개체일 뿐인가요?

김영진 그것도 생각해볼 만해요. 왜 그게 중요한 모티브가 되었을까? 멜리에스는 자신이 만든 것이 계속 남아 있길 바랐는데 결국 사라졌죠. 그 얘기를 듣고 소년이 다시 심장을 넣어서 돌려주잖아요. 그래서 인형을 넣지 않았을까 하는 소박한 해석을 해봅니다. (실제로 멜리에스가 인형을 박물관에 기증한 것은 사실이라는 어느 관객의 설명이 있었다.) 저때만 해도 필름이 많이 사라졌어요. 그래서 많은 영화가 유실되었죠. 한국은 80년대까지도 보존 개념이 그랬다고 합니다. 임권택 감독의 〈만다라〉가 없어요. 원판을 수출했는데 양심적인 외국 회사가 돌려줬음에도 불구하고 세관에 비용을 지불하는 게 아까워서 안 찾아갔다는 얘기가 있어요. 멜리에스는 필름은 어차피 없어질 거라고 생각해서 자동인형처럼 영원히 남는 걸 만든 게 아닐까 하는 생각도 듭니다.

관객 B 이 영화를 필름으로 만든 이유가 있을 것 같아요.

김영진 정확한 이유는 조사하지 않았는데, 이런 건 있어요. 요즘은 다 디지털로 찍지 않습니까? 실제로 이제는 필름룩에 상당히 근접했어요. 3년 전까지만 해도 필름을 고집하는 감독들이 있었거든요. 필름으로 찍어도 회사에서 이해하는 감독들. 그런데 최근에는 그 감독들조차 굳이 필름으로 찍으려고 안 해요. 완벽하지는 않지만 D.I.(Digital Intermediate, 촬영된 필름을 컴퓨터상에서 편집하고 보정하는 디지털 후반작업)로 다 만질 수 있다고 보는 거죠. 그나마 마틴 스콜세지니까 필름으로 찍었죠. 그때의 이야기이기도 하고. 이제 아무도 필름으로 안 찍을 것 같아요. 필름으로 찍어봤자 대부분 디지털로 변환해야 되는 상황이니까요. 그렇지만 필름은 남는 거잖아요. 스콜세지는 정반대로 한번 해보고 싶었을 거예요.

영화란 시간과 공간의 예술입니다. 앙드레 바쟁이 얘기한 것처럼 영화는 시간과 공간을 방부 처리해서 영원히 남기는 행위라고 할 수 있죠. 인간이 왜 조형예술을 하게 됐을까요? '미라'가 되어서라도 끝내 형태를 남기고자 했던 이집트인의 염원과 비슷하지 않을까요? 우리는 뭔가를 끝까지 보존하기 위해서 그림을 그리고 조각을 합니다. 그런데 영화가 나오면서 모든 게임은 끝이 났습니다. 힘들게 모방할 필요가 없어졌어요. 영화는 그대로 남길 수 있잖아요. 우리도 이 영화를 보면서 마지막에 울컥합니다. 〈달세계 여행〉이 사라진 줄 알았는데 다시 나올 때. 시간을 거스르는 불멸성 같은 것을 생각하게 하면서 그런 감정을 유발하는 것 같아요. 휴고의 삼촌이 없어졌다는 걸 경관이 모르는 것도 시간이 계속 가고 있기 때문이라고 할 수 있죠. 그런 걸 하나씩 생각해보면 여운이 많이 남는 작품입니다.

2012.4.6

컬러풀
カラフル, Colorful

일본 | 2010 | 126분 | 하라 케이이치 감독 | 토미자와 카자토, 미야자키 아오이 출연 | (주)키노아이 디엠씨 수입 | (주)키노아
이 디엠씨 배급 | 2012년 5월 10일 개봉 | 15세 이상 관람가 | 2011 안시 국제애니메이션 페스티벌 관객상 수상

우리가 인생을 다시 산다면

자살한 나는 죽음의 문턱에서 6개월의 유예기간을 선고받고 다시 지상으로 내려온다.
그리고 마코토라는 중학생의 삶을 살게 된다. 무능력한 아버지, 바람난 엄마,
자신을 경멸하는 형을 둔 것도 모자라 학교에서는 왕따였던 마코토. 사후 세계를 관리하는
'프라프라'의 안내를 따라 하루하루를 살아가던 '나'로 인해 마코토의 삶은
조금씩 변하기 시작하는데……

심영섭 〈컬러풀〉은 제46회 산케이아동출판문화상을 받은 모리 에토의 동명 소설을 원작으로 하고 있습니다. 애니메이션으로 유명한 선라이즈라는 회사가 제작했고, 많은 상을 받았습니다. 대표적으로 제35회 안시국제애니메이션페스티벌에서 관객상과 장편영화 특별상을 수상했고 일본아카데미에서 최우수애니메이션상을 받았어요. 유수의 국제영화제를 석권한 작품입니다. 원작자인 모리 에토에 대해서 잠깐 말씀을 드리면요. 치밀한 심리 묘사와 청소년에 대한 따뜻한 시선이 돋보이죠. 여러분, 혹시 〈다이브!〉라는 영화 보셨어요? 그 영화의 원작자이기도 합니다. 〈나나〉, 〈소라닌〉 등으로 유명한 미야자키 아오이가 실제로 원작의 팬이라서 얼짱녀 목소리를 맡았고, 그게 일본에서는 화제가 되었답니다.

컬러풀하게 산다는 것

심영섭 일단 제목이 의미심장하죠. 영화가 시작되면 깜깜한 암흑 속에서 빛이 하나 보입니다. 그 빛을 따라갔더니 연옥이었어요. 프라프라를 만나서 환생한 다음에는 빛과 소리의 세계로 내려옵니다. 러닝타임이 126분인데 1시간 16분 정도를 경계로 해서 전반부는 굉장히 암울합니다. 주인공이 진실을 깨달아가는 내용이 나와요. 언컬러풀uncolorful한 세계가 펼쳐지죠. (웃음) 이때는 주로 비가 오는 장면 또는 밤 장면이라서 화면에 색깔이 있어도 무채색이거나 단색으로 몹시 가라앉아 있습니다. 그러다가 비가 개면서 전환점을 맞게 되는데, 그때 친구를 만나게 되죠. 녹색 옷이 상징하듯 마음이 건강한 친구인 것 같아요. 그래서 그 친구의 건강함과 손을 잡게됩니다. 점차 스크린에 녹색이 확산되면서 결국 주인공의 마음도 회복됩니다. 따라서 〈컬러풀〉에는 '인생을 컬러풀하게 살자'는 뜻이 담겨 있어요. 또한 사람들이 대부분 자기가 어떤 색깔의 사람인지 모르고 살지만 그 내면에 아름다운 색이 있다는 걸 얘기하는 것 같습니다.

저는 상담심리학과 교수이기도 해요. 그래서 '힐링시네마'를 많이 보는데, 저희 연구소에서 이번에 학교 폭력과 관련된 프로그램을 개발하고 있어요. 거기에서 쓸 만한 영화라고 생각해요. 학교 폭력의 피해자 입장을 잘 그려냈고, 그들에게 삶의 희망과 온기를 준다는 생각이 듭니다.

관객 A 주인공이 결과적으로 다른 영혼을 얻은 게 아니라 자기 자신으로 돌아오는 설정은 어떻게 생각하시나요?

심영섭 이 영화도 약간의 추리 기법을 쓰고 있습니다. 그런 장치 없이 얘기하면 너무 고답적이고 교훈적이잖아요. 그래서 이 친구가 누구일지 궁금하게 만드는 거죠. 여러분은 마코토가 자기 자신일 거라고 생각했어요? 그게 아니라면 누구일 거라고 생각했나요? 저는 할머니인 줄 알았어요. 할머니가 그냥 돌아가셨다고 해서. (웃음) '왜 하필 이 녀석인가?'라는 질문이 중요한 것 같아요. 주인공 스스로 말하잖아요. "이렇게 좋은 가족을 놔두고 왜 죽었지?", "이 녀석으로 태어난 이유가 뭐지?" 그게 관객한테도 그대로 돌아오는 질문입니다. 우리도 자기 자신이 마음에 안 들 때가 있잖아요. 사실 여기서 주인공이 홈스테이를 한다는 게 얼마나 웃겨요. 자기 가족과 함께 홈스테이를 한다고 생각해보세요. 근데 그걸 통해서 상황을 객관적으로 바라볼 수 있게 됩니다. 자기 주변에 있는 친구나 엄마를 그대로 받아들이게 되는 거죠. 우리 엄마가 불륜을 저질렀다고 생각하면 대부분 못 견디죠. 이 친구는 엄마가 해주는 음식도 안 먹잖아요. 마지막에 가서야 자기 이야기를 하면서 처음으로 샤브샤브를 맛있게 먹죠. 엄마 일도 한 발 떨어져서 한 인간의 문제로 보면 충분히 그럴 수도 있다고 생각하게 되는 거예요. 결국 환생이라는 테마는 주인공이 가족과 심리적 거리를 두고 스스로 문제를 풀게 만드는 역할을 한다고 봅니다.

일본 애니메이션의 좌표평면 위에서

관객 B 영화를 보면서 나카니시 켄지의 〈파랑새〉와 미타니 코기의 〈멋진 악몽〉이 떠올랐습니다. 혹시 다른 영화 떠오른 게 있으신가요?

심영섭 저는 이와이 슈운지 감독이 만든 〈릴리 슈슈의 모든 것〉이 떠올랐어요. 근데 그건 이 작품과 달리 잔혹하죠. 결말에 대한 희망도 적어요. 그래도 소재가 비슷하고요. 화풍 면에서는 〈추억은 방울방울〉이라는 작품이 생각났어요. 일본 애니메이션의 거장을 얘기한다면 〈알프스 소녀 하이디〉, 〈빨강머리 앤〉 등을 만든 다카하타 이사오와 〈모노노케 히메〉, 〈이웃집 토토로〉 등을 만든 미야자키 하야오를 꼽을 수 있잖아요. 미야자키 하야오는 설화나 신화를 바탕으로 자연 파괴, 인간성 회복, 여성 구원과 같은 굉장히 큰 주제를 다루면서 어마어마한 스케일로 영화를 만들어요. 지구인이 다 좋아합니다. (웃음) 저는 그것도 좋지만 그보다 다카하타 이사오의 화풍을 굉장히 좋아합니다. 세필이에요. 사실적이고 일상적이에요. 소소해요. 우주가 작습니다. 그렇지만 그는 일상의 맛이 들어 있는 작품을 만들거든요.

오늘 본 영화는 〈짱구는 못말려〉, 〈갓파쿠와 여름방학을〉을 만든 하라 케이이치가 연출했는데요. 이 작품 역시 굉장히 사실적입니다. 배경으로 나오는 곳이 도쿄라고 해요. 지명과 상점을 거의 똑같이 만들었다고 합니다. 거기 사는 사람들은 얼마나 신기할까 싶어요. 우리가 사는 강동구, 종로구를 영화에서 똑같이 만들었다고 생각해보세요. 왜, 홍상수 감독 영화 보면 신기하잖아요. 배경이 서울인데 내가 왔다 갔다 하는 곳이 나오니까요. 아차산도 나오고. 이렇게 근교가 나오면 신기한데, 그것도 너무나 사실적으로 나와요. 여기에 있는 전차, 표지판 같은 것들도 다 실제로 있는 것 같습니다. 그런 데다 소재까지 불륜, 왕따 등 매우 현실적인 이야기를 풀고 있죠. 그래서 다카하타 이사오의 작품들이 떠올랐습니다.

관객 C 다른 일본 애니메이션보다 수채화 느낌이 나서 좋았습니다. 영화에서 나무를 보여주는 것도 그렇고, 이미 사라지고 없는 기차에 색을 입히는 것도 그렇고, 소년에게 나타나는 컬러풀한 변화가 인상적이었습니다. 서정적인 면이 많은 것 같아요.

심영섭 말씀처럼 이 영화에는 여러 상징이 있죠. 기찻길을 찾아가는 게 의미심장합니다. 과거의 복원이거든요. 이미 죽거나 없어졌다고 믿는 것을 다시 살아 있는 것으로 바라보고 어떤 소중함을 느끼는 거거든요. 없어진 것 같지만 다 흔적이 있잖아요. 친구를 사귄 것도 그렇게 생각해볼 수 있을 것 같고요. 가장 중요한 상징 두 가지는 말馬과 신발인 것 같아요. 말은 명백히 주인공이죠. 주인공이 자기가 말이라고 얘기할 뿐더러 감독이 또 친절하게 물속에 잠긴 말의 컷을 삽입하고 있으니까요. 근데 그 말은 어디에 있었나요? 바로 물속이죠. 무의식 혹은 죽음의 상태입니다. 내면에 침잠해 있는 거죠. 그러다가 뭔가 깨달음을 얻었을 때 주인공은 말을 오래 만집니다. 프라프라한테 말하는 순간 햇빛이 비치는 곳으로 나오죠.

신발도 그래요. 그가 중간에 새로운 신발을 신고 나타났어요. 새로운 자아입니다. 과거로부터 탈피하려고 머리도 바꾸고 신발도 바꾸고. 근데 주인공은 자신이 누구인지 몰라요. 그건 청소년들의 심리와 맞닿아 있죠. 그 신발을 친구들한테 뺏깁니다. 맨발이 돼요. 상처투성이인 자기 자신과 만나야 해요. 그래서 자기 자신을 잃어버리죠. 그 다음에 '실례합니다' 가게에 가서 싸고 편한 신발을 새로 사 신어요. 그러면서 다시 자아의 탐색을 하게 되거든요. 그런 면에서 신발도 상징적이라고 할 수 있고요.

또 한 가지 재밌는 상징은 소시지예요. 원조교제를 하는 친구가 소시지를 나눠주잖아요. 그걸 성적인 메타포라고 생각해도 오버가 아니란 것을 어떻게 알 수 있는가 하면, 그 소시지를 어디서 살 수 있다고 하죠? '비밀'이라는 가게에서만 살 수 있다고 하죠. (웃음) 이런 것도 좀 뻔하지만 재밌고 귀여운 메타포입니다.

엄마가 바람을 피웠고 소녀도 원조교제를 했지만, 주인공은 여러 가지 색깔이 있다는 걸 느끼면서 모든 걸 받아들이게 됩니다. 상담도 그런 거예요. 자신의 모습을 퍼즐처럼 맞추는 거거든요. 사실 상담자인 제가 영화 속의 프라프라일 수 있지요. (웃음) 내담자를 안내하는 거죠. 상담을 진행할 때 가슴이 너무 아파요. 그것을 뚫고 지나가야 새살이 돋고 상처가 아물면서 강한 자아가 나타나거든요. 그래서 주인공의 변화는 상담의 과정과 유사한 측면이 있다는 생각이 들었습니다.

영화라는 거울에 비친 일본 사회

관객 D 오시이 마모루의 〈스카이 크롤러〉에 대한 어떤 평을 보니까 이런 얘기가 나와요. 요즘 일본 중장년층 감독들이 왕따 문제, 자살 문제 등을 앓고 있는 젊은이들에게 삶을 포기하지 말라는 의미에서 영화를 만들고 있다고. 또한 일본 애니메이션이 그런 경향으로 흘러가고 있다고. 제가 볼 때는 이 작품도 그런 것 같거든요. 어떻게 생각하시는지 궁금합니다.

심영섭 제가 그 작품은 못 봤어요. 근데 그런 요소는 분명 있어요. 말씀하신 것과 같이 '살아야 한다'는 메시지. 뭐랄까, 그들에게는 부채 의식 같은 게 있어요. 우리는 젊은이들이 일자리가 없고 돈을 못 버는 데 대한 부채 의식이 있는데, 일본은 다르죠. 일본 사회를 표현하는 단어 중에서 '화和'라는 게 있어요. 화합할 '화'. 가령 일본 노래는 '화가和歌', 일본 음식은 '화식和食'이라고 하는데요. 일본이 스스로를 지칭할 때 가장 많이 쓰는 단어가 '화'입니다. 섬나라인 데다 화합을 강조하니까 튀면 안 돼요. 그건 색채가 없이 살아야 하는 것이라고도 할 수 있죠. 일본에서는 그게 잘 사는 겁니다. 동아시아 국가 중에서 앞에 사람이 있든 없든 "잘 먹겠습니다!" 하고 밥을 먹는 국가 1등이 일본이에요. (웃음) 그 다음이 한국과 중국입니다. 우리도 여러 사람이 있을 땐 물론 그게 예의죠. 그러나 일본은 혼자 먹을 때도 그렇게 합니다. 일본 영화를 보면 압니다. 이게 무슨 의미일까요? 자기 혼자 있어도 남이 있는 것처럼 행동한다는 거죠. 남을 배려하는 태도가 몸에 배어 있는 겁니다.

일본 전철을 경험한 분들은 아마 좀 놀라셨을 거예요. 전철 폭이 작은 것도 놀랍고 너무 조용한 것도 놀랍죠. 우리나라 사람을 얼마나 무례하다고 생각할까? 그런 생각도 들어요. 우리는 전철 안에서 전화도 하고 소리도 지르고 물건도 팔잖아요. (웃음) 일본 사람들은 신문도 딱 반으로 접어서 읽고, 대부분 독서를 하거나 휴대폰을 보더라고요. 그들은 남한테 폐를 끼치는 행위를 상상을 초월할 만큼 나쁜 짓으로 여기거든요. 일본 사람들은 심지어 어떤 두려움을 가지고 있는가 하면, 다른 사람의 눈길을 끌어서 폐를 끼칠까봐 걱정을 해요. 일례로 지하철에서 남의 성기를 너무 오래 보고 있었던 게 아닐까 하는 공포 같은 것. 그래서 컬러를 가진 사람을 억압하는 사회적 배경이 있다고 말씀드릴 수 있을 것 같습니다. '히키코모리'라는 독특한 문화도 그와 관련이 있죠. 밖에 나가면 사람들의 압력이 세니까 그걸 피하는 방법으로 집에만 있는 거예요.

또 한 가지 일본의 독특한 문화는 죽음과 관련된 것입니다. 일본은 전란이나 민란으로 인해서 수백만의 사람이 목숨을 잃었죠. 그래서 언제 죽을지 모른다는 생각을 많이 갖고 있어요. 게다가 일본이 생각하는 죽음의 개념은 우리나라와 전혀 다릅니다. 일본에서 가장 위대한 사랑은 짝사랑입니다. 지고지순한 사랑은 둘이 같이 죽는 겁니다. 그걸 굉장히 아름답다고 느껴요. 그래서 일본에서는 〈실락원〉 같은 작품이 끊임없이 리메이크됩니다. 유부남과 유부녀가 사랑하다가 결국 같이 죽는 내용인데, 그걸 우리나라에서 장길수 감독이 리메이크한 적이 있었어요. 어떻게 됐을까요? 완전히 망했습니다. 관객들이 나오면서 그래요. "죽긴 왜 죽어?" (웃음) 도저히 정사情死의 미학을 이해할 수가 없어요. 우리나라는 춘향전, 심청전 등이 리메이크되잖아요. 신분 상승의 쾌감이나 효 사상 같은 것들. 그런 맥락으로 생각하시면 됩니다.

일본 사람들은 자신의 결백을 밝히고자 툭하면 죽어요. 자살 사건이 많습니다. 그러다보니 그에 대한 반동 형성으로 굉장히 강조하는 것이 역설적인 의미의 '삶'입니다. 〈진짜로 일어날지도 몰라 기적〉을 보면 다나카와 슈운타로의 '살다'라는 긴 시가 나와요. 애들이 그걸 읽죠. "살아 있다는 것. 지금, 살아 있다는 것. 그것은 미니스커트. 그것은 플라네타리움. 그것은 요한 슈트라우스. 그것은 피카소. 그것은 알프스." 바로 그런 겁니다. 이렇게 일본 문화에서 산다는 건 굉장히 소중해요. 근데 그 삶은 죽음에 대한 간절한 염원 또는 바람이 섞인 행동입니다. 이 애니메이션의 마지막을 보세요. "살아 있니?" 물어보니까 "나 잘 살고 있어요"라고 얘기합니다. 이키루(生きる: 살다)와 연관된 말이 계속 강조되고 있어요. 이건 우리나라 사람보다 일본 사람들이 더 진하게 느낄 수밖에 없는 단어인 것 같습니다. 그런

배경을 생각한다면 일본 사회에서 삶과 죽음이 늘 혼재하는 상황을 이해할 수 있을 겁니다.

관객 E 저는 영화를 보면서 끝까지 해결되지 않고 완벽히 정리되지 않은 게 엄마의 불륜입니다. 문득 현재 일본 사회에서 불륜이 어떻게 받아들여지고 있는지 궁금해졌어요.

심영섭 불륜의 문제는 일본 사회만의 문제가 아녜요. 40대 이상의 내담자를 만나서 상담을 하다보면 거의 불륜에 닿아요. 인생이라는 게 나이에 따라서 특정 소재의 범주를 벗어나기 어렵거든요. 그 나이가 되면 누구나 이런 생각을 합니다. "나는 늙고 있다, 앞으로 어떻게 살아야 하나, 과연 나는 사랑받을 수 있는 존재인가." 그런데 집안도 버리고 싶지는 않은 거죠. 가부장적인 남편과 살았던 일본 주부들은 거기서 벗어나고 싶어 합니다. 황혼 이혼이 부쩍 늘었죠. 그래서 (드라마를 보고) 한국 남자들을 멋있다고 생각하는 경향이 있어요. 그건 완전히 착각이죠. (웃음) 그만큼 심리적 억압이 심합니다. 마코토의 엄마는 주부우울증에 걸렸어요. 약을 타다 먹은 것 같아요. 그렇다면 엄마의 불륜을 어느 정도 이해할 수 있지 않을까요?

우리가 진짜 원하는 것은 평범한 것

〈컬러풀〉의 주제 중 하나는 표면적으로 예쁜 게 전부는 아니라는 겁니다. 마코토는 겉으로 보기에 암울해 보여도 가족과 사랑을 나누려는 컬러풀한 감정을 가지고 있고, 히로카는 명품을 추구하는 동시에 그것을 파괴하고 싶다는 충동에 시달리거든요. 원작에서 이런 식으로 표현되고 있어요. 읽어볼게요. "그것은 '검은색인 줄 알았던 게 흰색이더라'는 식의 단순한 변화가 아니라 '오직 한 가지 색뿐인 줄 알았던 게 잘 보니 여러 가지 색을 숨기고 있었다'는 느낌에 가까울지도 모르겠다. 검은색도 있는가 하면 흰색도 있었다. 붉은색도, 푸른색도, 노란색도 있었다. 밝은 색도, 어두운 색도, 예쁜 색도, 미운 색도 각도에 따라서 어떤 색이든 다 보였다." 우리가 진짜 원하는 것은 평범한 것들이에요. 그런 부분에서 저도 눈시울이 붉어졌습니다. 주제와 어울리게 영화의 연출은 사실적이고 정적입니다. 가령 주인공이 달려가는 장면이 있었는데, 그냥 정지된 화면처럼 보이죠. 스테디캠으로 찍은 것처럼 연출하면 역동적일 텐데 그렇게 안 한다는 거죠. 연출 자체를 굉장히 적게 하는 편입니다. 애니메이션으로서 일말의 과장도 없고 보기 드물게 사실감이 있는 작품입니다. 최근에 나온 일본 애니메이션 중에서 가장 세필로 그린 작품입니다. 좋은 애니메이션을 본 기쁨이 큽니다. 중학생한테 보여주기는 좀 어렵고 고등학생 이상의 친구들과 영화를 보고 이야기를 나누면 어떨까 하는 생각이 드네요.

2012.5.7

미드나잇 인 파리
Midnight in Paris

미국 | 2011 | 94분 | 우디 앨런 감독 | 오웬 윌슨, 마리옹 꼬띠아르, 레이첼 맥아담스 출연 | (주)더블앤조이픽쳐스 수입 | (주)나이너스엔터테인먼트 배급 | 2012년 7월 5일 개봉 | 15세 이상 관람가 | 2012 아카데미 각본상 수상

과거로 가는 마차를 타고

약혼녀와 파리로 여행 온 소설가 길은 낭만을 만끽하고자
혼자 밤거리를 산책한다. 그런데 이게 웬일일까? 열두 시가 된 순간 클래식 푸조에 올라탄
길이 도착한 곳은 1920년대 파리. 평상시 그토록 동경하던 세계에 발을 들이게 된 그는 헤밍웨이,
피카소, 달리 등 전설의 예술가들과 친구가 되어 꿈같은 시간을 보내는데……

신지혜 영화 재밌게 보셨나요? '이곳이 파리다!' 작정하고 만들었죠?
(웃음) 저는 파리를 못 가봤거든요. 이 영화를 보고 나서 꼭 가야겠다는 생
각을 했어요. 오프닝 장면부터 시선을 확 잡아끌죠. 요즘 신영음(CBS FM 신
지혜의 영화음악)에서도 이 영화를 본 소감을 종종 듣고 있습니다. 재밌게 봤
다는 감상도 들려주시고, 영화에 쓰인 음악도 신청곡으로 올려주시고, 파
리에 다녀온 얘기도 사연으로 남겨주시고. 그런 걸 보면서 '나도 조만간 가
고야 말리!' 결심을 했답니다. 여러분은 영화를 어떻게 보셨나요? 이 시간,
우리 감상을 같이 나눠요.

관객 A 제 전공은 의상입니다. 책으로 봤던 1890년대, 1920년대 의상이 다양하게 나와서 좋았어요. 사실 20년대는 자료가 별로 없는데 잘 만든 것 같아요. 아무래도 의상을 공부하다보니까 영화를 보면서 그쪽으로 많은 생각을 하게 됐습니다. 그리고 클래식기타 동아리에서 활동하고 있는데, 이 영화에서도 클래식기타 음악이 흘러나와서 무척 반가웠습니다.

신지혜 와우! 오늘 여기 잘 오셨네요. 말씀처럼 20년대 파리의 패션을 볼 수가 있었죠. 여자들 옷이 정말 예쁘죠? 어쩜 그렇게 예쁜 것들을 입고 있는지. 그때는 코코 샤넬, 잔느 랑방 등 여류 디자이너들이 나오면서 파리의 패션을 바꿔가는 시기였죠.

관객 B 여행을 많이 다닌 건 아니지만 파리에 간 적이 있어요. 스크린의 힘이 큰 것 같아요. 제가 갔을 때 저렇게까지 아름답진 않았는데 더 예쁘게 나오네요. (웃음) 이 영화는 파리에서 비를 맞으면서 거리를 걷고 싶게 만들어요.

신지혜 맞아요. 그게 오프닝에서 딱 느껴지죠. '세상에! 나도 가봐야지! 안 가면 후회하겠다!' 이렇게 돼요. (웃음)

신지혜 우리가 영화를 찍지는 않아도 사진은 많이 찍잖아요? 혹시 그런 생각 안 해보셨어요? 사진을 찍을 때 피사체에 대한 마음이 투영된다는 것. 잘 찍은 사진은 선명하게 나온 사진도 구도가 잘 잡힌 사진도 아니고, 피사체에 대한 애정이 드러나는 사진이 아닐까요? 그런 의미에서 이 영화를 보면 우디 앨런은 파리를 정말 사랑한다는 걸 느끼게 돼요.

그렇다면 파리에 대한 이야기로 시작하지 않을 수 없겠죠? 유럽의 도시에 관심이 많은 분들은 도시라는 장소에 역사, 문화, 예술 등이 모두 축적되어 있다는 걸 잘 아실 거예요. 물론 서울도 굉장히 오래된 도시죠. 그런데 유럽의 도시들은 전통을 더 잘 간직하고 있는 편입니다. '파리' 하면 뭐가 가장 먼저 떠오르세요? 패션? 음식? 카페? 명품? 예술? 바로 이런 것들이 파리라는 도시가 갖는 강점입니다.

스티븐 호킹은 "시간과 공간의 좌표에 찍힌 점이 하나의 사건"이라고 말했죠. 그런데 저는 오늘 다른 정의를 해보려고 해요. 시간과 공간의 좌표에 찍힌 점이 하나의 문화라고. 문화에 대한 정의도 계속 변천되었지만 시간성과 공간성을 갖는 건 늘 같죠. 어원도 다 아시죠? '밭을 경작하다'를 뜻하는 라틴어 'Cultura'에서 여러 의미가 파생되었잖아요. 경작한다는 건 자연을 인간의 생각으로 가감하고 변형한다는 뜻이에요. 그래서 미학에서는 자연을 신의 영역이라고 하죠. 거기에 인간의 어떤 행위가 섞여 변화되었을 때 문화 혹은 예술이라고 부릅니다. 그러니까 문화는 시간성과 공간성을 지녀요.

자, 여기도 공간이죠? 그냥 3차원 좌표에서 이만큼 텅 비어 있는 걸 공간이라고 해요. 근데 시간성이라는 게 들어가면 장소로 바뀝니다. 우리가 어떤 장소를 논할 때 텅 빈 공간을 떠올리지는 않지요. 그런 의미에서 파리는 단순한 공간이 아니라 장소입니다. 누구나 파리를 떠올리면 그 도시에 대한 기억과 경험이 작용할 거예요. 오프닝에 나오는 파리의 명소들, 가본 분들은 각자 기억이 있을 테고 가보지 못한 분들은 사진으로 많이 봤죠? 그곳이 어딘지 정확히 몰라도 파리에 대한 애정만은 느낄 수 있어요. 결국 그런 마음이 주인공에게 투영되어 있어요. 그 중에서도 20년대 파리.

그럼 20년대 파리로 들어가자고요. 길이 그렇게 오매불망하는 20년대 파리는 과연 어떤 곳이었을까? 영화에 등장하는 실존 인물들만 봐도 많은 것을 알 수 있어요. 우리가 알고 있는 유명한 사람들이 마구 나오죠. 예술적으로 꽃을 피운 시기잖아요. 어니스트 헤밍웨이, 살바도르 달리, 루이스 브뉴엘 등. 그들이 나올 때 반가워서 미소를 짓게 되죠. '정말 저렇게 생겼을 것 같아!' 하면서 말이죠. (웃음) 그 당시에는 예술에 발을 살짝 걸친 사람이라면 모두가 파리로 몰려들었다고 해요. 그러니까 '파리지앵'이라고 하는 데서 오는 도도함 같은 거 이해할 만하죠? (웃음) 예술가들이 한데 모여서 자유롭게 토론하고 새로운 물결을 일으키는 곳이었던 거죠. 그래서 아까 장소에 관한 이야기를 해드린 거예요. 근데 그것들이 그냥 가만히 멈춰 있는 거라면 재미가 없겠죠? 파리는 지금도 예술의 중심지 가운데 하나입니다. 장소 마케팅? 문화 마케팅? 이런 것도 활발하잖아요. 쉽게 얘기하면 '프랜차이즈'죠. 아부다비에 소르본 대학이 생기고, 상하이에 퐁피두센터가 들어가고. 파리는 바로 그런 곳이에요.

신지혜 길이 과거로 떠나는 시각은 밤 열두 시입니다. 자정을 알리는 종소리가 울리면 저기 저쪽에서 푸조가 옵니다. 문이 벌컥 열리더니 뜬금없이 같이 가자고 해요. 응? 피츠제럴드 부부가? 어떻게 그런 일이? (웃음) 여러분은 '자정' 하면 뭐가 떠오르세요? 신데렐라? 맞아요. 그건 다들 잘 아실 거예요. 자정을 중요하게 다루는 영화들도 많았죠. 혹시 1998년에 나왔던 〈다크 시티〉라는 영화를 아시나요? 거기서도 자정이 되면 스트레인저들이 사람들의 운명을 바꾸죠. 모든 게 정지 되는 시간. 그렇다면 왜 자정일까요? 그 이유에 대해서 이야기를 해주실 분 있나요? 어차피 정답은 없어요.

관객 C 자정은 새로운 날로 넘어가는 순간이잖아요. 그래서 꿈과 현실이 중첩되는 시간이라는 생각이 듭니다.

관객 D 비슷한 이야기인데, 자정은 0시이기도 하잖아요? 경계의 의미라고 생각해요. 모호한 기분이 들죠. 환상의 시간인 것 같아요.

신지혜 그래요. 바로 그런 의미예요. '12'라는 숫자에 대해서 한번 생각을 해봐요. 12는 2×6도 있지만 3×4도 있죠. 숫자마다 의미가 있다는 것 아시죠? 동양과 서양이 약간 다르긴 하지만. 그중에 '3'은 성경에서도 삼위일체라고 하는 것처럼 신의 숫자예요. '4'는 인간의 숫자를 의미하고요. 그래서 3×4는 성과 속이 조화를 이루는 걸 의미합니다. 모든 것이 가능한,

모든 것이 존재하는 느낌이 들어요. 그러고 보니 우리가 12라는 숫자를 참 많이 사용합니다. 황도 12궁을 떠올리는 분들도 있을 테고, 혹시 '케플러의 추측'이라는 거 아세요? 수학을 좋아하는 분들은 아실 것 같은데, 3차원 공간에 놓인 구를 구로 빼곡하게 채우려면 열두 개를 붙였을 때 가장 빈틈이 없대요. 재밌죠? 또한 제가 정말 좋아하는 북유럽 신화를 보면, '우주수'라는 게 나와요. 여기서는 숫자 '수數'가 아니라 나무 '수樹'예요. 우주를 뒤덮고 있는 나무. 신화를 보면 보통 신의 영역, 인간의 영역, 지하의 영역으로 나뉘잖아요. 이걸 모두 관통하는 우주수가 '위그드라실'인데, 거기에는 열두 가지 과일이 열린다고 합니다. 이처럼 12는 우리에게 매우 신비한 숫자예요. 사실 20년대로 간다는 건 말이 안 되지만, 영화에서는 그게 가능하다고 생각되는 가장 그럴듯한 시간으로 미드나잇(자정)을 쓰고 있는 거죠.

당신이 생각하는 '벨 에포크'는?

신지혜 혹시 '나도 길처럼 다른 시대로 가보고 싶다!' 하는 분이 있나요? 종종 그런 생각하잖아요.

관객 E 먼 과거는 아니고 90년대로 가보고 싶어요. 요즘 '정은임의 영화음악'을 다운로드해서 듣고 있는데, 20년 전으로 간다면 사연도 보내고 만나기도 하고 좋을 것 같아요. 그걸 들으면서 생각한 건데, 지금 유명한 분들을 찾아가서 다 친구로 만들고 싶어요. (웃음)

신지혜 주인공처럼 순수한 마음이네요. 누구나 한번쯤 어떤 시대로 가

보고 싶다는 생각을 합니다. 문득 대학교 때나 고등학교 때로 돌아가고 싶다는 말을 내뱉는 경우도 많죠. 그런데 길의 마지막 선택을 보면 지금 현재가 가장 좋다고 말하는 것 같기도 해요. 아드리아나가 벨 에포크 시대를 그리워하는 걸 보면서 길이 하는 말이 의미심장합니다. 그는 자신이 사는 시대의 소중함을 깨우친 거죠. 우리가 그토록 동경하던 시대에 산다고 해도 꼭 지금보다 더 행복하다고는 장담할 수 없을 거예요. 어쩌면 우디 앨런은 이 영화를 통해서 파리 예찬 말고도 현재의 소중함을 넌지시 말하고 있는 것 같아요.

우디 앨런은 다들 아시죠? 워낙 유명한 분이라. 그래도 영화가 많아서 다 보신 분은 드물 거예요. 그는 할리우드에서 일하지 않아요. 뉴욕 동부를 근거로 하는 영화인들 — 스파이크 리, 짐 자무쉬처럼 할리우드 밖에서 작업을 하죠. 영화도 할리우드와는 조금 다른 스타일입니다. 어니스트 헤밍웨이의 손녀인 마리엘 헤밍웨이가 〈맨하탄〉에 출연했었는데, 우디 앨런에 대해 이런 얘기를 했대요. "영화를 많이 만들다보면 당연히 실수가 있다." 약간 못 만든 작품도 있다는 거겠죠. "그럼에도 불구하고 그런 작품조차 우리 삶에 대해 이야기하는 뭔가가 있다." 굉장한 칭찬입니다. 같이 일한 동료한테 그런 말을 듣다니. 최근에는 내로라하는 배우들과 같이 하고 있죠. 참 멋진 사람 같아요.

감독에 대한 이야기를 하나 더 해드릴게요. 그는 굉장히 성실한 사람으로 유명합니다. 자신이 정한 분량만큼 매일 글을 쓴대요. 어려운 일이죠. 우리는 일기를 써도 며칠 못 가잖아요. (웃음) 지금도 그렇게 하는지 모르겠지만, 이분은 하루하루를 성실하게 살아가는 것을 중요하게 여깁니다. 그 성

실성이 우디 앨런으로 하여금 수십 편의 영화를 만들게 한 게 아닌가 싶어요. 그렇기 때문에 마리엘 헤밍웨이가 말한 것처럼 실패작에서도 삶을 이야기하는 부분이 있는 거겠죠.

2012.7.12

누구의 딸도 아닌 해원
Nobody's Daughter Haewon

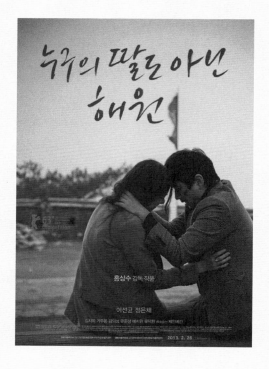

한국 | 2012 | 90분 | 홍상수 감독 | 정은채, 이선균, 김의성 출연 | (주)영화제작전원사 제작 | (주)영화사조제 배급 | 2013년
2월 28일 개봉 | 청소년 관람불가 | 2013 베를린국제영화제 경쟁작

꿈은 현실을 느낀다

❧

대학생 해원은 유부남인 강사 성준과의 비밀스러운 관계를 정리하고 싶다.
캐나다로 이민을 떠나는 엄마까지 마음을 복잡하게 만든다.
우울해진 해원은 성준을 다시 만나고 둘의 관계는 같은 과 학생들에게 알려지는데……

이동진 재밌게 보셨죠? 홍상수 감독, 정은채 배우와 함께 이야기를 나누
겠습니다. 제가 각오를 하고 왔습니다만 답변을 길게 해주셨으면 하는 바
람이 있습니다. (웃음) 먼저 인사부터 하시죠.

홍상수 반갑습니다. 와주셔서 감사합니다. 질문 없으면 소감을 얘기해
주시면 저한테 도움이 됩니다. 억지로 질문하지 마세요. (웃음)

정은채 안녕하세요. 일반 관객과 만나는 자리는 오늘이 처음이라 어떻
게 보셨는지 궁금해요.

이동진 지난주에 이곳에서 〈뒷담화: 감독이 미쳤어요〉 행사가 있었어요. 전혀 몰랐는데 그 영화에 정은채 씨가 나오더라고요. 그런데 거기서 이 영화를 제작한 김초희 PD가 정은채 씨를 캐스팅하는 것 같은 장면이 나왔어요. 실제 상황이었죠?

정은채 네, 그 장면이 영화에 담길 줄은 꿈에도 몰랐어요. 제가 출연한 작품을 잘 봤다고 해서서 인사를 나누는 순간이었습니다.

이동진 그 뒤로 감독님을 뵙게 된 것이로군요. 처음 만났을 때 인상이 어떠셨어요?

정은채 압구정에 있는 어느 커피숍 구석 자리에서 뭘 쓰고 계셨어요. 마치 영화처럼. 첫인상이 참 따뜻했어요. 예의를 차려서 저를 대해주셨어요. 생각보다 인간적이고 따뜻한 분이라고 느꼈어요. (웃음) 이야기를 잘 들어주는 것 같았어요. 그래서 처음 만난 상황인데 별의별 이야기를 다 한 것 같아요. 뭔가에 홀린 듯이 시시껄렁한 얘기까지 주고받았어요.

이동진 전부터 감독님을 좋아하셨나요? 〈밤과 낮〉을 특별히 좋아한다고 들었어요.

정은채 인터뷰에서 보신 것 같은데, 질문을 받은 시점에서 딱 떠오른 영화였어요. 원래 감독님 작품에 관심이 많았고 한번 뵙고 싶었어요. 생각보다 기회가 빨리 온 것 같아요. 이런 얘기가 나올 때면 늘 기다리던 순간이었다고 대답해요.

가지 않은 길을 가는 여자

이동진 감독님의 영화는 장소로 시작하는 경우가 많았어요. 그런데 이번 영화는 그 어느 때보다 인물이 강하게 드러납니다. 그래서 서촌이나 남한산성에서 출발한 건지, 해원이라는 캐릭터에서 출발한 건지 궁금해요.

홍상수 기억력이 점점 더 나빠져서 생각이 잘 안 나는데, 아마 정은채 씨를 만나기 전에 장소를 먼저 정한 걸로 기억해요. 그러고 나서 인물이 중심이 되는 영화가 될 것이란 생각을 하게 됐습니다.

이동진 여자 주인공의 이름이 타이틀롤로 들어가는 경우는 지금껏 '오!수정', '옥희의 영화', '누구의 딸도 아닌 해원' 이렇게 세 번입니다. 그런데 남자 주인공의 이름이 들어가는 경우는 아예 없었어요. 왜 남자 주인공의 이름은 쓰지 않는 건가요?

홍상수 '오!성준', 저는 이런 거 하기 싫은데요. (폭소)

이동진 생각만 해도 싫으시군요. (웃음) 이 영화를 보면 여성 찬가 같은 느낌도 듭니다. 아닌 게 아니라 계속 여자 캐릭터들이 달라지고 있어요. 비록 꿈이라고 해도 안 가본 곳까지 가보는 것은 여성이잖아요. 갔던 곳을 다시 가고 했던 말을 또 하는 남자와 비교됩니다. 그런 의미에서 감독님의 작품들에서 남자는 특정 단계에 머물러 있는 것처럼 보이는 데 반해 여자는 어떤 의미에서 발전하고 있는 것 같아요. 이런 변화에 대해서 어떻게 생각하세요?

홍상수 그런 거 얘기하기가 힘들어요. 젊었을 적엔 생각하기도 했는데 점점 더 안 하게 돼요. 안 한 지 꽤 오래됐거든요. 그래서 이런 질문을 받으면 그때그때 그냥 그렇게 느꼈다고 말할 수밖에 없어요. 여자가 이상적인 존재라고는 생각 안 해요. 내가 제일 그렇게 생각하는 건 아기예요. 아기는 새 거니까. 그 다음이 여자인 것 같고.

우연이라는 선물

이동진 정은채 씨께 질문할게요. 남한산성에서 촬영할 때 어떤 날은 맑고 어떤 날은 흐렸는데, 그게 오히려 도움이 됐다는 얘기를 들었어요. 우연을 껴안는 영화를 찍는 게 배우에겐 매우 신비한 경험이었을 것 같아요.

정은채 셋째 날이었을 거예요. 비가 아주 많이 내렸어요. 촬영을 걱정했는데 스태프들은 아무렇지도 않더라고요. 대본을 받았더니 '비가 내리는 아침'으로 시작했어요. (웃음) 그때부터 조금씩 무뎌지기 시작했어요. 둘이서 사랑의 대화를 속삭이는 장면을 찍을 때는 햇빛이 따사로웠는데, 이게 뭐지 할 정도로 안개가 자욱할 때는 연결이 되는 건가 걱정했어요. 그런데

완성된 영화를 보니까 감정과 날씨가 묘하게 잘 어울리는 거예요. 어쩌면 그렇게 믿고 싶은 건지도 모르겠어요. 만약 안개가 자욱할 때 서로 사랑하는 장면을 찍었다면 그게 또 로맨틱하다고 느꼈을지도. 그런 힘이 있는 영화인 것 같아요. 자랑 좀 했습니다. (웃음)

이동진 남자와 여자가 딱히 헤어진 것처럼 보이지 않아요. 전작들에서 종종 그랬듯 주인공이 대롱대롱 매달린 채로 끝이 나거든요. 그게 여자로 바뀌었죠. 마지막 장면을 보고 있으면 외롭고 불쌍한 것처럼 보이는 동시에 저 여자는 믿을 수 있다는 느낌이 들기도 합니다. 그건 연출 때문이기도 하고 연기 때문이기도 할 텐데, 어떤 마음으로 연기했나요?

정은채 대본이 매일 아침에 나오는 상황이라 앞뒤의 연결이 어떻게 될지도 모르는 거고, 아예 계산을 할 수가 없는 상황이었어요. 그래서 장면마다 모든 걸 쏟아부었어요. 그 안에서 계속해서 충돌이 있었죠. 현실과 꿈, 넘어서는 안 되는 어떤 것과 내 마음이 진지하게 원하는 어떤 것 사이에서 갈등을 했어요. 처음부터 끝까지 저는 같은 마음이었어요. 남한산성 벤치에 앉아서 목을 조르는 게 마지막 장면이었는데, 이렇게 우리 둘은 끝이 날 거란 생각을 했어요.

이동진 그 이후의 상황은 어떻게 될 것 같아요?

정은채 해원은 꿋꿋하게 혼자 잘 먹고 잘 살 것 같아요. 성준은 조금 더 헤맬 것 같고.

이동진 팬들에게는 선물 같은 느낌이 들 거예요. 이번 작품은 이전의 영화를 끊임없이 상기시키는 면이 있잖아요. 사람마다 느끼는 바가 다르겠지만, 저는 이 영화를 보고 〈북촌방향〉이 가장 먼저 생각났습니다. 경진이라는 캐릭터가 있었죠. 그 여자의 이야기인 것 같기도 했어요.

홍상수 부분적으로 비슷한 점이 있으니까 그렇게 생각할 수 있는데, 만들 때는 다른 영화의 인용이 어떤 효과를 낼 거란 생각은 하지 않아요. 보는 분들은 연결해서 볼 수 있죠. 처음에는 같은 걸 쓰니까 연출부들이 예전에 쓴 걸 아는지 물었어요. 뭐, 괜찮다고 했어요. 삶의 영역을 막 확장할 수도 없는 거고, 그걸 어떻게 조합하고 배합하느냐가 더 중요하죠. 그래서 거부감이 없었는데, 이번 영화에서 유준상 씨와 예지원 씨가 나오는 건 조금 달랐어요. 그건 〈하하하〉의 커플이 그대로 오는 거니까 세죠. 조금 걱정했지만 거기에 있을 만한 충분한 이유가 있다고 생각했어요. 주인공 커플과 다른 정서를 갖고 있다는 점에서.

홍상수의 인셉션

이동진 감독님의 영화에는 초창기부터 꿈이 많이 나왔죠. 감독님의 작품들 중 꿈이 나오는 영화와 꿈이 나오지 않는 영화를 비교해서 글을 써보고 싶다는 생각을 한 적도 있어요. 이번에는 꿈 장면을 쓰는 정도가 아니라 아예 시작과 끝이 꿈이고 심지어 꿈 속의 꿈도 있어요. 마치 홍상수 감독이 만든 '인셉션' 같잖아요? (웃음) 평론가들이 흔히 '차이와 반복'이라는 말로 홍상수 영화의 특징을 이야기하죠. 일치하는 부분과 어긋나는 부분에서 생겨나는 의미망이 있을 텐데, 그게 주로 공간으로 대비됐어요. 그런데 여기서는 그것이 꿈과 현실로 대비됩니다. 엄청난 차이라고 생각해요. 3부 전체가 꿈이라고 한다면, 그 꿈은 큰 의미가 있을 것 같은데요.

홍상수 두 사람 사이에 일어난 일들을 여기서는 결론을 낼 수가 없다고 생각했어요. 그래서 꿈을 썼는데, 그게 편한 게 있고. 젊은 사람은 생각이 많잖아요. 그걸 꿈으로 압축해서 보여줄 수 있다고 생각했어요.

이동진 이 영화는 깔깔거리며 보다가도 뒤에 가서 엄청나게 처연해집니다. 왜 그런가 생각해보면, '차이와 반복'(을 만드는 것)이 꿈과 현실이기 때문인 것 같아요. 예를 들어 〈생활의 발견〉에서처럼 어떤 행위를 '경주'가 아니라 '춘천'에서 한다고 해도 그 어긋남 때문에 처연해지지는 않아요. 왜냐하면 둘 다 현실이니까요. 〈오!수정〉처럼 서로 다른 기억의 충돌이라거나 〈생활의 발견〉처럼 서로 다른 공간의 차이와는 달리, 꿈과 현실은 병렬관계가 아니죠. 꿈이 현실이 아니라는 것을 전제할 때 우리가 꿈을 마주하면 꿈과 다른 현실을 상기시키게 됩니다. 이런 것은 부수적인 효과일 수 없다고 생각하거든요.

홍상수 그런 것들을 원했던 것 같아요. 젊은 사람이니까 꿈을 통해서 표현할 수 있다고 봤어요.

이동진 꿈으로 들어가는 쇼트는 없어요. 꿈을 꾸게 되었다는 내레이션이 나오지 않죠. 결국 관객은 아무 것도 모르는 상태에서 꿈을 보게 됩니다.

그런데 꿈에서 나오는 쇼트는 있어요. 이런 방식은 첫 작품 때부터 계속 그렇거든요. 특별히 이유가 있나요?

홍상수 딴 영화를 보면서 꿈의 도입이 별로 안 좋아 보였던 것 같아요. 꿈이라는 걸 알고 보면 너무 익숙한 꿈을 생각하게 되잖아요. 그건 실제로 우리가 꿈을 경험하는 것을 대변하지 않거든요. 도입 부분에서 화면을 흐릿하게 한다거나 내레이션을 깔면 그것을 제대로 못 느끼게 되는 것 같아요. 나올 때는 꿈이라는 걸 확실히 안 해주면 서사가 움직이는 데 방해가 되고 너무 많이 헷갈리게 되니까 그렇게 하고 있어요.

이동진 둘째 날, 남자는 헤어지기로 하고 나서 노을이 질 때 눈물을 보이죠. 셋째 날, 같은 장면이 있습니다. 해원은 한 번도 가보지 않은 곳으로 가서 울고 있는 남자를 발견하게 됩니다. 그러니까 현실과 꿈에서 똑같은 일이 있었던 거죠. 다만 해원은 그 상황을 현실에서 보지 못하고 꿈에서는 보게 됩니다. 보통 현실과 꿈을 나눌 때 같은 장면을 넣지 않는데, 여기서는 그렇게 똑같은 행동이 나옵니다.

홍상수 해원은 (현실에서) 볼 수가 없는 장면들이 있죠. 두 개가 같이 나가는 것(현실과 꿈에 같은 상황이 놓이는 것)은 크게 부담이 없었던 것 같아요. 반복되는 상황을 통해서 관객에게 차이를 느끼게 해주는 게 먼저니까요.

이동진 그렇다면 현실에서 우는 장면은 관객을 위한 장면인데, 뭘 생각하면서 보여주신 건가요?

홍상수 제가 봤을 때 성준이 우는 것은 그 남자의 입장에서 완전한 진심이라고 생각했거든요. 바보같이 헤어지고 나서 울 거라고 판단했습니다.

이동진 그럼 이거 한 가지 더 여쭤볼게요. 마지막 내레이션은 그것(3부)이 꿈이라는 정보를 주고, 더 중요하게는 관객들의 마음속에 강렬한 파토스를 일으킵니다. 거기서 언급되는 '착한 아저씨'는 성준이 아니죠. 저는 중원이라고 생각되기도 하는데요. 왜 다른 사람을 언급하는 건가요?

홍상수 그렇게 생각할 수도 있겠네요. 저는 막걸리 준 아저씨를 생각했습니다. 다른 인물들은 현실에서 (해원을) 다 힘들게 하는 존재들이죠. 그런데 그 아저씨는 다르죠. 막걸리를 시원하게 마셨으니까 꿈에서도 시원할 것 같아요. 저라면 꿈에서 깼을 때 그 아저씨를 기억하고 싶을 것 같아요.

이동진 이 정도 말씀하시는 것도 어려운데, 오늘 한 건 했다는 생각이 듭니다. (웃음)

누구의 딸도 아닌 정은채

이동진 그럼 정은채 씨한테 질문을 넘길게요. 3부를 연기할 때 그게 꿈이라는 걸 알고 있었나요?

정은채 제인 버킨을 만나는 것을 비롯해서 몇몇 장면은 알고 있었지만 사실 명확한 것은 아무것도 없었어요. 영화를 보고 당했다는 생각을 했죠.

(웃음) 자면서 내레이션을 하는 장면은 중반에 찍었어요. 그래서 그게 맨 뒤로 갈 줄은 몰랐죠.

이동진 해원이 말을 할 때는 쌓아두고 쌓아뒀다가 결국 그 정도로만 얘기한 것처럼 보여요. 뭐랄까, 말을 안 한 게 더 많을 거란 생각이 들어요. 홍 감독님 영화에서 이렇게 눈빛이 강한 캐릭터가 있었나 싶을 정도예요.

정은채 촬영 전에 만났을 때 감독님이 제가 어떤 사람인지 느낀 점들을 투영한 것 같아요. 해원이라는 캐릭터를 연기하는데 말투, 행동, 제스처 같은 것들이 자연스러웠어요.

이동진 감독님이 직접 연기 시범을 보이기도 하나요? 어떻게 이야기를 해주나요?

정은채 꽤 세심하게 디렉팅을 주세요. 감독님의 작품을 보면 캐릭터가 곧 배우처럼 보일 때가 많잖아요? 어쩌면 애드리브일 수도 있겠다는 생각을 했었어요. 그런데 현장에 오니까 모든 대사가 순서대로 가고, 가끔 다른 말이 나오긴 하지만 의도나 느낌은 그대로 전달되는 것 같아요. 거의 모든 장면들이 주고받는 대사로 이루어져 있잖아요? 들어가기 전에는 그 많은 대사를 짧은 시간에 과연 외울 수 있을까 걱정했는데, 신기하게도 마음에 들어오고 입 밖으로 잘 나왔어요.

이동진 감독님과 얘기를 나눈 것이 곳곳에 투영되었겠지만 구체적으로 의견을 낸 게 있나요?

정은채 엄마랑 공원에서 얘기하다가 갑자기 뛰는 장면이 있었죠. 원래 지문에 무슨 들짐승처럼 뛰라고 되어 있어서 제가 그렇게 뛰었어요. 그런데 그게 약간 흉했나봐요. 갑자기 노루로 바꾸시더라고요. 왜 갑자기 바꿨을까? (웃음) 그런 식으로 조금씩 바꿔가면서 촬영을 한 게 많아요.

이동진 같이 연기한 이선균 씨는 어땠어요? 감독님이 안 계실 때 조언을 해준 건 없나요?

정은채 힘을 많이 주셨어요. 제가 헤맬 때도 힘들거나 불편한 내색 없이 계속해서 도와주셨어요. 확실히 저보다는 여유가 많았죠. 대본에 찌질한 대사가 나오면 "나는 왜 맨날 이런 것만 하는지 모르겠다"며 짜증을 내면서도 이상하게 잘 붙는다면서 신기하다고 하셨어요. (웃음)

"세상에 비밀은 없어요. 나중엔 다 알아요."

관객 A 남한산성 벤치에 앉아서 목을 조르는 포스터 장면은 영화에서 못 본 것 같아요.

홍상수 계속 가면 그렇게 되는데, 그 전에 자른 겁니다.

관객 B 다른 작품에 비해 텍스트가 비교적 정확하다는 인상을 받았어요. 전에는 이렇게까지 직설적으로 표현하지 않았던 것 같은데, 이번에는 하고픈 얘기를 대사로 많이 풀어낸 것 같아요. 혹시 의도한 부분이 있나요?

홍상수 그렇게 느끼셨다니 받아들이겠습니다. 대사를 직설적으로 쓰겠다는 생각은 없었어요. 이 서사에서 필요하니까 튀어나온 것이지, 그걸 통해서 이야기를 하려고 한 건 아닙니다.

관객 C 해원이 입고 있는 옷이 대학생인데도 그렇게 세련되지가 않아요. (웃음) 심지어 바지도 뜯어져 있고. 일부러 그렇게 한 건가요?

정은채 바지는 제 바지입니다. 오래 입은 데다 제가 잘 끌고 다녀서 그렇게 됐어요. 그런데 옷이 굉장히 세련됐는데요? 초록과 빨강의 대비! 이해를 잘 못 하시는 것 같아요. (웃음) 저는 그게 해원이라는 캐릭터를 잘 드러내는 의상이라고 생각해서 만족했어요. 가방을 제외하면 모두 제 거고, 감독님이 상황에 맞춰 직접 결정하신 거예요.

이동진 장시간 경청해주셔서 감사합니다.

2013.2.27

그리고 그 사람의 이야기

서칭 포 슈가맨

Searching for Sugar Man

스웨덴, 영국 | 2011 | 86분 | 말릭 벤젤룰 감독 | 말릭 벤젤룰, 로드리게즈 출연 | (주)판씨네마 수입 | (주)판씨네마 배급 | 2012년
10월 11일 개봉 | 전체 관람가 | 2013 아카데미 장편 다큐멘터리상 | 2012 선댄스영화제 관객상, 심사위원특별상 수상

삶을 예술로 만든 남자

1970년대 초 남아공으로 흘러든 로드리게즈의 음반은 수십 년 간 큰 사랑을 받았다.
그러나 그는 미국에서는 단 두 장의 앨범만을 남긴, 그야말로 비운의 가수였다.
전설의 '슈가맨'을 둘러싼 소문만 무성한 가운데 어느 열성 팬이 진실을 밝히고자
그의 흔적을 찾기 시작한다.

신지혜 안녕하세요. 여러분과 영화를 같이 보고 톡을 하는 게 원칙인데 저는 오늘 일부러 영화를 다시 보지 않았어요. 왜냐하면 제천영화제와 시사회를 통해서 두 번 봤는데, 그때마다 너무 많이 울어서 끝나고 나면 얼굴이 퉁퉁 붓는 거예요. 그 모습으로는 도저히 여러분 앞에 설 수가 없어서. (웃음) 지금도 울고 계신 분들이 있네요. 이상하게 눈물이 나죠. 여러분은 영화가 끝나고 어떤 느낌을 받으셨나요?

영화가 선물한 뜻밖의 행운

관객 A 저는 '세렌디피티Serendipity'라는 말이 떠올랐습니다. 오늘 친구

가 영화를 보자고 해서 제목도 모른 채 극장에 왔어요. 그런데 영화를 보다가 시골집에 아버지가 로드리게즈의 판을 가지고 계셨던 것이 생각났어요. 그게 불법인지는 모르겠지만 똑같은 앨범을 본 기억이 나거든요. 어렸을 때는 그걸 보면서도 그저 멀리 있는 아티스트라고만 생각했는데, 이 영화를 보고 많은 것을 알게 됐습니다. 아직 살아 있다는 게 놀랍네요.

신지혜 왜 세렌디피티를 생각하셨을까 했는데 얘기를 듣고 나니까 고개가 끄덕여지네요.

관객 B 방금 말씀하신 분처럼 이것도 우연인데요. 대학 시절에 LP판을 많이 가지고 있던 한 친구가 멀리 떠나게 되면서 제가 다니던 대학교 방송국에다 그걸 기증한 적이 있어요. 그 친구가 전해준 것들 중에 로드리게즈의 판이 있었다는 게 지금 막 생각났습니다. 그때는 전혀 몰랐거든요. '슈가맨'이라는 단어와 함께 그때 일이 딱 떠오르네요. 그리고 영화를 통해서 그 친구를 생각하게 됐어요. 아주 신기한 인연 같아요.

신지혜 혹시 음반 갖고 계신 분 또 있나요? 우와, 이건 정말 하나의 사건이네요. 흔치 않다는 로드리게즈의 앨범을 소장하고 계신 분이 그리 크지 않은 이 공간 속에 두 분이나 된다는 게 정말이지 놀랍습니다. 전혀 생각하지 못했거든요.

이 영화를 보고 나면 가장 먼저 음악이 귀에 꽂히죠. 여러분도 그럴 것 같은데요. 그래서 퀴즈로 시작하겠습니다. 진짜 쉬운 문제로 두 개 준비했어요. 남아공에 가서 콘서트를 할 때 사람들이 막 모이죠. 뭐가 잘못됐는지 노래를 시작하지 못하는데 그때 계속 흐르고 있었던 음악의 제목은? 맞습니다. 〈I Wonder〉였어요. 자, 이제 더 쉬운 문제입니다. 영화의 시작과 끝을 장식하는 로드리게즈의 음악은 뭘까요? 이건 모를 수가 없죠 〈Sugar Man〉입니다. 거의 뭐 순발력 테스트였죠? (웃음) 저는 이 두 곡이 뇌리에 박히더라고요. 그 외에 다른 곡들도 모두 좋아요. 영화와 함께 사운드트랙도 나왔으니까 관심이 있는 분들은 찾아보면 좋을 것 같아요. 저희 방송에서도 벌써 몇 번이나 들려드렸어요. 내일부터 또 신청이 쇄도하지 않을까 싶네요.

슈가맨을 만나다

신지혜 '서칭 포 슈가맨'이라는 제목을 들었을 때는 뭔가 추리하고 탐구하는 것 같은 느낌이 들죠. 전반부는 정말 그렇게 흘러가요. 그러면서 궁금증이 생깁니다. 과연 슈가맨은 어떤 사람이었을까? 흥미로운 경로를 따라가면서 그를 조금씩 발견하게 되죠. 그런데 세상에, 생각지도 못한 기적이 있어요. 거기서 우리는 큰 감동을 받아요. 당시에 그가 살아 있다는 이야기를 들은 사람들은 얼마나 놀랐을까요? 정말 반가운 마음이었을 거예요. 기억 또는 전설 속에 존재하는 사람인데, 그 사람이 공연을 한다고 하니까 믿기지 않았겠죠.

로드리게즈는 남아공에서 콘서트를 하고 미국으로 다시 돌아갑니다. 그런데 그의 삶은 전혀 변하지 않았어요. 지구 저편에서 자신을 좋아하는 사람들이 많은데도 우쭐하지 않아요. 금전적인 보상을 기대할 수도 있을 텐데 계속 검소한 생활을 하면서 본연의 삶에 충실합니다. 이게 그 사람이

가진 미덕 가운데 하나라는 생각이 들어요. 여러분도 저와 비슷한 생각을 하실 것 같아요. 그 사람의 삶은 그 사람의 모습이고, 그 사람의 모습은 그 사람의 노래가 되죠. 이게 다 등가로 연결되는 거예요. 그 부분이 우리의 마음을 건드리는 건지도 모르겠어요. 사실 다들 마음으로 그런 것을 바라고 있는지도 몰라요. 그런데 살다 보면 쉽지가 않죠.

작가의 운명과 시대의 운명

영화에 나오는 프로듀서는 놀라움을 금치 못했지만 로드리게즈의 음악은 미국에서 전혀 팔리지 않았어요. 그런데 남아공에서는 빵 터졌죠. 사람들의 마음을 확 사로잡았어요. 어쩌면 바로 옆에 있었기 때문에 그 가치를 못 알아본 건 아닐까요? 토마스 만은 이런 말을 했어요. "어떤 작가의 작품이 한 시대에 각광을 받는 것은 작가의 은밀한 운명이 시대의 운명과 맞닿아 있기 때문이다." 정말 그렇지 않나요? 이 영화를 관통하는 한 축이 바로 그거 같아요. 그가 만든 음악은 억압적인 현실에 처한 남아공 사람들에게 전해졌어요. 그의 운명은 남아공의 운명과 같이 가고 있었던 거예요. 얼마 전 예능프로그램 〈놀러와〉에 들국화 나온 거 보셨나요? 〈제발〉이라는 노래를 불렀는데, 그때 유재석 씨가 펑펑 우는 거예요. 곁에 있던 사람들이 왜 우냐고 물었더니, 힘든 시간을 통과한 그들이 아직까지 건재한 모습을 보고 어떤 안도감이 들었다고 하더군요. 그 얘길 듣고 저도 마음이 찡했어요. 이 영화가 주는 감동도 그런 거죠.

제가 최근에 링컨 대통령과 관련된 책을 읽어서 그런 것 같은데, 로드리게즈를 보면서 에이브러햄 링컨이 떠올랐어요. 그는 수없이 출마하고 수 없이 떨어졌죠. 그러나 실망하지 않았어요. 끊임없이 도전함으로써 믿음을 행동으로 옮기려고 노력했습니다. 그것이야말로 가치 있는 일이라고 믿었던 거죠. 로드리게즈는 노동의 현장에 있었어요. 몸을 써서 돈을 벌었죠. 소위 블루칼라였다는 겁니다. 대학에서 철학을 공부한 사람이라고 보통 사람과 다르지 않은 삶을 살았어요. 그래서 자신의 음악을 알아주지 않는 상황에서도 초연합니다. 구도자 같기도 해요. 결국 우리가 간과하지 말아야 할 것은 목적을 향해 가는 과정이죠. 로드리게즈의 그런 모습을 보면서 우리는 감동을 받습니다.

여러분의 감상을 들어볼까요? 다들 어디서 감동을 받았는지 이야기를 나눠보죠.

인생이라는 드라마

관객 C 이 영화는 그리 알려지지 않은 예술가의 삶이 꼭 불행하지는 않다는 걸 보여주는 것 같아요. 활짝 꽃피워야만 가치가 있는 게 아니고, 진짜 예술가들은 작품을 완성하는 데 더 관심을 두죠. 그런 면에서 제 삶도 돌아보게 되었습니다.

관객 D 남아공에 가서 첫 번째 무대 위에 올랐을 때 로드리게즈가 한 말이 기억에 남습니다. "살아 있게 해줘서 고맙습니다." 그 한마디가 나는 지금 무엇으로 살아가고 있는지, 나는 다른 사람에게 힘을 줄 수 있는지 생각하게 합니다. 그 장면에서 뭉클했어요.

관객 E 로드리게즈 본인도 이게 기적 같은 일이라고 말하죠. 남아공에 갔을 때 그토록 환영을 받았다면 그곳에서 살 수도 있을 텐데 그렇게 하지 않아요. 지나간 시간을 멀리서 바라보는 것 같아요. 영화 또한 이 사람한테 다가가지 않아요. 직접적인 인터뷰는 거의 나오지 않죠. 화면 자체가 동떨어져 있어요. 사람을 위에서 내려다보는 장면, 차를 타고 어딘가로 이동하는 장면이 다 그런 식이에요. 개인적으로 노을이 지는 모습을 담은 게 참 좋았어요. 그렇게 주인공을 한발 떨어뜨려놓고 봄으로써 더 많은 것을 느낄 수 있게 하지 않았나 싶습니다. 전반적으로 삶을 관조하는 느낌이 들었습니다.

신지혜 좋습니다. 다들 정말 말씀을 잘하시네요. 그럼 마지막으로 정리를 할게요. 국내 유일의 영화 전문 카피라이터 윤수정 씨가 쓴 책에 이런 문구가 있어요. "드라마가 빠진 건물의 모조품만으로는 사람의 마음을 붙잡을 힘이 없다." 이제 로드리게즈가 우리의 마음을 빼앗은 이유를 아시겠죠? 영화를 보고 나서 몇 날 며칠 영화 속 장면과 로드리게즈의 음악이 여러분의 마음속을 빙빙 돌지도 몰라요. 저도 그랬거든요. 부디 그랬으면 좋겠습니다.

2012.10.11

말리
Marley

미국 | 2012 | 120분 | 케빈 맥도널드 감독 | 밥 말리, 지기 말리, 지미 클리프 출연 | CGV무비꼴라쥬 수입 | CGV무비꼴라쥬
배급 | 2012년 8월 2일 개봉 | 12세 이상 관람가

레게의 전설, 밥 말리를 만나다

레게의 전설이자 혁명의 아이콘으로 통하는 밥 말리.
다큐멘터리 감독으로 유명한 케빈 맥도널드가 그의 옛 모습이 담긴 뉴스 클립,
가족과 동료의 증언이 녹아든 인터뷰를 토대로 밥 말리의 생애를 추적한다.

김태훈 안녕하세요. 팝 칼럼니스트 김태훈입니다. 재밌게 보셨습니까? 밥 말리의 생애를 다룬 영화가 개봉한다고 해서 많은 기대를 했습니다. 영화가 그의 개인사를 다양한 고증들로 정성스럽게 풀고 있죠. 영화를 보는 동안 저 사람이 대체 얼마나 대단한 사람이길래 한 편의 기록영화가 만들어지는지 의심을 품은 사람도 있을 겁니다. 그래서 이 시간에는 밥 말리라는 인물이 6, 70년대에 세상과 어떤 관계를 맺었으며 우리 시대에 어떤 영향을 끼치고 있는지 이야기를 나누도록 하겠습니다.

밥 말리는 시대를 노래한 위대한 아티스트 가운데 한 명입니다. 지난 100년 중(사이) 여러 가치관이 가장 격렬하게 부딪힌 시대를 꼽는다면 단연 60년대일 겁니다. 페미니즘 운동, 반전 운동, 히피즘의 부흥, 인종차별에 대한 저항, 제3세계의 독립에 대한 요구 등 다양한 격변이 있었던 시기죠. 기성세대의 가치관과 신세대의 가치관이 가장 강력하게 부딪힌 시대이기도 합니다. 그전까지는 기성세대에게 불만이 있어도 자신들의 요구 사항을 전면에 드러내면서 혁명을 일으키지는 않았거든요. 변화의 물결이 생긴 것이죠. 그게 본격화된 것이 파리의 낭테르 대학에서 시작된 68혁명입니다. 대학생이 되어 기숙사에 들어가면서 부모로부터 벗어났다는 해방감을 느꼈는데 낭테르 대학에서 남녀를 분리했습니다. 자유를 추구하는 작은 시위가 벌어졌고, 그것이 인권 운동과 이념을 같이하면서 혁명이 시작됩니다. 그 시기에 고양된 기운이 미국의 우드스탁 운동까지 이어지게 되는데요.

6, 70년대 중요한 인물로 흔히 체 게바라, 존 레논, 밥 말리를 이야기합니다. 시대를 상징하는 인물로서 당대에 가장 많은 존경을 이끌어냈던 이들이라고 할 수 있어요. 1967년 아르헨티나 출신으로 제3세계의 부조리에 맞서 싸웠던 체 게바라가 죽은 이후에, 전 세계에서 벌어진 혁명 운동은 문화적인 방식으로 이입됩니다. 그 가운데 보수당 정치인으로 대표되는 에드먼드 버크가 "모든 악이 바라는 것은 선의 침묵"이라고 말한 것이 진보적 운동가의 면모를 지니고 있었던 밥 말리에게 영향을 줍니다. 영화에 나

오는 것처럼 그는 건강이 악화되었을 때도 공연을 했어요. 주변 사람들이 만류할 때마다 "아직도 악이 쉬지 않고 있는데 내가 어떻게 쉴 수 있느냐"며 자신의 음악이 세상과 싸우는 도구로 사용되길 원했습니다.

1980년에는 존 레논마저 세상을 떠납니다. 존 레논은 흔히 로큰롤의 성자라고 하죠. 그는 비틀즈 시절만 해도 10대 취향의 극히 단순한 노랫말들로 곡을 채웠는데, 솔로 앨범을 발표하면서 세상의 부조리에 대한 투쟁으로서 음악을 내놓기 시작했습니다. 노골적인 혁명가를 들고 나왔죠. 그런 의미에서 말리 역시 존 레논과 동등한 위치에 놓을 수 있는 인물입니다. 60년대는 베트남전으로 인해 세대가 갈라져 있었기 때문에, 젊은 뮤지션들이 미국적 가치관에 격렬히 저항하던 시기였습니다. 사이먼 앤 가펑클의 폴 사이먼이나 롤링 스톤즈 등 일부 가수들도 그런 운동에 동참했어요. 그래서 그들은 새로운 가치관을 찾다가 제3세계 음악에 고개를 돌리게 됩니다. 감미로운 발라드를 부를 것만 같은 폴 사이먼도, 로큰롤만 할 것 같은 롤링 스톤즈도 레게Reggae를 새로운 대안으로 선택하면서 자신들의 음악에 적극적으로 활용했습니다.

시대를 노래한 아티스트

레게 음악에 대해서 잠깐 설명을 드릴까요? 레게 음악은 4분의4박자를 단순화합니다. 강세를 두 번 주고 음악의 리듬을 이끌어갑니다. 대부분의 팝 음악은 강세를 1박과 3박에 둡니다. 하지만 레게 음악은 2박과 4박에 두죠. 같은 4분의4박자라고 해도 레게는 맞춰서 춤추기 쉽지 않으니다. 2박과 4박에 강세가 있다는 걸 이해하고 들으시면 리듬을 타기가 훨씬 더 쉽지 않을까 생각합니다. 영화에서 음악이 많이 나왔죠. 그중에 정치적인 색깔이 묻어나는 곡들도 있습니다. 〈Exodus〉가 시작할 때 나왔고, 〈Zimbabwe〉라는 곡도 있었죠. 가장 정치적인 성향을 강하게 드러내고 있습니다. 그리고 〈Get Up Stand Up〉 역시 일종의 진군가로서 민중에게 봉기를 요구하고 개인의 자유와 행복을 위해 싸우라고 말하는 내용이죠.

밥 말리의 가장 대표적인 곡이라면 〈No Woman No Cry〉입니다. 비영어권에서는 해석이 분분했던 곡이에요. 우리 시대에는 그 제목을 '울지 않으면 여자도 아니다' 혹은 '여자가 없으면 울 일도 없다'라고 해석하곤 했습니다. (웃음) 실제로 많은 디제이들이 그렇게 해석했어요. 자메이카의 슬픈 역사와 밥 말리에 대한 인식이 생겨나면서 '안 돼요 여자여, 울지 말아요'라는 의미로 받아들여졌죠. 여기서 '여자'는 아내 또는 어머니처럼 단순히 여성을 의미하는 게 아니고 조국을 의미합니다. 그 의미를 알고 들으면 느낌이 좀 다릅니다. 그는 이런 이야기를 했어요. "음악으로 혁명을 일으킬 수는 없지만 사람들을 각성시킬 수는 있다." 최근 밥 말리가 다시금 대중의 관심을 받게 된 계기로 작용했던 〈나는 전설이다〉라는 영화를 보면 윌 스미스가 밥 말리를 알지 못하는 백인 모자에게 그를 어떻게 모를 수가 있냐며 음악을 들려주고 소개하는 장면이 있습니다. 그만큼 밥 말리는 미국 사회에서 인종차별을 당했던 이들에게 상징적인 존재입니다.

밥 말리는 아버지의 부재와 관련하여 자신의 정체성을 찾기 위해 평생을 보낸 인물입니다. 개인의 정체성에서 자메이카인의 정체성으로, 런던으로 진출한 이후에는 세계인의 정체성으로 확대가 이루어졌죠. 자신이

말리

'라스타파리안'*이라고 종교적 정체성을 밝히기도 했는데, 영화 속에서도 영감을 '자Jah'에게 돌린다는 말이 여러 번 나오죠. 그것은 '야훼'라고 불리는 기독교의 신을 의미합니다. 기독교의 윤리와 아프리카 토속 신앙이 뒤섞인 종교라고 할 수 있는데요. 알다시피 세계적인 종교로 받아들여지지는 않고 있습니다. 당시에 흑인들은 인종차별 때문에 여러모로 피해를 입고 있었기 때문에 새로운 종교를 통해서 자신들의 정체성을 확립하려는 운동을 벌였습니다. 그래서 밥 말리를 이해할 때 그 종교를 거론하게 되는 것이죠. 그와 비슷한 예로 여러분이 잘 알고 있는 권투 선수 무하마드 알리를 들 수 있을 겁니다. 그 또한 이슬람교로 개종하고 무하마드라는 이름을 사용하면서 자신의 정체성을 새롭게 확립한 바 있죠.

밥 말리는 그렇게 오래 살지 못했습니다. 36년이라는 짧은 생을 살았는데요. 8, 90년대를 살아온 분들에게 우리 시대 가장 유명한 인사를 꼽으라면 단연 체 게바라와 밥 말리일 겁니다. 80년대는 레이건주의, 즉 보수주의가 세계를 휩쓴 뒤에 거기에 반발하는 청년들이 새롭게 등장하는 시기였습니다. 새로운 풍토 속에서 6, 70년대 영웅이었던 그들을 다시 소환했고 〈타임〉에 체 게바라의 얼굴이 실리기도 했죠. 여행자의 거리로 불리는 방콕 카오산로드에서는 몇 년 전까지만 해도 체 게바라와 밥 말리의 얼굴이 그려진 티셔츠가 전통 기념품보다 많았습니다. 그것은 젊은 배낭객들이 모이는 곳이라면 가장 인기 있는 기념품이었죠. 그렇게 90년대에 이르러

---

* 라스타파리아니즘은 성서를 다르게 해석하여 예수 그리스도를 흑인으로 보고 에티오피아의 황제 하일레 셀라시에 1세를 섬기는 신앙 운동이다.

시대정신은 사라지고 체 게바라와 밥 말리는 패션의 아이콘으로 기억되었습니다. 오늘날 그 티셔츠를 가장 많이 입고 있는 이들은 아프리카 아이들이라고 합니다. 한때 유행으로 입었던 것들이 재활용 의류로 건너간 거죠. 그러나 지금까지도 그들의 사상이나 주장은 전 세계에서 진행되고 있는 각종 문제들과 맞닿아 있습니다. 최근에 다시 이런 영화가 나오는 것을 보면서 이 시대가 그때보다 나아진 게 없다는 생각을 하게 됩니다.

당신의 울음을 기억합니다

관객 A 밥 말리가 미국에 진출했을 때 왜 처음에는 흑인들에게 별로 지지를 받지 못했나요?

김태훈 순수 흑인이 아니었기 때문에 미국 사회에서는 거부 반응이 있었을 겁니다. 레게 음악도 리듬 앤 블루스와 전통 음악이 섞인 형태이긴 하지만, 음악적 변이를 볼 때 락의 영향을 받았다고 할 수 있거든요. 순수한 리듬 앤 블루스가 아니라는 점에서 당시 흑인 사회에서는 약간의 거부감을 가지지 않았을까 생각합니다. 그리고 밥 말리의 음악은 백인들에 의해 주로 소개되었습니다. 브라질 보사노바도 미국이나 유럽 쪽으로 진출할 때 백인들에 의해 전파되었죠. 비틀즈나 롤링 스톤즈도 흑인 음악으로 출발했지만 백인 락 밴드로서 스타가 되었습니다. 그런 것과도 관련이 있겠죠.

관객 B 밥 말리의 음악 중에서 가장 좋아하는 곡은 무엇인가요? 추천해주세요.

김태훈 제가 가장 좋아하는 곡은 아까 언급했던 〈Get Up Stand Up〉입니다. 그의 음악적 사상을 엿볼 수 있는 곡이기도 하고, 흥겨운 리듬이 좋습니다. 자메이카의 레게 아티스트를 이야기할 때 지미 클리프가 밥 말리보다 서구에 먼저 알려졌다고 말하는 분들도 있습니다. 지미 클리프가 화려한 편곡을 통해 밝고 경쾌한 음악을 주로 선보였다면, 밥 말리는 가사의 진정성을 중심으로 단순한 리듬을 사용해 목가적이고 토속적인 음악을 만들었습니다. 처음 접할 때는 다소 거친 질감 때문에 고개를 갸우뚱할 수도 있습니다만 오래 듣게 되는 것 같아요. 그 밖에 〈Corner Stone〉도 좋아합니다.

관객 C 밥 말리를 한마디로 정의한다면?

김태훈 포스터 카피로도 쓰이고 있는데요. 밥 말리는 자신과 자신의 음악이 "울음으로 시작되었다"고 말합니다. 그의 음악은 자메이카의 울음입니다. 우리나라에서는 레게를 경쾌한 음악으로 생각하는 경우가 많죠. 그렇게 된 데는 대중 가수들이 많은 기여를 했는데, 대부분 단순히 리듬만 가져왔어요. 그러나 본래 레게는 이 영화에서도 그렇듯 울음 섞인 가사를 담은 경우가 많습니다.

이제 마무리할까요? 예전에는 음악에 대한 정보를 찾기가 어려웠습니다. 책을 뒤지거나 선배를 괴롭혀야 했죠. 그런데 이제는 인터넷으로 얼마든지 찾아볼 수 있잖아요. 꼭 한번 찾아보십시오. 아는 만큼 보인다고 하죠. 음악 역시 마찬가지입니다. 아티스트의 일대기를 조금만 알고 그 음악이 가지는 의미를 조금만 이해하면 전혀 다른 음악으로 들리는 경우가 많습니다. 마치 친구가 은밀한 이야기를 들려주는 것처럼 느껴질 겁니다.

2012.7.23

레드마리아
Red Maria

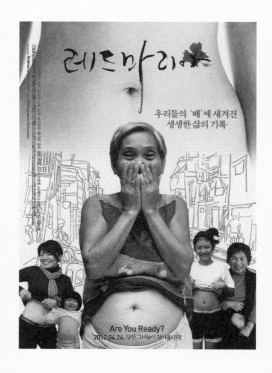

한국 | 2011 | 98분 | 경순 감독 | 그레이스, 리타, 모니카 출연 | 독립프로덕션빨간눈사람 제작 | (주)시네마달 배급 | 2012년
4월 26일 개봉 | 15세 이상 관람가 | 2009 서울국제여성영화제 다큐멘터리 옥랑문화상 수상

나의 어여쁜 몸에게

결혼 10년 만에 친정을 방문한 이주 여성 제나린, 50년이 지나서야 진실을 밝힐 용기를 얻은
위안부 할머니 리타, 열여섯 어린 나이에 아빠 없는 딸을 낳은 성노동자 클롯,
일하고 싶어도 일할 수 없는 비정규직 노동자 종희, 일하지 않을 권리를 즐겁게 행사하는
홈리스 이치무라 등 지구 곳곳에서 서로 다른 방식으로 삶을 영위하는 여성들. 영화는 이들의
일상 속으로 들어가 여성이라는 존재가 몸을 쓴다는 것이 어떤 의미인지 생각해 보게 한다.

남인영 오늘은 〈레드마리아〉를 연출한 경순 감독님과 더불어 특별한 분들을 모셨습니다. 아주 소중한 시간이 될 것 같습니다. 감독님이 직접 소개를 좀 해주시죠.

경순 안녕하세요. 경순 감독입니다. 저희가 영화에 나오는 주인공별로 주제를 맞춰 관객과 대화하는 시간을 갖고 있어요. 그중에서 이분들은 '지지GG'라는 성노동자권리모임에서 활동하고 있는 연희 씨와 혜리 씨입니다. (박수) 지난주에는 서울에 위치한 아트하우스 모모에서 같이 이야기를 나눴는데 반응이 굉장히 좋았어요. 분위기가 뜨거웠거든요. 그래서 부산에서도 좋은 이야기를 나누고 싶었습니다. 사실 여러분이 성노동자가 어

떻게 생활하는지에 대해서는 잘 모를 것 같아요. 이번 기회에 마음을 나누고 정보를 얻으면 좋지 않을까 생각합니다. 편안하게 진짜 궁금한 것들을 질문해주세요. 그럼 이 시간이 즐거울 것 같아요.

남인영 저는 이 영화를 남의 일 보듯이 볼 수가 없어요. 여기서 다루는 여성의 노동이 몇 가지를 제외하면 제 삶과도 크게 다르지 않거든요. 오늘 하루를 복기해봤더니 영화 속에서 여성들이 하는 일 중 8,90%는 내가 한 일이었어요. 내 상황과 똑같지는 않지만 내 일상을 다시 한번 생각할 수 있는 계기가 됐습니다. 오늘은 특별한 분들을 모신 만큼 바로 질문을 받겠습니다.

여성의 몸을 응시하다

관객 A 영화의 시작과 끝에 위안부 할머니의 말씀이 나오잖아요. 여러 명이 주인공으로 등장하는데 특별히 그분을 앞뒤로 배치한 이유가 있었는지, 이야기의 순서를 정할 때 어떤 의도가 있었는지 여쭙고 싶습니다.

경순 등장인물이 많죠. 사실상 수백 명을 한꺼번에 본 셈인데요. 그래서 초반부터 영화의 뼈대가 필요하다는 생각을 했습니다. 앞부분에는 이러이러한 사람들이 나온다는 암시가 필요할 것 같아서 인물들을 나열하는 식으로 편집했고, 나머지는 인위적으로 순서를 정하지는 않았어요. 그냥 제 느낌대로 했어요. 다만 리타 할머니는 촬영할 때부터 신경을 많이 썼습니다. 우리 사회는 비교적 위안부가 익숙하죠. 국민들이 위안부 할머니를 대하는 자세도 잡혀 있어요. 국가 간의 전쟁으로 피해를 봤기 때문에 그들을 존중해야 한다는 것을 다 압니다. 그런데 그게 너무 깊어서 그보다 솔직한 얘기를 하지 못하게 하는 면이 있는 것 같아요. 이를테면 여성의 몸에 관한 이야기? 몸이 더럽혀졌다는 것을 이야기할 때 사회가 주는 압박감이 큽니다. 그들도 강제든 강제가 아니든 자기 몸이 그렇게 됐다는 것을 치명적이라고 생각해요. 그래서 저는 리타 할머니가 가진 생각이 곧 우리 생각의 반영이라고 느꼈습니다. 그런 일을 당하지 않은 우리도 부정적인 시선으로 바라볼 때가 많잖아요. 평범한 여성들 사이에서도 다른 사람을 낮게 보는 일이 많아요. 여성이 여성을 힘들게 하는 부분이 있다는 거죠. 그 얘기를 하고 싶었어요. 그분과의 긴 인터뷰가 제가 생각하고 있었던 점들과 잘 맞아서 그렇게 배치를 했어요.

남인영 여기에 덧붙여서 질문을 하나 할게요. 시작과 끝에 여성들의 배가 나오죠. 처음에는 흑백으로 배만 보여줘요. 그런데 마지막에는 컬러로 몸 전체를, 얼굴과 표정까지도 다 보여줍니다. 그렇다면 이것도 방금 말씀하신 생각과 연결이 되는 건가요?

경순 말로 다 설명하기 힘든 많은 내용을 담고 있지만, 이런 거죠. 그들이 늘 감췄던 배를 스스로 자랑스럽게 생각하는 거예요. 그랬으면 하는 마음을 담은 겁니다. 저는 여자가 남자와 다른 이유가 가슴이 아니라 배에 있다고 생각해요. 자궁을 가졌다는 것. 주로 가슴으로 섹시함을 얘기하는데, 여성의 배가 가진 능력은 엄청나죠. 그런데 사회적으로는 크게 주목을 받지 못하는 것 같아요. 우리가 여성의 몸이 지닌 능력에 관해서 이야기를 좀

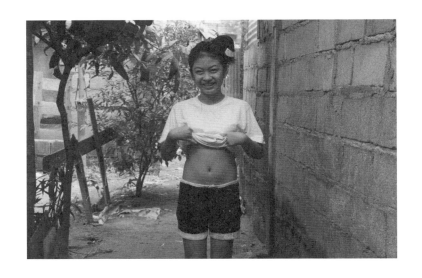

했으면 좋겠어요. 여성들도 스스로 자존감을 가졌으면 하고요. 배를 하나씩 보여주는 장면은 촬영할 때도 무척 재밌었어요. 다들 자기 배를 한번 까보는 거잖아요. 누구에게는 아무렇지 않은 일인데 누구에게는 너무 부끄러운 일인 거예요. 저한테는 그런 과정도 소중했거든요. 관객에게 그런 느낌이 전해지길 바랍니다.

남인영 뒤에 가서는 마치 배의 진짜 주인을 찾은 느낌이었습니다. 그래서 기분이 좋았어요.

관객 B 전반부와 후반부의 분위기가 좀 다른 것 같습니다. 전반부는 얘기를 툭툭 던지는 느낌인데, 후반부는 감정을 조금씩 노출하는 느낌이었거든요. 음악도 그렇고 애니메이션도 그렇고.

경순 그렇게 느낌이 다르죠. 전반부는 제가 만난 여성들의 삶을 수평적인 관계로 그대로 보여줬고, 후반부는 그것보다 조금 더 주제적인 접근을 하고자 여러 인물을 교차하면서 노동에 관한 이야기를 넣었어요. 저는 가끔씩 누군가가 내가 하고 있는 것과 똑같은 노동을 하는 모습을 상상해요. 실제로 그렇기도 하죠. 그것을 보여주고 싶었어요. 길을 지나가다 사람을 보는 것처럼 우리 주변에 있는 존재를 깊이 파고드는 게 아니라 그냥 보는 거죠.

관객 C 두 분은 이 영화에서 비슷한 환경에 놓인 사람들 또는 약자의 위치에 있는 사람들을 보고 어떤 생각을 했는지 궁금합니다.

연희 저는 사람을 상하로 나누는 걸 반대하는 입장이라 그렇게 보지는 않았어요. 인간은 다 다르잖아요. 다만 이 영화에 나오는 여성들은 서로 다른 나라에 있지만 똑같이 노동을 하면서 살고 있고, 공통된 생각을 공유하고 있는 것 같아요. 지구의 반은 여성인데, 저는 그걸 보여준다고 느꼈어요.

혜리 이 일을 하기 전까지는 편견이 많았어요. 성노동을 하는 사람들은 못 배우고, 게으르고, 사치스럽다고 생각했거든요. 일을 하면서 다 똑같은 사람이라는 생각을 하게 됐어요.

관객 D 성노동자의 권리가 구체적으로 뭘 말하는지 잘 모르겠어요.

연희 간단히 이야기할게요. 성매매특별법이 제정되고 나서 구매자, 영업주, 성노동자가 다 단속대상이 되었어요. (성매매특별법이란 '성매매알선 등 행위의 처벌에 관한 특별법'과 '성매매방지 및 피해자 보호 등에 관한 법률'을 말하며, 2004년 9월 23일부터 본격 시행되었다.) 그런데 기소율이 가장 높은 것이 성노동자입니다. 성노동자를 보호할 목적으로 만든 법인데, 기소율이 구매자와 비교했을 때 거의 25배예요. 남녀를 차별하는 셈이죠. 무엇보다 단속을 함으로써 저희의 노동권이 침해됩니다. 단속할 때 증거로 삼는 것이

콘돔이에요. 저희는 성병을 예방하기 위해서 콘돔을 사용하지 않을 수가 없는데, 그게 문제가 되니까 아예 콘돔을 사용하지 않는 업장도 나오는 거예요. 그래서 아가씨들은 현장에서 적발되면 입에 넣거나 질에 숨겨요. 그럼 단속반이 목을 조르기도 하고 손가락을 질에 넣어서 끄집어냅니다. 그렇게까지 단속을 해요. 저는 이게 인권에 반하는 행동이라고 생각해요. 그런 면에서 권리를 증진하고자 운동을 하고 있습니다.

혜리 생존권 자체가 위협을 당하고 있어요. 그게 가장 큰 문제죠.

관객 E 성노동자에게 노동이란 어떤 의미인지 듣고 싶습니다.

연희 저는 국어국문학과를 나왔습니다. 어렸을 때부터 국어 강사가 꿈이었고, 대학을 다니면서 국어 강사를 하게 됐어요. 그런데 20년 넘게 꿈꿨던 것을 이뤘는데 하나도 기쁘지가 않은 거예요. 내가 좋아하는 일을 하면 마냥 좋을 거라고 너무 막연하게 생각했던 것 같아요. 그 일을 하면서 학부모와 상담하는 게 가장 힘들었어요. 성적을 올리는 일이 무조건 가능하다고 말해야 하니까 거짓말을 하는 게 되고 양심의 가책을 느꼈어요. 학생이 피해를 본다는 느낌을 받았죠. 그러고 나서 동물을 워낙 좋아해서 수의간호사 일을 선택했어요. 그런데 거기도 보호자가 끼니까 또 스트레스를 받는 거예요. 단순히 좋아하는 것만으로는 일을 할 수 없다는 생각이 들었습니다. 그러다가 돈이 필요해서 이 일을 시작하게 됐어요. 처음엔 저도 편견이 많았어요. 보수적인 집안인 데다 좋은 직업을 가진 부모 밑에서 자랐기 때문에 저도 계속 공부만 했거든요. 그런데 직접 성노동을 해보니까 실제로는 전혀 다른 거예요. 성취감이라는 게 느껴지더라고요. 섹스는 그렇게 좋아하지 않아도 내가 충분히 보람을 느껴요. 이 일이라면 직업의식을 가질 수 있겠다는 생각이 들었어요. 다른 일들은 반 년 넘게 한 적이 없거든요. 그래서 저는 이 일을 택한 걸 후회하지 않아요.

경순 무슨 업소에서 선전하러 나온 것 같아. 이러다가 여기에 있는 사람들 다 지원하는 거 아녜요? (웃음)

혜리 저도 직업 만족도가 높아요. 의상을 전공해서 한 패션잡지에서 에디터 겸 스타일리스트를 했어요. 그런데 그 일은 2년 정도 무보수로 한 다음에 거기에 어느 정도 투자를 해야 돈을 벌 수 있더라고요. 저희 집이 넉넉한 편은 아니어서 그럴 수가 없었어요. 다른 회사를 다니면서 생활을 하다가 결혼을 하게 됐어요. 제 인생은 결혼 전후로 나뉩니다. 결혼에 실패한 이후로 메이크업과 헤어를 배웠어요. 그 일 정도면 두 아이도 보살필 수 있겠다 생각했는데, 학원비는 학원비대로 들고 너무 힘든 거예요. 일을 배우러 들어갔는데 또 상당 기간 돈을 들여야 하더라고요. 회의가 많이 들었어요. 나이도 있고 아이도 있는데, 그것밖에 못 벌면서 시간을 길게 투자해야 한다는 게. 우연한 기회에 이 일을 하게 됐는데, 저한테 재능이 있다는 걸 알게 됐어요. 사람들은 쉽게 몸을 팔아서 돈을 버는 일이라고 생각하죠. 그런데 이것도 능력이 없으면 못 해요. 배우러 왔다가 도망가는 사람들도 많아요. 제 시간을 많이 뺏기지 않으면서도 돈을 벌 수 있어서 만족해요.

관객 E 감독님은 이들에게 어떤 대안이 있다고 생각했나요?

경순 제가 영화에서 다루는 소재나 주제는 저를 불편하게 하는 것들입니다. 답답해서 만드는 경우가 많아요. 제겐 딸아이가 하나 있는데, 혼자 키우는 게 지난한 전쟁이었습니다. 영화를 하면서 아이를 돌봐줄 사람을 찾는 게 쉽지 않았어요. 그래도 문제는 없었어요. 그런데 남들이 불쌍하다거나 안쓰럽게 보는 거예요. 저는 그게 정말 싫었어요. 이 영화에 나오는 사람들도 마찬가지예요. 저는 그분들이 어려운 처지에 있어서 찾아간 게 아닙니다. 그들끼리는 즐겁게 살고 있어요. 우리가 뭔가를 대상화하면서 그것을 빈곤하게 만들지 않았으면 좋겠어요. 그게 대안이라면 대안인 것 같아요. 사실 우리가 성노동자만 부끄럽게 생각하는 건 아니죠. 낮은 데서 노동을 하는 분들은 이런 경우가 많잖아요. 정책을 마련하는 것도 중요하지만 그보다 먼저 이런 식의 사고를 바꾸는 데서 시작해야 하지 않나 싶어요.

남인영 영화에 나왔던 일본 심포지엄 제목이 떠오릅니다. "가난이 가시화되도록 천천히 풍요롭게." 이때 가난이 드러난다는 것은 자신의 처지가 드러난다는 의미죠. 무엇보다 '천천히 풍요롭게'라는 말이 여성과 잘 어울리는 말이 아닌가 싶습니다. 감독님께서 그 말씀을 해주시네요. 오늘 이렇게 멀리서 어려운 걸음을 해주시고 열린 마음으로 함께 이야기를 나눠준 분들께 뜨거운 박수를 부탁드립니다.

2012.5.16

엘 불리: 요리는 진행 중
El Bulli: Cooking in Progress

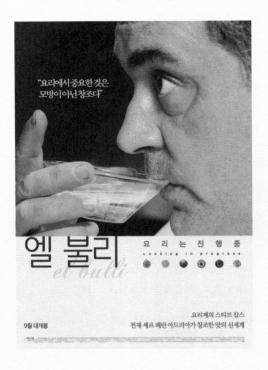

독일 | 2011 | 108분 | 게레온 베첼 감독 | 페란 아드리아, 오리올 카스트로, 에두아르 차트루히 출연 | 찬란 수입 | 찬란 배급 |
2012년 9월 13일 개봉 | 전체 관람가

보인다, 맛의 신세계

세계 최고의 레스토랑이라는 타이틀을 달고 있는 '엘 불리El bulli'는 매년 새로운 메뉴를
개발하기 위해 6개월 간 영업을 중단한다. 수석 셰프 페란 아드리아의 지휘 아래
50명의 요리사는 새로운 요리를 창조하기 위해 다양한 실험과 연구에 몰두한다.

신지혜 영화 재밌게 보셨나요? 오늘은 특별히 그 유명한 엘 불리에서 인
턴으로 일하셨던 분을 모셨습니다. 세계 유수의 레스토랑에서 실력을 인정
받고 국내에서도 선구적인 작업을 많이 하고 계시는 황선진 셰프입니다.

황선진 반갑습니다. 황선진 요리사입니다. 극장에서 이런 시간을 갖게
되어 뜻깊습니다.

전설의 엘 불리

신지혜 요즘TV에서 요리 프로그램을 쉽게 접할 수가 있는데, 과거와 달

리 요리를 바라보는 시선도 많이 바뀌었죠. 이제 요리도 하나의 문화가 되었잖아요. 그 트렌드를 볼 수 있는 레스토랑 가운데 하나가 바로 엘 불리입니다. 스페인 카탈루냐 로사스 해변가에 자리하고 있는 엘 불리는 어느 독일인 배우가 골프장 안에 간단하게 먹고 마실 수 있는 미니바를 만든 데서 출발해 프렌치 레스토랑이 되었다가 80년대 초에 페란 아드리아가 부임하면서 지금과 같은 형태의 음식점이 되었다고 합니다. (1년에 6개월만 운영하는 것으로 유명한 엘 불리는 영국 '레스토랑 매거진'이 선정한 전 세계 50대 레스토랑 순위에서 2002년부터 2009년까지 5년간 1위를 차지하는 신기록을 세웠고, 매년 예약 요청이 50만 명에서 200만 명에 달한다.) 그곳을 경험하셨으니 직접 소개를 해주시죠.

황선진 엘 불리는 영화에 나오는 것처럼 새로운 요리를 개발하기 위해서 1년 중 6개월 동안 문을 닫고 연구만 하는 레스토랑입니다. 거기에 참여하는 요리사들을 세계 각국에서 뽑는데, 3000 대 1 정도의 경쟁률을 뚫고 들어가요. 일정을 마치면 수료증을 줍니다. 오디션 프로그램에서 스타를 뽑는 것처럼 일을 하는 동안에는 각 파트에서 잘하는 사람을 뽑습니다. 요리사들끼리 아주 치열하게 경쟁을 벌이는 것이죠. 늦잠을 자도 깨워주지 않습니다. (웃음) 그래서인지 다들 수료증을 받을 때 펑펑 울어요. 이거 하나 받으려고 이렇게까지 멍멍이처럼 일을 한 건가 싶은 마음이죠. 그래도 거기에 들어가기를 원하는 사람이 굉장히 많습니다.

신지혜 이야기를 듣는 것만으로도 긴장이 느껴집니다. 영화를 보기 전에 《180일의 엘 불리》라는 책을 통해서 어떤 곳인지 대략 살펴봤는데요.

이 레스토랑은 어떻게 보면 군대나 수도원 같아요. 규율이 아주 엄격하잖아요. 셰프들이 직접 돌까지 닦는 거 보셨죠? 우리가 생각하는 레스토랑과는 분위기가 사뭇 달라요. 그렇지 않나요?

황선진 일단 실수를 하면 안 되기 때문에 집중할 것을 가장 강조합니다. 제가 거기서 제일 많이 들었던 말은 "웃지 마! 웃으면 안 돼!"였어요. 일을 제대로 하려면 웃을 여유가 없다는 거죠. "두 눈은 한군데에 초점을 맞춰라, 두 귀는 항상 열어놓고 있어라, 두 손은 하고 있는 일에 집중하라." 이런 식으로 삼엄한 분위기 속에서 교육을 받습니다.

신지혜 아마도 그것은 시스템을 유지하기 위한 기본적인 방편이란 생각이 드는데요. 그런 바탕이 있으니까 소위 스펙을 쌓은 쟁쟁한 요리사들도 궂은일을 마다않고 그곳에 모이는 거겠죠? 그렇지만 환경에 적응하지 못해서 중간에 떠나는 분들도 많을 것 같아요.

황선진 한 세션에서 한두 명 정도 나가는데, 그것도 쉽지가 않아요. 헤드 셰프한테 나가겠다는 얘기를 하면 거센 반발이 있거든요. 엄청난 경쟁률을 뚫고 왔으니 나가는 것도 마음대로 결정할 수 없다는 입장인 거죠.

관객 A 어마어마한 경쟁률을 뚫기 위해서 어떤 과정을 거쳤나요?

황선진 특별히 오디션 같은 건 없어요. 저는 미술을 전공해서 아이디어를 내는 것과 테크닉에 취미가 있었어요. 그래서 그쪽으로 승부를 걸었어요. 엘 불리에서는 주로 체력과 집중력, 그리고 인간관계를 중요하게 생각해요. 아무리 일을 잘해도 성격이 모나면 같이 일할 수가 없잖아요. 선발된 이후에는 각 파트에서 일을 잘하는 사람들끼리 경쟁을 하게 됩니다.

관객 B 인턴들은 어디서 묵나요? 산골 마을이라 출퇴근이 쉽지 않아 보여요.

황선진 그 마을에 들어가려면 몇 개의 산을 넘어야 합니다. 그래서 식당 근처에 있는 자그마한 아파트에서 열 명 정도의 룸메이트와 함께 생활을 합니다. 6개월 동안 거기서 차를 타고 출퇴근하는 거예요. 운이 좋을 때는 웨이터나 웨이트리스의 차를 얻어 타기도 하고, 그렇지 않을 때는 그곳으로 휴양하러 오는 분들을 히치하이크해서 다닙니다. (웃음)

신지혜 이거 보세요. 수도원이라니까요. (웃음) 열정이 정말 대단하네요.

분자요리의 세계

영화 마지막에 그들이 만든 음식을 사진으로 하나씩 보여줄 때 마치 전시장에서 작품을 감상하는 것과 같은 느낌이 들지 않으셨나요? 사실 최근에는 많은 사람들이 블로그에 요리에 관한 정보를 올리잖아요. 그걸 보면 주로 음식이 먹고 싶어지는데, 여기서는 뭔가 예술을 대하는 것 같은 느낌이 들어요. 과학실에서 실험하는 것 같기도 하고.

황선진 현재 요리가 그런 방향으로 나아가고 있어요. 작은 일조차 엄격하게 하는 건 과학적인 작업인데, 예술을 지향하는 과정에서 1초의 오차, 1밀리미터의 오차도 허용되지 않는 경우가 많아요. 예를 들면 엘 불리에서 콩을 큰 것, 중간 것, 작은 것으로 나누었다면 각각 거기에 맞는 쿠킹 타임을 정합니다. 15초, 14초, 13초, 이렇게 정확한 시간을 잡아서 요리를 하죠.

신지혜 엘 불리에서는 왜 그렇게 작은 요소들이 중요한 걸까요? 최근에 '분자요리'라는 말을 종종 듣곤 하죠. 재료의 질감이나 요리의 과정 등을 과학적으로 분석해서 음식을 새로운 형태로 창조하는 것을 가리키는 용어인데, 한마디로 속성을 해체하는 것이죠. 새로운 걸 이끌어내기 위해서 실험하고 연구하는 분야라고 할 수 있을 텐데요. 분자요리의 매력은 뭔가요?

황선진 요리의 역사도 오래되었죠. 알다시피 프랑스, 이탈리아, 일본 등으로 세계 음식의 트렌드도 계속 변해왔잖아요. 더 이상 소재가 없다 보니 조금 더 새로운, 조금 더 독특한 음식을 만드는 쪽으로 관심을 갖는 분들이 늘어난 것 같아요. 분자요리에서는 자기가 생각한 대로 또는 원하는 대로 음식의 질감, 향기, 모양을 만들 수 있다는 점이 가장 매력적입니다.

혁신을 꿈꾸는 레스토랑

관객 C 다른 유명한 요리사들과 비교해 페란은 어떤 점이 특별한가요?

황선진 페란은 일할 때 굉장히 무서워요. 그의 동생도 천재 요리사로 유명하거든요. 제가 엘 불리에 있을 때 형제가 같이 일을 했는데 의견 다툼이 많았어요. 그만큼 자기 일에 철저한 거죠. 그렇지만 일이 끝나면 선한 사람이 됩니다. 기본적으로 상상력이 풍부한 사람인 것 같아요. 인턴들이 낸 아이디어도 마음에 들면 바로 메뉴에 넣곤 했거든요. 페란은 누가 만든 것이든 환상적이고 창의적이면 인정을 하는 분이었어요. 그게 참 좋았습니다.

관객 D 엘 불리를 경험하기 전후로 요리를 보는 관점이 바뀌었나요?

황선진 우리나라 요리는 특성상 틀을 많이 깨지는 않아요. 전통을 지키는 레스토랑과 함께 그것을 깨는 레스토랑도 생기면 좋겠다 싶어요. 엘 불리도 이 나라 저 나라 음식을 다 받아들여서 새로운 요리를 창조해내거든요. 조금 더 혁신적으로 접근할 필요가 있겠죠.

신지혜 엘 불리라는 레스토랑이 추구하는 것은 어느 책에 나온 말처럼 "미각이 시각을 배신하는 요리"인 것 같아요. 우리가 자주 접하는 음식들도 새롭게 바꾸잖아요. 그런 면에서 페란 아드리아는 보편적인 상상력을 뛰어넘는 사람이죠. 음식도 문화나 예술로 생각하는 지금, 엘 불리는 그야말로 요리계에 혁신을 불러일으키는 공간이 아닐까요? 지금은 문을 닫았지만 조만간 기술과 미각을 연구하는 곳으로 다시 문을 열 예정이라고 합니다. 오늘 우리가 본 요리 다큐는 단순히 요리 영화는 아니었어요. 의외로 생각할 게 많았습니다. 실제로 엘 불리에서 귀한 시간을 보냈고 꾸준히 연구를 하고 계시는 황선진 셰프님과 함께할 수 있어서 영광이었습니다.

2012.9.6

현실은 때로 영화가 되고

아르마딜로
Armadillo

덴마크 | 2010 | 108분 | 야누스 메츠 패더슨 감독 | 매드 미니, 다니엘 웰비 출연 | (주)엣나인필름 수입 | (주)엣나인필름 배급
| 2012년 4월 26일 개봉 | 15세 이상 관람가 | 2010 칸영화제 비평가주간 대상 수상 | 2010 런던영화제 베스트다큐멘터리
상 수상 | 2010 유러피안영화제 베스트다큐멘터리상 수상

날것 그대로의 전쟁 보고서

아프가니스탄 최전선 아르마딜로 캠프에 파병된 군인들은
정찰과 훈련으로 이루어진 무료한 일상을 반복한다. 어느 날, 총성이 들려오기 시작하고
동료의 부상과 죽음을 목도한 군인들은 흥분하기 시작한다.

이동진 재밌게 보셨죠? 잘 만든 다큐멘터리는 관객을 사로잡는 측면이
있는데, 이 영화가 그렇습니다. 사람들이 제게 어떤 영화가 좋은 영화인지
많이 묻는데요. 끝나고 극장을 나설 때 진정으로 시작되는 영화가 진짜 영
화라는 생각을 합니다. 질문을 많이 하게 만드는 영화가 좋은 영화라는 말
씀을 드리거든요. 그 점을 생각하면 이 영화는 우수한 측면이 분명 있습니
다. 제 감상에 근거해서 영화에 대해 설명을 좀 드리겠습니다.

아프가니스탄 전쟁

다 알려진 사실이지만, 이 영화가 다루는 것은 아프가니스탄 전쟁이죠.

아프가니스탄은 20세기 초에 영국으로부터 독립을 하고 나서 아주 힘든 시간을 보냈습니다. 특히 최근 40년간 내전이 있었던 시기가 없었던 시기보다 훨씬 더 많았을 정도예요. 그동안 친소 정권이 들어선 적도 있고 친미 정권이 들어선 적도 있고 탈레반 정권이 들어선 적도 있습니다. 서로 다른 세력이 집권할 때마다 상대에 대한 극악무도한 숙청 같은 것들이 뒤따랐죠. 그러다가 소련이 와서 그곳을 점령했습니다. 그에 대한 약 10년에 걸친 저항이 있었습니다. 결국 소련이 물러갔어요. 그 뒤로 90년대 중반에 이슬람 원리주의자들, 근본주의자들이 점령을 하게 됐죠.

사실 9·11 이전에도 알 카에다의 테러가 있지 않았습니까? 알 카에다가 공격해서 미국 외교관과 주민들이 수십 명 죽은 적이 있었어요. 그때 미국을 비롯한 서방들이 알 카에다의 근거지가 아프가니스탄이라고 판단하면서 공격이 시작되었습니다. 그러다가 9·11이 터진 겁니다. 미국 입장에서는 엄청난 쇼크였죠. 흔히 그런 얘기들 하잖아요. "21세기는 2001년 9월 11일부터 시작됐다." 그런 상황에서 미국이 지목한 나라가 이라크와 아프가니스탄이었죠. 미국은 바로 다음 달에 영국과 함께 아프가니스탄을 공습했어요. 그리고 나서 UN의 결의안이 나오고 다국적군이 아프가니스탄에 주둔하게 되는데, 그게 우리나라를 포함해서 40개국이 넘습니다. 그중 하나가 바로 덴마크고, 그런 상황 속에서 벌어진 일들을 오늘 이 영화에서 보신 겁니다. 배경 설명은 이 정도로 끝내겠습니다.

이처럼 가까이 전쟁을 느껴본 적이 있는가

야누스 메츠 패더슨 감독은 주로 TV 다큐멘터리를 만들었어요. 덴마크의 한 방송사에서 옴니버스 다큐멘터리를 만들었는데, 거기에 해당하는 여섯 개의 에피소드 중 하나를 맡은 적이 있다고 합니다. 그건 아마도 덴마크 안에서 찍은 것 같아요. 아프가니스탄에 다녀온 군인들에게 이런저런 생각을 묻는 형식이었는데, 작업을 하면서 충격을 받았대요. 병사들이 자기가 생각한 것과는 너무 다른 생각과 태도를 가지고 있었다는 거예요. 병사들이 아프가니스탄에서 끔찍한 일을 겪고도 되돌아가고 싶어 하더라는 거죠. 무엇보다 아프가니스탄에 있었던 전투 경험을 얘기할 때 막 웃으면서 말도 빨리하고 들떠 있었다고 합니다. 무엇이 그들을 그렇게 만들었을까? 거기서 시작하게 된 거죠. 그래서 덴마크 국방부에 허락을 받고 영화를 찍기 시작했습니다.

이 영화의 메인 카피를 보셨나요? 포스터에 '이처럼 가까이 전쟁을 느껴본 적이 있는가!'라고 적혀 있는데, 정말 그래요. 그동안 우리가 전쟁을 극화한 영화는 많이 봤죠. 전쟁에 관한 뉴스들도 다큐멘터리잖아요. 그런 것들을 고려한다고 해도, 전장 한가운데에 서 있는 게 어떤 느낌인지 이 영화처럼 제대로 보여준 다큐멘터리를 그전에 내가 봤나 싶게 소름끼치는 사실감이 있습니다. 그래서 전 이 영화를 놓고 '전쟁영화'가 아니라 '전장영화'라는 표현을 씁니다. 그런 의미에서 이 영화의 사실감은 그것이 무엇을 의미하느냐를 차치하더라도 다큐로서 굉장한 덕목이라는 거죠. 다큐는 결국 현장의 예술일 수밖에 없잖아요. 이 영화만큼 근거리에서 전쟁을 담아낸 영화가 드물다는 겁니다.

이 영화에서 감독과 촬영감독은 촬영에 들어가기 전에 자기들끼리 서약식 같은 걸 했다고 합니다. 전쟁터에서 겁먹지 않고 그곳에서 본 걸 최대한 담아내기로 약속을 한 거죠. 그만큼 프로 정신이 있습니다. 전쟁을 떠나기 전에는 덴마크군에서 스태프들 훈련도 시켰대요. 실제로 교전이 벌어지면 카메라를 든 상태에서 어떻게 행동해야 하는지 교육을 받은 거죠. 군복까지 다 입고요. 아르마딜로에 막사가 있잖아요? 근데 거기서 자면 편견 같은 게 생길까 봐 그들은 마당에서 텐트를 치고 따로 숙식을 했다는 거예요. 영화를 만드는 태도가 굉장히 이색적이죠. 훌륭한 경우가 아닌가 싶어요. 그것이 이 영화의 특장特長을 만들어낸 하나의 요인이 됐을 거라고 생각합니다.

전투 장면은 어떻게 찍었을까 궁금하지 않으세요? 특히 마지막 클라이맥스에 등장하는 전투. 자료에 의하면 그때 현장에 감독도 없었고 촬영감독도 없었대요. 왜냐하면 언제 전투가 있는지 모르잖아요? 당시에 촬영감독은 보충 촬영을 하고 있었고 감독은 다른 데서 뭘 하고 있었는데, 갑자기 사건이 터진 거죠. 그럼 그것을 어떻게 영화에 담았느냐? 이 영화는 병사들의 헬멧에 카메라를 부착했습니다. 거기서 오는 위력이 있어요. 예를 들어 갑자기 총소리가 났을 때 병사들이 바닥에 엎드리게 되잖아요. 그럴 때 카메라가 같이 엎드리는데, 상당히 실감이 나죠. 사실감이 뛰어난 이유의 80%는 제작진이 훌륭해서고, 20%는 협조를 잘 받아서예요. 감추고 싶을 수도 있는 것까지 군 당국이 다 공개하는 걸 보면 덴마크 군대가 굉장히 훌륭한 집단이라는 생각이 듭니다. 이 영화에 덴마크군은 개입을 별로 하지 않아요. 최대한 허용을 해주죠. 카메라가 작전회의 때도 들어오고, 병사들이 얘기하는 것도 다 찍어요. 그건 위에서 지시가 있었던 거죠. 군대는 폐쇄적인 사회일 수밖에 없는데, 덴마크군은 상대적으로 열린 곳이라는 생각이

듭니다.

영화가 피사체를 대하는 태도

이 작품이 훌륭하다고 생각하는 이유 중 하나는 영화가 피사체를 대하는 태도에 있습니다. 최근에 개봉했던 〈말하는 건축가〉 같은 다큐멘터리를 볼 때도 카메라가 피사체에 얼마나 깊이 들어가느냐 하는 것은 매우 중요한 문제입니다. 물론 그 작품은 관조가 중요하기 때문에 물러서도 돼요. 실제로 그렇게 찍었죠. 그런데 어떤 다큐를 보면 카메라를 든 사람 자체가 너무 소심하다거나 다큐멘터리적인 용기가 없다고 생각되는 경우가 있습니다. 대상에 더 깊이 들어가야 하는데 못 들어가는 거예요. 여러분도 여행가서 현지인들을 놓고 몰래 촬영할 때 있잖아요. 걸리면 민망하죠. 그래서 줌 기능이 있어도 대개 과감하게 못 들어가거든요. 많은 경우에 조금만 더 들어가면 좋은 사진이 되는데 그걸 못하는 거죠. 스스로 움츠러드는 마음, 요즘 유행어로 '쪼는 마음'이 생겨서. (웃음) 그런데 이 영화는 전쟁 장면뿐만 아니라 대화 장면이나 기타 어떤 장면에서도 놀라울 정도로 가까운 곳에서 찍고 있어요. 그건 이 영화를 찍은 사람들이 갖고 있는 다큐멘터리에 대한 태도인데, 그만큼 상대방이 심리적으로 덜 내친다는 걸 의미합니다. 거기서 두 감독이 영화를 위해서 얼마나 사전 작업을 많이 했는가가 드러납니다. 신변의 위험을 감수하고 전쟁터에 가서 영화를 찍었다는 점도 칭찬받을 만하지만, 그것 외에 카메라를 든 사람의 태도에도 훌륭한 면이 있다고 생각합니다.

최근 다큐멘터리의 큰 흐름 중 하나는 연출자가 적극적으로 개입하는 겁니다. 대표적인 감독이 마이클 무어죠. 본인이 일을 꾸며서 사람들을 속이기까지 하죠. 이때 영화가 메시지를 전달하는 강렬함과는 별개로 과연 이것이 옳은 방법인지 논란이 있을 수 있어요. 그런데 이 영화는 처음부터 끝까지 최대한 관찰자적인 시선을 (적어도 겉보기에는) 유지하는 것처럼 보입니다. 카메라가 가벼워지고 녹음 기술이 발달한 것이 다큐멘터리 역사에서 결정적인 영향을 미친 시기가 60년대입니다. '시네마 베리테Cinema Verite'니 '다이렉트 시네마Direct Cinema'니 하는 조류가 있었죠. 다이렉트 시네마는 카메라를 든 사람이 대상에 전혀 개입하지 않습니다. 시네마 베리테는 인터뷰를 하기도 해요. 물론 적극적으로 뭘 하지는 않아요. 이 영화는 기본적으로 다이렉트 시네마에 가까운 태도를 갖고 있습니다. 그러나 인터뷰가 전혀 없지는 않아요. 예를 들어 병원에서 소대장이 다쳤을 때 나오는 인터뷰는 카메라를 든 사람이 한 거예요. 오래된 얘기지만, 이해를 돕는 차원에서 말씀드렸습니다.

다큐멘터리의 드라마투르기

〈아르마딜로〉는 심지어 아름답습니다. 전쟁을 하는 상황에서 노을이 지는 모습을 바라보는 장면을 넣기도 하고, 화면을 예쁘게 만들고자 필터 촬영을 했어요. 후반 작업으로 색 보정까지 했죠. 카메라를 다양하게 쓰는데, 교전이 일어날 때 기지 안과 밖이 동시에 나오는 걸 보면 두 대 이상의 카메라로 찍었다는 얘기죠. 게다가 다큐멘터리치고는 쇼트가 굉장히 짧습니다. 편집을 적극적으로 했다는 뜻이죠. 결국 이 모든 것은 극영화처럼 만들기 위함입니다. '극영화 마인드'는 처음부터 있었던 것 같아요. 아예 극영화와 비슷한 '드라마투르기Dramaturgie'(드라마를 만드는 일체의 방법과 기술)가 되어 있거든요. 영화의 시작과 끝이 그렇죠. 여러분이 아프가니스탄에 파병되는 한국군에 관한 드라마를 만든다고 한번 생각해보세요. 딱 이렇게 만들 것 같지 않나요? 떠나기 전에 애인이 병사를 끌어안고 울거나 가족이 옆에서 눈물을 글썽글썽합니다. 공항에 남아 있는 가족들의 망연자실한 표정을 비추죠. 그 뒤로 비행기에 있는 병사들의 모습과 함께 아프가니스탄 산악지대를 항공으로 촬영한 영상이 나옵니다. 그러고 나면 제목이 뜨죠. 일반적인 극영화와 거의 비슷해요. 그리고 마지막 장면. 제 추측으로는 영화를 찍기 전에 어떻게 찍을지 결론을 낸 것 같아요. 왜냐하면 병사들이 하나씩 카메라를 보고 일종의 연기를 하잖아요. 상황을 설정하고 병사마다 일일이 찍었다는 얘기죠. 왜? 에필로그로 쓸 계획이 있었으니까요. 촬영을 끝내고 돌아와서 흐름에 맞게 딱 붙인 거죠.

우리가 영화를 보면서 100% 사실이라는 인상을 받게 된다는 측면이 흥미롭습니다. 저는 이것이 이 영화의 강점인 동시에 함정일 수 있다고 생각합니다. 약점이라기보다는 함정인데요. 이 영화가 상대적으로 객관적인 것처럼 보이지만 만든 사람의 주관이 엄청나게 들어 있습니다. 이런 걸 생각해보죠. 병사들이 일상을 보내는 방법은 많아요. 수도 없이 찍지 않았겠어요? 하다못해 축구 하는 걸 넣을 수도 있죠. 그런데 감독이 주로 힘주어 넣은 것은 포르노를 보는 장면, 슈팅게임을 하는 장면입니다. 명확하죠? 게임을 하는 마음과 전투를 벌이는 마음을 일치시키는 거잖아요. 더 흥미로운 건 그다음입니다. 비디오 게임 속에서 총을 쏘고 폭발물이 터진 다음 쇼트가 야간 정찰할 때의 실제 불빛이에요. 그렇게 디졸브됩니다. 그들의 광기가 비디오 게임과 관계가 있다는 내레이션을 굳이 깔지 않아도 암묵적으로 영상 몽타주를 통해서 설명이 되는 거죠. 이것은 '아르마딜로'에서 일어나는 일을 바라보는 감독의 시각이 고스란히 투영된 거예요. 하나 더 말하자면, 영화에서 항공 장면으로 상대가 폭발물을 조립해서 뭔가 쏘는 것처럼 보이니까 바로 선제공격을 지시해서 박살을 내는 순간이 있었습니다. 그다음 장면이 뭔가 하면, 병사들이 역기를 들고 운동하는 장면입니다. 만약 그게 아니라 병사가 골똘히 무슨 생각에 잠겨 있는 모습을 넣었다고 가정해보세요. '전쟁의 참혹한 상황 앞에서 고뇌하는 병사들'이라는 의미가 파생되겠죠. 근데 운동하는 모습을 보여줌으로 해서 대상을 물화하는 심리가 드러납니다. 그와 같은 편집은 이 영화가 굉장히 객관적으로 보이지만 실은 그렇지 않다고 볼 수 있는 사례입니다.

전쟁을 대하는 이 영화의 입장

관객 A 사람들은 전쟁영화를 볼 때 미국의 관점을 감안해서 반전反戰 영화라고 생각하는 경향이 많아요. 그런데 이 작품은 평화를 정착시키고 국가를 재건하려면 싸워야 한다고 말하는 병사들과 비슷한 생각을 갖고 있는 것 같아요. 그렇다면 이 영화는 우리가 왜 싸워야 하는지를 말하려고 했던 걸까요?

이동진 좋은 질문입니다. 이 영화가 수많은 논란을 일으킨 이유이기도 한데요. 덴마크에서 개봉됐을 때 파란을 일으켰어요. 박스오피스에서 1위를 했거든요. 유럽에선 뉴스가 될 정도였죠. 그때 덴마크 언론에서 기사가 수백 건 쏟아졌는데, 영화에 대한 정치권의 다양한 반응을 볼 수가 있습니다. 덴마크에도 '새누리당'이 있을 거 아녜요? 거기서는 국가가 얼마나 신성한 것인지, 병사들이 민주주의 수호를 위해서 어떻게 희생하고 있는지 잘 보여줬다며 환영했어요. 그리고 '통합진보당'도 있겠죠. 거기서는 우리가 왜 전쟁을 끝내야만 하는지, 아프가니스탄 전쟁이 얼마나 추악한지 보여줬다며 호의적이었어요. 그러니까 양쪽으로 다 볼 수가 있습니다. 어떻게 보면 굉장히 우파적인 가치를 이야기하는 영화라고 할 수도 있어요. 그래서 덴마크군 당국이 영화를 허락했을 수도 있고, 실제로 영화가 나온 다음에 싫어하지 않았다고 하더라고요. 또 정반대로 해석할 수도 있죠. 감독은 그것을 모두 받아들이는 태도로 최대한 균형을 잡고 만들었습니다. 그래도 어느 쪽인지 묻는다면, 저는 후자라고 생각합니다.

관객 B 병사들이 전쟁터로 돌아가겠다고 하는 것은 전쟁 중독일 수도 있고, 복수의 측면일 수도 있다고 생각합니다. 그렇게 끔찍한 일을 겪었는데도 대부분 비슷한 선택을 하는 이유가 뭘까요?

이동진 전쟁이 불러일으키는 이상심리입니다. 일종의 광기죠. 영화는 이것을 중요하게 다루고 있습니다. 전쟁에서 겪은 엄청난 경험이 평범한 사람을 어떻게 광기로 몰아가는지 보여준다고 할 수 있죠. 이 작품이 결정적으로 영향을 받은 영화가 있다면, 많은 사람들이 얘기하는 것처럼 〈허트 로커〉입니다. 마지막이 거의 똑같아요. 거기서도 주인공이 전장으로 다시 들어가는 것으로 끝이 나거든요. 사실 가벼운 사고만 같이 경험해도 이상한 연대감 같은 게 생깁니다. 피터 위어가 만든 〈공포 탈출〉이라는 영화가 있어요. 비행기 사고가 난 이후에 살아난 사람들끼리 모임을 갖는 내용입니다. 사람들이 사고를 당하기 전까지는 다들 가정이 원만했는데, 어느 순간부터 남편이나 아내와 소원해지고 자꾸 그 모임에 집착하는 거예요. 거기에 무슨 공동체가 있겠어요? 우연히 만난 거잖아요. 그런데 사고를 같이 겪고 나니까 어떤 연대감이 생긴 겁니다. 전쟁터는 더하겠죠.

이야기가 길어졌네요. 오늘은 이 정도로 마무리하겠습니다.

2012.4.20

제로 다크 서티
Zero Dark Thirty

미국 | 2012 | 157분 | 캐스린 비글로우 감독 | 제시카 차스테인, 조엘 에저튼, 크리스 프랫, 제이슨 클락 출연 | (주)유니코리 아문예투자 수입 | (주)에스비에스콘텐츠허브 배급 | 2013년 3월 7일 개봉 | 15세 이상 관람가 | 2012 뉴욕비평가협회상 작품상 수상 | 2013 아카데미 음향편집상 수상 | 2013 골든글로브 여우주연상 수상

전쟁영화는 어디로 가고 있는가

미국중앙정보국(CIA)에서 일하는 마야는 뛰어난 능력을 인정받아 빈 라덴을
색출하는 작전에 투입된다. 작은 단서를 발견하고 나서 조심스레 거래를 시도하다 테러리스트들의
함정에 빠져 동료를 잃고 만 마야. 집요하게 추적에 몰두한 그녀는 마침내
결정적 단서를 들고 마지막 작전을 감행한다.

김영진 제가 한 4년 전에 CGV 오리에서 시네마톡을 한 적이 있는데 그
때는 사람이 많지 않았어요. 부진한 반응으로 말미암아 폐지가 됐습니다.
그런데 얼마 전부터 상황이 달라졌다는 얘기를 들었습니다. 아카데미의
영향인지 몰라도 정말 많이 오셨네요. 재밌게 보신 거죠? 이 영화는 특별히
나쁘다고 말할 사람이 없을 것 같아요. 저도 여기서 스크린으로 다시 봤는
데 굉장히 잘 만든 영화네요.

캐스린 비글로우의 작품입니다. 1951년생 여성 감독인데 주로 파워풀
한 남성의 세계를 그리고 있습니다. 젊었을 적에는 청바지 모델이었을 정
도로 미모가 출중합니다. 제임스 카메론과 같이 살기도 했죠. 한동안 흥행
에 실패하다가 〈허트 로커〉로 재기했습니다.

김영진 다양한 장르의 영화를 만들었지만 일관된 면이 있는 것 같아요. 이른바 전문가주의에 충실한 사람들의 이야기를 하는 게 장기입니다. 영화를 보면 책상에서 쓴 시나리오가 아니라는 게 느껴져요. 전작의 시나리오 작가이기도 한 마크 볼과 이번에도 같이 작업을 했는데, 6년 정도 취재를 했대요. 실제로 작전에 가담했던 요원들 수십 명을 인터뷰했고 캐릭터도 최대한 실제 인물에 가깝게 구현한 거랍니다. 딱 하나, 그들이 눈치를 채지 못하도록 외모만 다르게 바꿔서 캐스팅했다고 합니다. 그런데 시나리오 완성 단계에서 오사마 빈 라덴이 죽었습니다. 그래서 결말을 급히 바꾸고 6개월 만에 완성을 했어요. 다른 데서 영화가 나올 수도 있잖아요. 60일 동안 총 6개국 112개 세트에서 촬영을 진행했다고 하니까 정말 엄청나죠.

관객 A 빈 라덴이 아직까지 안 잡혔더라면 과연 이 영화는 어떻게 전개되었을까요?

김영진 영화의 본질은 크게 달라지지 않았을 거라고 봅니다. 빈 라덴이 잡혔기 때문에 영화를 만드는 게 더 힘들었을지도 모르죠. 시나리오 작가도 그가 죽고 나서 고민이 많았는데 나중에는 마음을 편하게 먹었대요. 사람들은 링컨이 죽었다는 것을 알지만 그를 등장시키는 영화를 보러 가지 않느냐. 만약 잡히지 않았더라면 계속 추적하는 과정을 그렸겠죠. 어차피 범인을 잡는다고 해도 승리랄 건 없잖아요. "나이스! 역시 정의는 승리해!" 이런 거 안 되잖아요? (웃음) 빈 라덴이 잘못한 건지 미국이 잘못한 건지 알

수 없지만, 세계는 지난 십여 년을 암흑 속에 있었죠. 그런 식의 관점을 보여주는 것에는 차이가 없었을 거예요.

전쟁영화의 패러다임을 넘어서

전쟁영화의 패러다임을 바꾼 작품들이 몇 편 있습니다. 먼저 스티븐 스필버그의 〈라이언 일병 구하기〉를 빼놓을 수 없죠. 눈앞에서 팔다리가 잘려나가는 장면들을 보고 있으면 전쟁 한복판에서 찍은 건가 싶을 정도예요. 아주 실감 납니다. 그런 경험은 역사에 남는 일이죠. 왜냐하면 제2차 세계대전을 소재로 하는 영화에서 그전까지는 보통 피아를 구분해놓고 시점을 적절히 안배해서 서로가 서로를 바라보는 상황을 그렸거든요. 그런데 그때부터는 시야가 가려진 상황에서 전진하는 식의 연출이 시작됐습니다. 어디서 총알이 날아올지 모른다는 게 강렬한 긴장감을 만들죠. 그다음으로 리들리 스콧의 〈블랙 호크 다운〉은 현대의 전쟁이라는 게 어떤 건지 보여줬어요. 고립된 군사들을 구출하러 가는데 병사들은 누군가의 지시에 따라 움직입니다. 작전을 수행하는 이들은 어떻게 돌아가는지 모르는 거죠. 우리나라에서는 〈태극기 휘날리며〉가 그렇죠.

〈허트 로커〉는 거기서 조금 더 나아간 것 같아요. 폭발물 제거반 병사의 이야기인데 뭐 하나만 잘못하면 자기 몸이 가루가 될 수도 있는 전장에 투입이 됩니다. 그런데 병사가 거기에 점점 중독이 되는 거예요. 그게 캐스린 비글로우가 바라보는 또 다른 전쟁이죠. 영화는 지각이 통제 불능이 되는 상태에 관객을 동참시킵니다. 작년에 개봉한 〈아르마딜로〉도 그런 경우죠. 돈을 벌 목적으로 전쟁터에 갔던 병사들의 7, 80%가 전쟁이 다 끝난 뒤에 다시 그곳으로 돌아갔다는 게 그 영화에서 가장 충격적이거든요. 더 이상 일상에서 못 사는 거죠. 그래서 어떤 반전反戰 영화보다도 전쟁하지 말아야겠다는 생각이 듭니다.

〈제로 다크 서티〉도 〈허트 로커〉와 비슷한 주제를 공유하고 있습니다. 빈 라덴이 있긴 있는데 어디에 있는지 모르잖아요? 사방에서 펀치가 날아오는 상황에서 계속 상대를 찾아 퍼즐을 맞춰가야 하는 거죠. 역시 지각이 제한되어 있어요. 그것을 아주 잘 요약하고 있습니다. 그러한 전쟁 방식이 마지막 작전에서 명확하게 드러나죠. 보통 그런 장면은 낮에 찍거나 밤에 찍을 경우 조명을 이용하기 마련인데, 여기서는 거의 앞이 보이지 않아요. 0시 30분을 가리키는 군사용어가 바로 '제로 다크 서티'라고 합니다. 타겟이 안 보이는 시간대를 말하는 거죠. 사실 작전은 심플한데 그걸 볼 수 없는 우리로서는 아주 갑갑하죠. 도대체 어떻게 돌아가고 있는 거지? (웃음) 아마 그들의 긴장감을 관객에게 그대로 보여주려고 한 것 같아요. 전작의 소재와 주제를 더 확대한 느낌입니다.

프로페셔널리즘을 묘사하다

이 영화에서 흥미로운 것은 프로페셔널리즘입니다. 최근에 인기를 끌고 있는 〈베를린〉에서도 "일이니까 한다"는 대사가 있었죠. 어려운 상황에서 미션을 완수하기 위해서 최선을 다하는 것은 그런 맥락입니다. 여기서 마야라는 캐릭터를 보세요. 처음에는 동료가 기술자를 대동해서 고문을 할 때 못 견디죠. 그런데 이 친구도 점점 공격적으로 변합니다. 그리고는 마지막에 가서 눈물을 보이죠. 우리도 그 눈물에 왠지 모르게 공감이 갑니다.

오사마 빈 라덴의 죽음을 두 눈으로 확인했을 때 환호하는 게 아니고 눈물을 흘려요. 알 수 없는 허무감이 찾아온 거죠. 이제 어디로 가야 할까요? 자기도 모르는 거죠. 마야는 여성으로서 전문가주의에 지지 않았고 자기 삶을 살았다고 할 수 있습니다.

이 감독이 사랑하는 유형의 인물은 그런 것 같아요. 〈폭풍 속으로〉에서 위장한 FBI 수사관 키아누 리브스가 서핑에 미친 강도단 보스인 패트릭 스웨이지를 체포하기 직전 사상 최대의 태풍이 옵니다. 그런데 잠깐 기다려 달래요. 혼자 서핑으로 폭풍 속에 들어 가는 거예요. 그걸 보면서 도대체 이런 세계를 그리는 감독은 뭔가 했어요. (웃음) 〈K-19 위도우메이커〉도 마찬가지예요. 패배가 예정됐음을 알면서도 끝까지 가는 인간의 파괴적인 에너지가 있어요. 공교롭게도 테러와의 전쟁을 소재로 해서 계속 영화를 찍고 있는데, 그것을 극사실주의로 묘사하는 데 있어서는 캐스린 비글로우가 가장 뛰어난 것 같습니다. 그 어느 때보다 전쟁을 일상적으로 소비하는 세상에서 실제로 전쟁에 뛰어든 사람들은 과연 어떤 기분으로 사는지 훌륭하게 묘사한다고 할 수 있죠. 우리 사회가 전쟁에 관해 많은 이야기를 하고 있는 것 같지만 실은 추상적으로 시나리오만 쓰고 있을 뿐 그 정서를 드러내는 경우는 많지 않다는 점에서 전작과 더불어 흥미롭게 봤습니다.

진짜 전장에 있는 것처럼

관객 B 마지막에 작전을 수행하는 과정에서 밤에 쓰는 카메라로 촬영을 했잖아요. 보는 내내 긴장되는 면은 있었지만 굳이 그렇게 연출한 이유를 모르겠습니다. 거기에 어떤 의미를 두었을까요?

김영진 짐작해보자면 캐스린 비글로우는 투시경으로 앞을 내다보는 병사의 시점을 관객에게 보여주고 싶었던 것 같아요. 작전 본부에서도 똑같이 보고 있는 거잖아요. 최고의 군인이라고 하더라도 여기서는 오로지 자기 혼자 모든 것을 감당해야 하는 상황이죠. 불안하고 초조하죠. 관객에게 현장에 입회한 것 같은 느낌을 주기 위해서 그런 식으로 연출한 게 아닐까 싶습니다.

관객 C 다큐멘터리 같은 질감을 강조하는 특유의 스타일은 의도와 연결되어 있다고 생각하는데, 이 영화에 나오는 후반부 작전은 정말 아무것도 안 보이거든요. 영화에서는 관객이 볼 수 있도록 하는 게 일반적이잖아요. 관습을 깨는 면이 있어요.

김영진 그러니까요. 거의 안 보이죠. 가능하다면 화면을 멈추게 하고 싶을 정도예요. (웃음) 그런데 또 자연스럽게 거기에 동참하게 됩니다. 내러티브의 흐름에서 벗어나 있는 게 아니기 때문에 이상하다고 느끼지는 않는 거죠. 그렇게 연출을 하면 청각에 예민해지게 됩니다. 약간 폐소공포증 같은 게 오잖아요. 디지털 시대라서 가능한 기법이죠. 말하자면 슈팅게임 스타일인데, 이 영화에서 크게 무리가 없었고 오히려 효과적이었다는 생각이 듭니다.

관객 D 캐서린 비글로우의 영화에서는 늘 일반적인 기승전결을 취하지 않습니다. 이 영화도 실화를 바탕으로 해서 그런지 이야기의 구조가 조금 다른 것 같아요.

김영진 장르영화에는 형식이 있잖아요. 목표지향적인 스토리가 있고 거기에 개인적인 관계가 얽히는 게 보편적인데, 이 영화는 그런 게 없어요. 일말의 가능성을 다 차단합니다. 주인공 마야를 보면 친구도 없고 가족도 없어요. 부모와 통화하는 장면도 없고. 의도적으로 사건만 추린 거죠. 감정이 붙기 힘든 구조입니다. 그런데 캐릭터의 변화는 있죠. 영화는 처음부터 마야의 리액션을 보도록 안내하고 있어요. 맨 처음에 남자 상관이 마야를 조금 우습게 보잖아요. 그때부터 카메라는 계속 마야의 리액션을 잡습니다. 동료 선배가 대박을 꿈꾸다가 테러를 당했을 때 그게 빵 터지죠. 이런 유형의 시나리오에서 가장 중요한 건 상황과 대사의 실감입니다. 그게 아주 간결하면서도 잘된 것 같아요. 다들 지루하지는 않으셨을 거라 생각합니다.

2013.2.16

지슬 – 끝나지 않은 세월2
Jiseul

한국 | 2012 | 108분 | 오멸 감독 | 이경준, 홍상표, 문석범, 양정원, 박순동, 성민철 출연 | 자파리필름, 설문대영상 제작 | 영화사 진진 배급 | 2013년 3월 21일 개봉 | 15세 이상 관람가 | 2012부산국제영화제 무비꼴라쥬상, CGV아시아영화진흥기구상,시민평론가상, 한국영화감독조합상 수상 | 2013 선댄스영화제 심사위원대상 수상 | 2013 이스탄불국제영화제 특별언급상 수상

진혼의 미장센

❦

1948년 11월 제주섬 사람들은 '해안선 5km 밖 모든 사람을 폭도로 여긴다'는
흉흉한 소문을 듣고 삼삼오오 피난길에 오른다. 영문도 모른 채 산으로 피신한 마을 사람들은
어두컴컴한 동굴 속에서 감자를 나눠 먹으며 이런저런 이야기를 나눈다.

심영섭 오늘은 선댄스영화제에서 심사위원대상을 받은 〈지슬〉의 오멸
감독을 모셨습니다. 아름답고 먹먹하죠. 저는 세 번 봤습니다. 잘 만들었
죠? 올해의 영화예요. 본격적으로 질문을 드리기에 앞서 분위기를 바꿀 겸
진짜 궁금한 것 한 가지 여쭤볼게요. '오멸'은 본명인가요? 제 이름 '심영
섭'은 가짜입니다. (웃음)

오멸 아, 아닙니다. 제가 그림을 그릴 때 썼던 필명입니다. 개인적인 이
유로 쓰게 됐습니다.

심영섭 제주 4·3 사건을 영화화한 이 작품은 피해자들의 영혼을 달래주

는, 일종의 씻김굿 같았어요. 이런 식의 구성은 시작할 때부터 생각하신 건가요?

오멸 구성은 편집할 때 잡아나간 거고, 이 영화를 통해서 제사를 지낼 수 있었으면 하는 생각은 처음부터 하고 있었습니다.

감자를 먹는다는 것

심영섭 '지슬'은 감자라는 뜻이죠. '땅의 이슬' 같은 느낌도 들어요. 원래 제목이 '꿀꿀이'였다고 하던데.

오멸 돼지와 관련된 내용이 빠졌어요. '꿀꿀이'라는 건 돼지가 우는 소리를 나타내는 말이거든요. 이중적인 뉘앙스가 있죠. 아름답지만 슬픔을 가진 제주와 느낌이 비슷해서 쓰려고 했는데, 주인 할머니의 스케줄 때문에 돼지 섭외가 어려웠어요. (웃음) 그래서 내용을 수정했습니다.

심영섭 그래서 '지슬'이 되었군요. 여기서 감자는 어머니의 유언이자 유품처럼 보입니다. 감자를 생각하면 굶주림, 흉작, 생존, 이런 것을 떠올리게 되잖아요. 감자를 먹는 모습을 보면서 〈토리노의 말〉이라는 영화도 생각이 났어요. 전혀 다른 작품이지만. 감독님은 감자에 대해서 '소울푸드'라는 말씀도 하셨습니다. 그렇다면 어떻게 내용을 전환했나요?

오멸 감자는 시대정신을 담고 있는 음식이잖아요. 돼지로 이야기하려고 할 때도 음식의 개념이 있었거든요. 같은 지역의 사연 중에서 이런 게 있었어요. 학살을 당하고 나서 시신을 못 치우게 합니다. 그 상황에서 돼지들이 울타리를 허물고 나와 시신을 먹습니다. 일 년 뒤에 돼지가 엄청 성장을 합니다. 그 돼지를 군인이 다시 잡아먹습니다. 그렇게 돌고 도는 거예요. 제주도에서 유명한 존재인 돼지에 그런 사연이 있는 거죠. '지슬'로 넘어갈 때는 정서적으로 위축이 되긴 했지만 조금 더 내부적인 이야기를 할 수 있지 않을까 생각했어요. 그래서 어머니의 사연을 더 적극적으로 다룬 것 같아요.

오멸 스타일

심영섭 제가 잠깐 감독님을 소개해드릴게요. 제주도에서 미술을 전공했고, 3학년 때 붓을 살 형편이 안 돼서 친구 집에 가서 밤새 그림을 그렸다고 합니다. 자파리 연구소라는 곳에서 한동안 연극에 몰두했는데, '자파리'는 '쓸모없는 짓'이라는 의미죠. 2011년 〈오돌또기〉로 서울어린이연극상에서 4관왕을 차지했습니다. 영화는 〈어이그, 저 귓것〉, 〈뽕똘〉, 〈이어도〉를 만들었고 〈지슬〉은 네 번째 장편입니다.

감독님의 배경이 영화에 녹아 있다는 생각이 듭니다. 일단 연극적인 느낌이 있어요. 동굴에서 수평 트래킹 할 때 개별 인물을 스케치하면서 카메라가 돌고 돌잖아요. 미로 속에 빠져 있는 것 같은 느낌인데, 그게 특히 연극적인 것 같아요. 전반적으로 회화적이고 수묵화 같기도 합니다. 정적으로 보이지만 동적인 면이 많아요. 연출 감각이 돋보이는 작품이었습니다. 처음에 한 명씩 구덩이에 들어갈 때는 고정된 카메라로 길게 찍고, 학살 장면은 핸드헬드로 찍었어요. 사이즈의 규칙은 어떻게 잡으신 거예요? 콘티를 그리고 하신 건가요?

오멸 제가 작업을 할 때 그런 구분을 짓지는 못해요. 사전 콘티 없이 당일 현장에서 아침에 바로 합니다. 이게 어떻게 나올지는 그날 촬영이 끝난 뒤에 가편집하면서 알게 되죠.

심영섭 그렇게 하면 불안하지 않아요? 제가 감독이라면 불안할 것 같은데.

오멸 저는 '액션' 부르기 전까지는 모든 게 바뀔 수 있다는 태도를 갖고 있어요. 시나리오는 집에서 쓰는 거고, 저희는 여건이 좋지 않으니까 헌팅이 쉽지 않거든요. 언제든 뒤집어질 수 있는 상황에 적응을 해야겠더라고요. 그리고 저는 액션 부르기 직전에 몸의 감각이 제일 좋아지는 것 같아요. 공간이 주는 기운이 다 다르다고 생각하고, 그런 걸 반영하려다 보니까 열어두게 됩니다.

심영섭 개인적으로 돼지를 삶는 장면이 좋았어요. 크레인으로 찍은 건가요? 크레인숏은 미리 준비를 해야 할 텐데.

오멸 그것도 당일에 크레인으로 찍자 해서 하게 된 거예요. 영상위원회에서 탑차를 빌려서 저희가 갖고 다녔어요. 크레인이 진짜 안 좋아요. 아무 데서도 안 빌려가요. 그래서 제가 독점하고 씁니다. (웃음) 그 대신 고생을 좀 했어요. 촬영하다가 크레인이 쓰러졌거든요. 초가집 문턱에 걸렸어요. 다행히 사람도, 카메라도 안 다쳤어요. 뭐, 그런 건 극복해야죠.

심영섭 군인들은 서울 출신의 연극배우로, 주민들은 제주도에 사는 비전문배우로 캐스팅했다고 들었어요. 그렇게 한 이유가 있을까요?

오멸 우선 사투리를 써야 하기 때문에 주민들은 제주도 사람으로 섭외했어요. 어쩌면 그분들이 후예일 수도 있다는 생각이 들어요. 아픔을 겪은 이들이 그런 분들이잖아요. 그래서 연기 지도에 별 문제가 없었습니다. 군인들은 실제로 육지에서 내려온 사람들이라 서울에서 연극을 하는 친구들을 불렀는데, 그들은 연기에 칼을 갈고 있었어요. 날이 선 사람들이죠. 그런 식의 포지션을 원했습니다. 주민들은 긴장이 완화된 상태에서 대상을 만나고, 군인들은 나름 긴장한 상태에서 접근을 하고.

심영섭 아주 절묘하고 주효한 캐스팅이란 생각이 듭니다.

제주의 눈물

관객 A 지금은 어떤지 모르겠는데, 제가 배울 때만 해도 4·3 사건은 고등학교 국사 교과서에 딱 한 줄밖에 기록이 안 되어 있었어요. 그런 점에서 이런 영화를 만들어주신 것을 감사하게 생각합니다. 흑백으로 찍은 이유를 듣고 싶습니다.

오멸 제주도를 아름다운 관광지로 많이 알고 계시잖아요. 그런데 그 화려함 밑에 슬픔이 있다는 건 잘 몰라요. 말씀하셨다시피 역사책에도 얼마 안 나와 있죠. 저는 아름다움이 슬픔을 덮고 있다는 생각을 많이 했어요. 그래서 컬러를 배제하는 것이 슬픔에 접근하는 데 있어서 의미가 있지 않겠나 하는 생각을 했어요.

심영섭 그럼 여기서 4·3 사건에 대해서 말씀을 드리겠습니다. 1947년 3월 1일 한 아이가 기마경찰의 말발굽에 채입니다. 경찰이 항의 시위를 하는 민중들에게 발포를 해서 6명이 죽고 8명이 부상을 당합니다. 1948년 4월 3일 과잉 진압에 대한 주민들 및 남로당의 항의 시위가 있었고, 1954년 9월 21일까지 무차별 진압이 자행되었습니다. 약 3만 명이 사망했는데, 아이와 여성이 30%라고 합니다. 6·25 이후 가장 많은 사상자가 발생한 민간인 학살 사건인 것 같아요. 95%의 주민이 총파업을 할 만큼 제주도에서는 거의 모든 사람이 연루된 안타까운 사건이죠.

오멸 30만 인구에서 희생자가 3만 이상이라고 하거든요. 그러니까 10%가 넘는 거죠.

심영섭 이 이야기도 실화를 바탕으로 했다고 합니다.

관객 B 제주에서 서울로 온 지 2년 된 제주도민입니다. 무엇보다 감사하다는 말씀을 드리고 싶어요. 제주도민은 다 부채의식이라는 게 있거든요. 제주에서는 이미 개봉한 걸로 알고 있는데, 현지의 반응이 궁금합니다. (3월 1일 제주도에서 먼저 개봉했고, 20일 뒤 전국 규모로 개봉했다.)

심영섭 참고로 제주도에서는 개봉 13일째 만 명을 돌파했습니다.

오멸 제주도민이니까 알 것 같은데, 비슷합니다. 이것보다 더 세게 보여 줬으면 하는 사람들도 있어요. 그런 사람들은 주로 4·3을 많이 공부한 분들이에요. 공부를 하다 보면 잔혹한 역사를 알게 되거든요. 그런데 그렇게 다 보여주면 당사자들은 과거를 똑같이 기억할 거 아니겠어요? 저한테는 이 영화를 누가 볼 것인가가 중요했습니다. 과거를 그대로 떠오르게 하는 영화를 만들고 싶은 건 아니었거든요. 그래서 어르신들이 영화를 보고 나서 이것보다 더 심했다고 말씀하시는 게 저한테는 더 반가운 일인 것 같기도 해요. 시대의 비극을 알리는 것도 중요하지만 일단 저는 치유할 수 있기를 바랐기 때문에 찍으면서 눈치를 봤어요.

관객 C 선댄스영화제에 갔을 때 미국에서 상을 받게 되어 뜻깊다는 얘기를 하셨다고 들었어요. 그 말 뒤에 더 하고 싶은 얘기가 있었을 것 같은데, 지금 들려주세요.

오멸 제가 그랬나요? (웃음) 사건의 시발점이 미군정에 있기 때문에 아무래도 그런 면이 있죠. 선댄스영화제에 가서 상을 받은 소감에 다들 호기심이 많은데요. 가기 전후로 느낌이 많이 달라졌어요. 무엇보다 우리 스스로 벽을 높게 생각하고 있었던 것 같아요. 그분들은 그냥 영화로 보고 같이 울고 그랬어요. 미국이 이랬단 말이야? 이게 사실인지 아무도 묻지 않더라고요. 지금껏 미국이 그렇게 버텼다는 것을 자연스럽게 인정하고 있는 것 같아요. 노랑머리에 나이가 지긋한 아주머니가 저한테 와서는 이런 영화를 만들어줘서 고맙다는 거예요. 그동안 내가 누구를 원망했던 거지? 한순간 그런 생각도 들었습니다.

심영섭 고故 김경률 감독을 맨 앞에 프로듀서로 놓으셨던데, 소개 좀 해주세요.

오멸 제주도에서 십여 편의 단편을 작업했고 〈끝나지 않은 세월〉을 만든 분입니다. 그걸 만들고 나서 1년 못 가 뇌출혈로 돌아가셨어요. 첫 장편인데 잘 안됐습니다. 저는 이분도 4·3의 또 다른 희생자라고 생각했어요. 제주도에 계신 분들이나 거기서 조금만 삶을 체험해본 분들이면 아실 거예요. 저도 지난 부산영화제에서 4, 5일 정도 지났을 때 갑자기 무릎에 통증이 와서 새벽에 응급실을 가서 주사를 맞았거든요. 이유 없이 몸이 아픈 거예요. 제주도 사람들은 그런 부담이 몸에 너무 많이 쌓여 있어요. 영화라는 매체가 사회적 역할을 하잖아요. 다른 쪽에서 해결하지 못하다 보니까 저희한테 숙제가 되는 거죠. 저는 영화를 찍고 나서 이런 얘기를 했어요. "숙제만 주지 말고 그걸 해결할 힘도 줘라. 경률이 형이야말로 대한민국을 대표하는 감독이 아니냐." 세상에 빛을 보지 못한 예술가들이 너무 많은데, 저희한테는 스승처럼 생각되는 분입니다.

관객 D 신위-신묘-음복-소지, 이렇게 네 개의 챕터로 나눈 게 인상적이었어요.

오멸 저도 솔직히 집에서 제사를 지내면 지겨워했습니다. 아까 얘기한 것처럼 크레인이 넘어갔을 때 스태프들이 다 매달렸지만 꿈쩍도 안 했어요. 이것마저 무너지면 저희도 생명의 위협을 받는 상황이었어요. 그때 이 작업 자체가 우리의 힘으로 넘어갈 수 있는 세계가 아닐지도 모른다는 생각이 들었어요. 시스템의 문제가 아니라면 태도의 문제가 아닐까? 내가 뭔가 잘못한 게 아닐까? 프롤로그 장면을 보면 제기들이 눕혀져 있잖아요. 저희가 그걸 제상으로 생각했는데 지방紙榜은 없었어요. 그래서 다음날 일어나자마자 제주도에 많이 있는 성씨를 고려해서 제를 지냈어요. 그랬더니 두 테이크 만에 오케이가 떨어진 거예요. 진짜 제사를 지내라고 한 건가 보다, 그렇게 생각했어요. 그래서 이 작업을 할 때는 이분들이 원하는 걸 찾아야 한다고 생각했어요. 그래서 소제목도 편집하는 과정에서 제의적인 표현을 쓰게 됐죠.

관객 E 에피소드가 끝날 때마다 물동이를 이고 있는 '정길'이 등장하는데, 어떤 역할인가요?

심영섭 보통 물지게를 지는 건 여자잖아요. 그런데 군인이 지고 다니는 게 신기했어요. 귀신이 붙은 것 같기도 하고.

오멸 정길은 실제로 여자입니다. 저희 스태프로 온 친구예요. 청소를 정말 열심히 하는 모습을 보고 제가 필을 받아서 연기는 안 시킬 테니 출연만 해달라고 부탁했습니다. 원래 물동이를 지는 건 여자가 하는 일인데, 그때 제주도 어머니들은 군인 옷을 입고 그렇게 빈 마을로 다녔습니다. 저는 정길이라는 캐릭터에 제주도 신화의 이미지를 부여하고 싶었어요. '설문대할망' 아시죠? 500명의 아이를 낳은 거인이잖아요. 자식들을 먹여 살리기 위해서 죽을 끓여요. 그런데 힘에 부쳐서 솥에 빠지고 맙니다. 그래서 아이들은 고기죽을 먹게 되죠. 정길이 계속 물을 길어다 놓는 자리가 바로 그 솥이고, 그들은 솥에다 돼지를 삶아서 먹고 김 상사는 그 솥이 요람인 양 목욕을 하죠. 어쩌면 김 상사도 설문대할망이 품어야 하는 또 하나의 대상이라고 생각했어요. 정길은 군인과 주민을 함께 체감하는 인물로 그렸습니다. 그 안에 있기 위해서는 여자라는 사실을 숨겨야 하는데, 동네 오빠를 쫓아다니다가 전쟁통에 갈 데가 없어서 군복을 입고 들어온 캐릭터로 잡았어요. 거기서 김 상사 심부름을 하는 거죠. 영화에서 구구절절 설명할 수는 없었지만.

심영섭 그렇군요. 설문대할망에 관한 설명을 들으니까 제의적이고 신화적인 요소가 들어 있다는 생각을 하게 됩니다. 제주도를 내부에서 보면 이런 영화가 만들어지네요. 저는 영화에 나타나는 신의 시점이 반가웠습니다. 제3자의 인물, 인간의 시점을 넘어서는 순간이 여러 번 있었어요. 솥에 돼지를 삶을 때 군인들을 지긋이 내려다보는 순간이 그렇죠. 동굴도 커다란 입을 벌리고 있는 신의 입술 또는 자궁처럼 느껴졌어요.

오멸 이런 말을 하면 이상하게 들릴지 모르겠는데, 전작부터 누가 자꾸 가르쳐줘요. 제가 블로그에 경률이 형한테 편지를 쓴 적이 있어요. "형은 저승에서 연출하고 나는 이승에서 연출하자. 그러니까 어떤 방식으로든 내게 얘기를 해줘라." 혼자서는 할 수 없는 세계인 것 같아서 부탁을 했거든요. 이번 영화에서도 신기한 순간이 있었어요. 프롤로그를 찍은 다음날에 인서트 촬영을 했습니다. 앵글을 기울여서 나무를 찍기로 하고 카메라를 고정된 상태로 설치해뒀는데, 그날 밤에 모니터를 해보니까 서서히 줌이 들어가 있는 거예요. 거기에 아무도 손을 댄 적이 없는데! 그게 군인들이 과일을 먹고 난 다음에 초가집을 걸쳐서 들어가는 장면이에요. 그때 스태프들은 온몸에 소름이 돋았어요. 경률이 형이 줌을 돌리고 갔나보다, 그런 얘기를 했죠. 매번 아침에 현장을 가면 누군가가 얘기를 해주는 것 같아요. 그분들과 대화의 끈을 놓지 않으려고 노력했습니다. 그래서 저는 하나의 통로였다는 생각을 많이 합니다.

심영섭 존 포드나 클린트 이스트우드의 영화를 보면 감독의 의도를 벗어난 것 같은 어떤 느낌이 들 때가 있어요. 순간의 우연성이죠. 미학적인 무언가가 영화에 잡힌 거죠. 이 영화에도 그런 것이 있었다는 말씀이네요. 이상한 얘기지만 저는 평론가로서 가끔, 영화를 봤는데 영화의 역사를 본 것 같은 느낌이 들 때가 있어요. 박찬욱 감독의 〈복수는 나의 것〉을 봤을 때 그랬습니다. 이 영화를 보면서도 신령한 예감이 들었습니다. 앞으로 멋진 영화의 세계를 열어갈 감독님을 만난 것 같아 정말 반가웠습니다.

2013.3.15

비념
Jeju Prayer

한국 | 2012 | 93분 | 임흥순 감독 | 강상희, 한신화 출연 | 반달, 볼 제작 | ㈜인디스토리 배급 | 2013년 4월 3일 개봉 | 15세 이상 관람가 | 2012 시네마디지털서울영화제 버터플라이상 수상

'4·3'과 '강정'을 잇는 우리들의 비념

제주시 애월읍 납읍에 사는 강상희 할머니는 4·3 사건으로 남편을 잃었다.
오랜 세월 진상을 규명하는 일이 금기시되면서 억울하게 죽어간 영혼들과 그 주변 사람들은 여전히
깊은 상처를 안고 살아간다. 아름다운 풍경 속에 묻힌 가슴 아픈 역사는 과거에 그치는 것이 아니라
해군기지 문제로 떠들썩한 서귀포시 강정마을로 이어진다.

남인영 아무래도 영화에서 빠져나오기가 힘드시죠? 이미지도 워낙 밀도가 있어서 우리 모두가 영화의 무게에 영향을 받게 되는 것 같습니다. 그래서 다른 때보다 조금 크게 말을 하겠습니다. 오늘이 개봉하기 일주일 전인데 부산에서 가장 먼저 영화를 공개했습니다. 임흥순 감독님도 이 자리에서 함께 영화를 보셨습니다. 소감이 어떠신가요?

임흥순 반갑습니다. 극장용으로는 처음 관객들에게 보여드리는 날입니다. 저도 이건 본 적이 없어서 잘 나왔나 확인할 겸 여러분과 같이 봤어요. 궁금한 게 있으면 함께 이야기를 나눴으면 좋겠습니다. 사실 저도 제주 4·3을 많이 아는 상태에서 시작한 게 아니니까 편하게 질문을 해주세요.

남인영 일단 감독님을 좀 소개하겠습니다. 아마 본인도 감독보다 작가로 불리는 게 더 익숙할 것 같아요. 오랫동안 '임흥순 작가'로 살아왔습니다. '미디어 아티스트'라고 해야겠죠? 그동안 미술계에서 상당히 진보적인 실험을 하는 작가로 활발하게 활동을 했습니다. 이 영화가 첫 장편인데, 호흡이나 이미지가 내내 5분짜리 작품이 갖는 밀도처럼 존재감이 강합니다. 이런 밀도를 만들기 위해서 많은 노력을 했을 것 같아요. 감독님의 배경과 관련해서 어떤 식으로 작업을 했는지 들려주시죠.

임흥순 2009년 12월부터 본격적으로 촬영을 시작해서 2012년 4월까지 총 2년 4개월이 걸렸어요. 그사이 전주영화제에 출품하고자 한 달 넘게 편집을 했는데, 지금과는 많이 다릅니다. 왜냐하면 그 뒤에 추가로 촬영을 진행했거든요. 그리고 계속 편집을 했어요. 적어도 3년은 걸린 것 같아요. 사실 저는 그전에 4, 5분짜리 비디오 작업을 했습니다. 길어야 20분 정도였어요. 그래서 영화를 만들 때 시간을 끌고 가는 게 가장 힘들었어요. 어떻게 하면 좋을까 고민을 많이 했어요. 말씀하신 것처럼 여러 영화제에 작품을 내면서 조금씩 수정을 했습니다. 그동안 공공미술 쪽으로 활동을 했는데, 그게 저한테 유용했던 것 같아요. 제가 미술을 하면서 예술이 현실과 동떨어진 점에 불만이 있어서 일반 사람들과 작업을 많이 했어요. 작가가 되든 감독이 되든, 시민이 직접 뭔가를 만들 수 있도록 매개자 역할을 한 거죠. 그런데 그분들이 잘 만드니까 질투심이 나더라고요. (웃음) 나도 만들어야겠다는 생각이 들고. 그래서 작업을 시작하게 됐어요.

298

남인영 '미디어 리터러시Media Literacy'를 키운다고 하죠. 미디어를 모르는 사람들에게 자기 목소리를 낼 수 있도록 교육을 하는 것인데, 독립영화인이나 비디오 아티스트가 많이 관여하고 있습니다. 그런 일을 하다보면 진정성이 묻어나는 훌륭한 작품들이 나와요. 그러면 그것을 지도한 입장에서는 보람을 느끼면서도 한편으로 본인도 예술가인데 다른 사람을 도와주는 역할만 하고 있다는 데 질투가 나죠. 저도 대학에서 다큐멘터리 제작을 가르치고 있는데, 똑같은 심정입니다. 제 학생들이 영화제에 나가서 상을 타면 뿌듯한데 한편으로 나는 뭐하고 있는 건가 하는 생각도 듭니다. (웃음) 여기서 제 푸념을 한번 해봤어요.

익숙한 것을 낯설게 보기

남인영 이 영화는 극장에서 봐야 한다는 것을 실감했습니다. 전주영화제, 시네마디지털서울영화제, DMZ다큐멘터리영화제, 서울독립영화제, 인디다큐페스티발 등 다큐멘터리를 중요하게 생각하는 국내 거의 모든 영화제에서 모두 주목을 받은 작품입니다. 영화진흥위원회에서 지원도 받은 걸로 알고 있어요. 그러나 저는 안타깝게도 이 작품을 볼 기회가 없었습니다. 그러다가 개봉을 앞두고 여러분을 만나기 전에 봤어요. 작은 모니터로 보면서도 이미지 때문에 깜짝 놀랐습니다. 무엇이 내 심장을 자근자근하게 밟아주는지를 생각하게 되더라고요. 오늘 극장에서 다시 보니까 그 느낌이 더 진하게 다가오네요. 특히 사운드가 생생하게 들렸습니다. 다큐멘터리를 생각하면 말의 리듬이나 목소리의 정서에 귀를 기울이기보다 내용 자체에 집중하게 되잖아요. 그런데 이 영화는 내용도 중요하지만 사운드나 이미지가 감각을 자극하는 면이 있습니다. 이런 표현이 괜찮은지 모르겠네요. 아무튼 그런 요소들이 충격을 준다는 생각이 들어요. 그것은 아무래도 극장에서 효과가 크죠. 다큐멘터리는 대개 익숙한 서사의 흐름이 있습니다. 그런데 이 영화는 그렇지 않거든요. 작업을 하면서 가장 중요하게 생각한 것은 무엇인가요?

임흥순 익숙한 것을 낯설게 보여줘야 한다는 생각이 있습니다. 맨날 보는 풍경을 어떻게 낯설게 보여줄 수 있을지 고민을 많이 했어요. 그동안 4·3을 연구한 분들이 있으니까 기존의 이야기를 다시 하면 동어반복이 된다고 생각했어요. 비슷하게 만들면 돌아서서 잊게 되잖아요. 그래서 제가 가장 잘할 수 있는 방법을 생각했고, 그게 이미지였어요. '돌아가신 분들의 목소리를 담아보자.' 사실 불가능한 일이죠. 그래도 그분들이 못 한 얘기가 많을 거라고 생각했어요. 그래서 애도의 마음을 갖고 시작했어요.

남인영 돌아가신 분들의 시선으로 제주를 바라보고자 했다는 말씀이네요.

임흥순 한번은 꿈에 돌아가신 분이 나타났어요. 정확히 누구인지는 알 수 없으나 뭘 그렇게 알고 싶냐고 물으시는 거예요. 그때의 상황과 심정이 알고 싶다고 했더니 당신은 나한테 뭘 줄 수 있느냐고 하시더라고요. 곰곰이 생각을 하다가 생명의 일부를 드리겠다고 했어요. 제가 이 작업을 시작하게 된 것도 결과적으로는 생명의 존엄성과 관련이 있으니까요. 그만큼 제가 돌아가신 분을 상상했던 것 같아요. 알고자 하는 마음이 나온 거라고 생각해요.

남인영 꿈속에 나타난 어른도 어른이지만, 자신의 생명을 바치겠다고 얘기한 감독님도 정말 대단하네요. 제목도 그것과 관련이 있나요?

임흥순 '비념'이라는 것은 제주도에서 '작은 굿'을 의미해요. 큰 굿은 그 냥 굿이라고 하는데, 작은 굿은 그렇게 부릅니다. 다들 알다시피 해방 이후 로 개인보다 국가를 우선으로 생각하면서 큰 것을 위해 작은 것이 희생되 어 왔잖아요. 그래서 죽음이 사람에 따라서 다르게 평가되는 거예요. 저는 개인의 문제가 중요하다고 생각해요. 그런 의미가 들어가 있습니다.

관객 A 왠지 모르게 영화가 뭔가를 다 알려주지 않는다고 느꼈어요. 익 숙한 것을 낯설게 보여주려 했다는 말씀을 듣고 보니 그 의도를 조금은 이 해했습니다. 관객 입장에서는 다소 불친절하게 느낄 법한데, 만드는 과정 에서 그런 부담은 없었나요?

임흥순 친절한 영화는 많잖아요. 이런 식의 표현은 많은 사람한테 맞추 는 것이 아니겠죠. 하지만 저는 다른 방법으로 얘기할 수 있다고 생각했어 요. 전체적으로 몸의 감각을 일깨우고 싶었거든요. 우리는 지금 시각 중심 의 사회에 살고 있습니다. 영화도 일차적으로는 시각적일 수밖에 없지만, 다른 쪽으로 건드릴 수 있는 게 무엇일지 고민했어요. 그것을 불친절하다 고 느낄 수 있겠죠. 그런데 사실 제가 다 알 수는 없는 거잖아요? 꿈에 나타 난 어르신이 저한테 얘기를 했듯이 영화가 다루고 있는 제주 4·3에 관한

내용을 이해하려면 뭔가 노력을 해야 하는 거죠. 저도 이 영화로 모든 걸 전할 수 없고, 또 그럴 만한 능력도 안 되고. 그렇다면 열린 영화를 만들고 싶었어요. 부족하지만 관객과 함께 만들어가는 영화가 되었으면 하는 바람이 있었어요. 벨라스케스의 〈시녀들〉이라는 그림이 있어요. 그 그림은 하나의 거울과도 같아요. 그래서 그림 안을 얘기할 때도 그림 밖을 생각하게 됩니다. 그런 것과 비슷합니다. 이 영화 안에서 끝나는 것이 아니라 영화로부터 또 다른 일을 만들어보고 싶었어요. 4·3을 다양한 방식으로 풀면서 영화의 역할을 넓혀갈 수 있기를 바랐습니다.

남인영 저는 방금 감독님의 말씀을 들으면서 이 영화를 쉽게 이해하는 길라잡이 하나가 생각났습니다. 왜, 공포영화를 보면 혼령이 말을 걸 때 결코 온전한 인간의 목소리로 하지 않고 뭔가 파편화된 자기만의 언어로 신호를 보내죠. 이 영화가 담고 있는 바람, 나뭇가지, 발자국, 불꽃 등의 풍경은 관객한테 나름의 소리로 말을 거는 게 아닐까요? 말하자면 해독을 요하는 거죠.

지나간 시간을 리터치하다

남인영 제주 4·3 항쟁? 사태? 폭동? 여러분은 어떻게 알고 계신지 모르겠습니다만 이 영화가 다루고 있는 사건을 들어보신 적이 있나요? 최근 〈지슬〉이라는 작품이 화제가 되면서 많이 거론되고 있는데 그전부터 알고 있었던 분들이 얼마나 되는지 궁금해요. 손을 한번 들어볼까요? (여러 사람이 손을 들자) 아, 역시 이 자리에 오신 분들이라 그런지 많이 알고 계시네요.

비념
303

감독님은 어떻게 관심을 갖게 되었나요?

임흥순 고등학교 때 제주도 친구한테 얘기를 들었어요. 교과서에 나오지 않는 일이라서 그게 사실이라는 생각은 하지 못했어요. 오버를 한다고 생각했어요. 그러니까 저도 몰랐던 것이나 다름없죠. 다른 분들과 똑같아요. 이 영화를 시작하면서 많이 알게 된 거예요. 다만 저는 개인의 미시사에 관심이 많았어요. 베트남 참전군인이나 외국인 이주노동자와 작업을 하다 보니까 그런 쪽으로 관심을 많이 가졌어요. 개인의 휴머니즘으로만 접근하는 것은 아니고 그것을 통해서 이 사회를 볼 수 있었으면 하는 거죠. 그런데 계급이 높은 사람은 기록되지만 그렇지 않은 사람은 기록이 없잖아요. 이름 없이 살아간 민초들에 대한 기록이 중요하다고 생각했어요. 그러다 보니까 4·3도 중요한 문제로 인식하게 됐죠.

남인영 사실 4·3 이야기를 듣다 보면 너무나 비현실적이라 믿을 수가 없죠. 제가 고등학교를 다닐 때 광주항쟁이 있었는데요. 몇 년 뒤에 대학을 가서 독일에서 넘어온 비디오로 그때의 일들을 봤습니다. 이건 도저히 보고도 믿기지가 않는 거예요. 그런데 4·3은 공식 집계가 불가능할 정도로 민간들이 무차별 학살을 당한 거잖아요. 명령에 따르지 않는다는 이유로. 그 숫자가 제주도민의 십 분의 일, 약 3만 명 정도라고 해요. 비공식 기록으로는 9만 명. 그러고 나서는 침묵을 강요했고, 그렇게 산 세월이 40년입니다. 사람이 사람한테 끔찍한 일을 저지른 것이기 때문에 더더욱 밝혀지지 않았던 거겠죠.

관객 B 당시의 정황을 보여주는 자료가 나왔는데, 그것을 수집하는 게 쉽지 않았을 것 같아요.

임흥순 사진과 동영상이 있었죠. 사진은 4·3 연구소에서 구했는데 동영상은 얻기가 쉽지 않았어요. 이런 얘기를 하는 건 좋지 않을 것 같은데, 결국 평화공원에 가서 전시되고 있는 걸 그냥 찍었어요. 몇 안 되는 자료를 이렇게 저렇게 활용했어요. 4·3 관련 자료가 더 있었는데 오히려 나중에 봐야겠다는 생각도 들더라고요. 그분들이 해놓은 걸 한 번에 보는 것보다는 혼자 알아가는 게 더 좋을 거라고 판단했어요. 그래서 시간을 두고 길게 준비를 했습니다.

관객 C 눈밭에서 한 남자가 걸어가다가 넘어지고 걸어가다가 넘어지잖아요. 어떤 상황인지 모르겠어요.

임흥순 그게 저예요. (웃음) 걷는 장면, 뛰는 장면, 맨발 장면으로 이어지는데요. 제가 4·3을 찾아가는 모습을 카메라 안에 담았습니다. 인터뷰를 하다 보면 이유 없이 죽임을 당하는 상황이라서 그냥 막 뛰쳐나갔다고들 하시더라고요. 그런 이미지와도 연결되고요. 무엇보다 그것을 제가 직접 몸으로 체험하고 싶은 마음이 있었어요.

4월의 기억

관객 D 4·3만 다루는 게 아니라 강정 마을 문제도 같이 나오는데, 처음부터 의도한 건지 궁금합니다.

임흥순 제주도를 돌면서 자연스럽게 강정 마을이 들어가게 됐어요. 4·3이 제주의 과거라면 강정은 제주의 현재라고 하잖아요. 지금 제주에서 일어나는 일이라서 넣은 게 커요. 4·3을 이야기한다는 건 그런 일이 다시는 일어나지 않았으면 하는 것이니까요. 한 영화 안에서, 한 화면 안에서 현재와 과거를 같이 보여줘야 왜 반복되면 안 되는지를 조금 더 느낄 수 있다고 생각했습니다.

관객 E 같은 소재를 다룬 〈지슬〉과 비슷한 시기에 상영되고 있습니다. 어떻게 생각하세요?

임흥순 저도 그 영화를 서울독립영화제에서 봤어요. 4·3과 제주를 다시 보게 하는 역할을 하고 있기 때문에 제 입장에서는 좋죠. 극영화와 다큐멘터리라는 차이점도 있고, 〈지슬〉이 감정을 끌고 가면서 강력하게 이야기한다면 〈비념〉은 계속 질문을 던지는 식으로 되어 있어요. 하나의 사건을 다양하게 바라볼 수 있다는 점에서 좋다고 봅니다.

관객 F 작품을 모두 끝낸 소감과 관객이 이 영화를 어떻게 보길 원하는지 들려주세요.

임흥순 부족하다는 생각이 들어요. 수정하고 싶은 것만 계속 보여요. 아마 이 자리가 그런 미련을 버리는 시간인 것 같습니다. 저는 이 영화로 큰 것을 얘기하기보다는 우리가 알고 있는 제주도 이면에 있는 진짜 제주도를 바라볼 수 있었으면 하는 바람입니다. 올레길에서 살짝만 비켜나면 이런 흔적이 있거든요. 바위, 돌, 나무도 다르게 보일 거예요.

남인영 이 영화를 보고 나서 제주도를 가게 되면 뭘 함부로 꺾거나 부러뜨리지 못할 것 같아요. 사실 관광지에 가서 안내판을 읽고 명소를 둘러볼 때면 거기에 쓰여 있는 대로 느끼게 되는데, 이제는 그 뒤에 어떤 사연과 역사가 숨어 있을지 한 번쯤 생각하게 되지 않을까 싶습니다. 영화를 좋아하는 사람, 미술을 좋아하는 사람, 역사를 좋아하는 사람에게 이 작품을 꼭 권해주세요.

2013.3.29

두 개의 문
Two Doors

한국 | 2011 | 101분 | 김일란, 홍지유 감독 | 권영국, 김형태, 류주형 출연 | 연분홍치마 제작 | 시네마달 배급 | 2012년 6월 21
일 개봉 | 15세 이상 관람가

형식의 프레임을 바꾼 다큐멘터리

2009년 1월 19일 용산 재개발 보상 대책에 반발하여 점거 농성을 벌이던 철거민들과
그들을 강제로 진압하던 경찰이 불의의 화재로 목숨을 잃었다. 참사의 원인을 두고
'철거민의 불법 폭력시위' 또는 '공권력의 과잉진압' 때문이라는 양측의 목소리가 맞부딪히는 가운데
그날의 진실이 드러나기 시작한다.

이화정 안녕하세요. 오늘은 김일란, 홍지유 감독님을 모시고 이야기를
나누겠습니다. 우선 김영진 평론가의 이야기로 시작할까요?

김영진 이 영화에 대한 이런저런 비판적 견해가 있을 텐데, 저는 일방적
인 피해자 프레임에서 사건을 바라보지 않았다는 것을 좋게 생각해요. 정
치적인 사건을 재구성할 때 보통 시각이 양분되어 있지 않습니까? 한겨
레·경향신문 프레임과 조·중·동 프레임으로 딱 나뉘잖아요. 독자 입장
에서는 일방의 정보만 섭취하게 되니까 균형 잡힌 시각을 가지려면 두 가
지를 다 검토해봐야 하는 면이 있죠. 그런데 이 영화는 양쪽을 다 벗어나
서 종합적으로 재구성했어요. 영화적 활력이 느껴져서 기본적으로 재밌

었습니다. 누구나 소재가 주는 무게 때문에 좀 꺼리게 되는 게 사실입니다. 나도 이 행사를 앞두고도 계속 영화를 안 보고 있었거든. (웃음) 임박해서야 봤어요. 왠지 이 영화는 컨디션 좋을 때 봐야겠다는 생각을 했었는데, 뜻밖에도 굉장한 활력이 있었습니다.

용산참사에 새롭게 접근하다

이화정 어떤 정보도 없이 영화를 보면서 초반에는 '이쯤에서 피해자 가족이 나올 법도 한데', 그런 생각을 계속 했어요. 그게 자연스러운 수순이잖아요. 그런데 이 영화는 냉정해요. 감정이 동요될 만한 부분이 전혀 없죠. 그렇지만 후반부에 가서는 눈물이 나더라고요. 어떻게 감정을 끌어낸 걸까? 신기했어요. 이 영화의 힘이 바로 거기에 있다고 생각합니다. 그동안 용산참사를 소재로 영화가 많이 만들어졌죠. 그래서 접근 방법에 차이를 둔 것 같아요.

홍지유 영화제를 통해서 관객들과 몇 번 이야기를 나눌 기회가 있었는데, 절반 이상의 관객들은 용산 철거민들의 생생한 육성과 증언, 그리고 사건을 전후로 한 그분들의 모습을 대면할 준비를 하고 극장에 오셨더라고요. 그 영향으로 다큐멘터리가 좀 낯설다고 말씀하시기도 하는데요. 그래서 저희는 그 25시간에 더 집중하고 몰입한 측면이 있습니다. 진압작전 과정을 통해서 그분들이 역사적 사건에 연루될 수밖에 없었음을 말할 수 있다는 확신을 가졌어요. 누구나 살아가면서 억울한 일을 겪기 마련인데, 이 사건을 토대로 그것에 공감하게 만든다면 국가권력을 조금 더 가깝게 들여다볼 수 있지 않을까 싶었어요.

이화정 그동안 용산참사를 다룬 영화들이 많이 있었던 만큼, 어떤 분들은 시기적으로 너무 늦은 게 아니냐는 얘기를 하기도 해요. 아무래도 시간이 조금 지났기 때문에 기존의 작품들과는 다르게 접근하지 않았나 하는 생각이 들어요.

김일란 저희 작품이 거의 마지막으로 나왔어요. 게다가 극장 개봉을 하다 보니까 어떤 분들은 그전에 나온 영화들과 어떤 변별성을 두기 위해서 경찰의 시각으로 접근한 거 아니냐고 하시기도 하는데요. 사실 대부분 거의 동시에 들어갔어요. 다들 1심 재판이 끝났을 때 혹시나 했던 한 줌의 기대마저 완전히 무산된 충격을 계기로 영화를 만들게 됐거든요. 그러니까 완성된 시점은 달라도 기획 시점은 거의 비슷하다고 할 수 있고요. 편집 과정과 후반 작업이 오래 걸리다 보니까 저희가 가장 늦게 나오긴 했는데, 각자의 방식으로 용산을 조명한 거라고 생각합니다.

김영진 그렇다면 이런 식의 착상은 언제 이루어진 건가요?

김일란 미디어 공동체 연분홍치마 활동가들이 미디어 활동을 하면서 저희도 용산 현장에 참여하게 되었는데요. 2009년 1월 20일 사건이 발생하고 나서 남일당 근처로 접근하지 못하고 순천향대 병원 쪽에서 활동하다가 4월 즈음 건물 뒤편에 자리를 잡고, 많은 활동가들이 함께 현장을 지키기 시작했어요. 그 덕분에 저희 같은 문화예술 활동가들도 결합할 수 있었고요. 저희는 그 공간을 알리고자 다양한 미디어 활동을 펼쳤는데, 재판이 어려움을 겪는 과정에서 방청객으로서 일종의 법정 모니터링을 해달라는 제안을 받았어요. 재판을 몰래 녹음하고 밤에 그것을 풀어서 바로 변호인단 쪽으로 넘기는 거예요. 속기록이 이루어지긴 하지만 그게 넘어오는 데 시간이 꽤 걸리는 데다 너무 빠른 속도로 재판이 진행되기 때문에 반대심문을 위해서는 진행된 것들 가운데 계속 쟁점도 잡고 질문을 작성할 필요가 있거든요. 그래서 저희가 그걸 맡았죠. 그전까지는 딱히 다큐멘터리를 만들어야겠다는 생각을 한 적이 없었고 그저 투쟁 영상을 만들어서 어려움에 처한 상황을 영상으로 알리는 일만 했는데, 그걸 하면서 이런 과정이 많은 사람들에게 알려졌으면 좋겠다는 생각이 들어 영화를 구상하기 시작했습니다.

이화정 투쟁하는 과정에서 영상을 많이 촬영했을 텐데 그것들은 거의 쓰지 않고 이미 알려진 자료들을 바탕으로 영화를 만들었어요. 그 점이 신선하기도 하지만 공격을 받는 대목이기도 한데요. 안일하다고 말씀하시는 분들도 있잖아요. '왜 기존 자료만 가지고 영화를 만드느냐, 그건 너무 쉬운 방식이 아니냐.' 그런 반응은 어떻게 생각하세요?

김일란 사실 그런 평가가 나올 거라곤 생각조차 못 했어요. (웃음) 정말 열심히 활동해서 만든 결과물인데 도대체 어디가 안일하다는 거지? 그날 현장을 지켰던 분들과 그 뒤에 진상 규명을 위해서 노력했던 분들이 모두 영화 속에 들어 있는데 뭐가 문제야? 처음엔 이해를 못 했어요. 감독이 현장에 직접 들어가서 적대적 관계, 갈등을 온전히 드러내고 그 속에서 생생한 모습을 담아내야 하는데 그런 게 없다는 것, 그래서 감독의 목소리가 직접적으로 들리지 않는다는 것을 지적하는 것 같아요. 하지만 시간이 지날수록 관객들은 저희가 얼마나 뜨겁게 만들었는지 알게 될 거라고 생각해요.

김영진 아까도 말씀드렸듯이 저는 이 영화가 다른 프레임을 취한 게 좋았어요. 미국 다큐 중에서는 그런 예가 많죠. 가령 〈인사이드 잡〉을 보면 정말 신기하잖아요. 월스트리트에서 돈을 주물렀던 사람들을 다 만나죠. 마이클 무어의 영화를 봐도 별별 자료 화면을 다 가져다 쓰고. 그렇게 자료를 다른 식으로 구성하고 활용하는 게 재밌거든요. 그 과정에서 감독이 추구하는 스타일이 드러나는데, 그게 상승곡선을 만드는 측면이 있죠. 이 영화에는 그런 감정적 온도는 별로 없는 편이지만, 사람들한테 초점을 맞추고 있어요. 영화에서도 언제까지 이 사태를 인내할 것인지가 궁금하다는 얘기를 하는 장면이 마지막에 나오는데, 다들 그런 현실적 중압감을 갖고 있잖아요? 우리 안에 있는 어떤 욕망이 이 문제를 키운 것일 수도 있죠.

홍지유 용산참사를 해석할 때 방금 말씀하신 게 중요한 축 가운데 하나인 것 같아요. 실제로 현 정권을 창출한 데에는 우리가 가진 욕망 또는 본인이 품고 있는 상식이나 윤리와는 무관하게 작동한 측면이 있고, 그게 굉장한 힘을 발휘하고 있거든요. 우리 사회가 타인의 고통에 공감하는 능력이 왜 이렇게 바닥으로 내려갔을까? 그런데 그런 욕망을 잘못이라고 말하거나 어떤 죄책감을 강요할 수는 없다고 생각해요. 이 영화를 받아들이는 것도 관객의 입장에 따라 다르지 않을까 싶은데요. 그래서 저희는 이미 갖고 있는 죄책감을 더 단단하게 만들지 않았어요. 이건 '용산'만의 문제가 아니라 '쌍용차'의 문제, '강정'의 문제이기도 하니까 모두가 할 일을 찾아 나갈 수 있길 바랐어요. 갖고 있던 힘마저도 빼버리는 전략을 취한 면이 없지 않지만, 다 보고 나서는 뭔가 과제를 찾을 수 있을 거라 판단했습니다.

다큐멘터리의 스펙터클

이화정 영화가 어떤 힘을 발휘하려면 많은 분들이 볼 수 있는 대중성이 중요하죠. 그것은 다큐멘터리가 일반적으로 고민하는 것이기도 합니다. 이 영화는 대중적으로 접근할 수 있는 요소들을 많이 갖고 있다고 생각해요. 재난영화라고 할 만큼 스릴러적인 요소가 많거든요. 남일당 건물이 타는 장면만 해도 자료 화면이지만 엄청난 스케일이잖아요? 그런 장면은 재현한다고 해도 쉽지 않은 것이죠. 특정 사건을 놓고 비밀을 쫓는 상황을 전개하는데 계속 긴장감이 고조되더라고요. 이건 극영화에서도 실패하는 경우가 많은데, 그런 형식을 아주 효과적으로 사용했다는 생각이 듭니다. 이미 뉴스로 봐서 다 알고 있는 사건인데도 90분 안에 다시 긴장을 끌어내고 결론에 도달하는 점이 남다르다고 할 수 있을 것 같아요.

김일란 저는 기본적으로 모든 다큐멘터리가 스펙터클을 전제한다고 생각해요. 때때로 사람의 감정이 스펙터클이 되기도 하죠. 예를 들면 누군가의 얼굴에 폭발할 것 같은 분노가 드러나는 상황에서 그것을 카메라로 클로즈업하는 경우. 그건 제게도 큰 파장으로 다가오잖아요. 그런 면에서 모든 다큐가 그런 요소를 갖고 있다고 봐요. 그렇다면 그걸 스쳐갈 것이냐 아니면 각인시킬 것이냐 하는 문제인데, 그때 윤리적 판단이 필요하다고 생각해요. 저희가 그래서 초반에 불이 나는 장면과 후반에 불이 나는 장면을 넣으면서 스스로 끊임없는 질문을 던졌어요. 과연 올바른 것인가? 올바르다는 것은 무슨 의미인가? 계속 그런 식으로 고민하면서 한 컷 한 컷 붙였습니다. 그날 현장에 있었던 칼라TV, 사자후TV 등에서 나온 미디어활동가들의 자료를 사용할 때도 신중했어요. 그분들은 마음대로 사용하라고 하셨지만 현장에서 느낀 감정을 위반할 수는 없다고 생각했거든요. 그래서 마치 캠페인을 벌이는 것 같은 느낌이었어요. 그것을 대중성이라고 부르거나 상업성이라고 말한다면, 저희는 그걸 받아들일 수 있어요. 운동하는 활동가들의 힘만으로 세상이 변화된다고는 생각하지 않아요. 그러므로 대중과 함께 사건을 다시 경험할 수 있는 방법을 열심히 고민했습니다. 그래서 극영화에서 많이 쓰이는 장치와 기법을 적극적으로 차용했고요.

김영진 영화를 만들 때 진영에 계신 분들의 말씀을 너무 많이 듣지는 마세요. 두 분은 어차피 아주 상업적으로 만들려고 작정을 해도 그럴 수 있는 분들은 아닌 것 같아. 순진해. (웃음) 저는 영화를 보면서 이미지를 아낀다는 느낌을 받았거든요. 처음에는 '지금껏 나온 적 없었던 어떤 충격적인 장면을 보여주는 건가?' 이런 기대를 갖기도 했는데, 이 영화는 오히려 그런 걸 자제하고 있죠. 우리가 충격을 얻는 건 오히려 소리예요. 여기서는 무전기 음 같은, 다른 데서도 흔히 들었던 소리조차 아주 임팩트가 있어요. 재현하는 목소리도 은근히 울림이 있더라고요. 신기했어요. 날 것 그대로 전달되는 느낌이랄까? 그게 입체적인 구성으로 다가왔거든요. 음, 두 분의 성정을 보면 이 정도 표현이 가장 대중적인 수준인 것 같아요. (웃음)

김일란 공포영화는 소리 없이 보면 하나도 안 무섭다고 하잖아요? 거기서 조금 힌트를 얻었어요. 사실 이미지가 좀 밋밋해요. 경찰 채증 영상을 제외하면 사건을 담은 영상은 먼 데서 찍은 것뿐이거든요. 어떻게 해야 조금 더 공간을 경험하는 느낌을 줄 수 있을까 고심했어요. 그래서 음악감독과 '크리에이티브 디렉터'라고 되어 있는, 〈종로의 기적〉을 만든 이혁상 감독과 같이 설계를 했어요. 소리로 환기되는 것들을 떠올렸죠. 관객들이 단순히 영화를 보는 게 아니라 실제로 현장을 목격하고 있는 것 같은 느낌이 들게끔. 물대포 소리 같은 건 사운드 믹싱을 맡은 분과 계속 함께 만들었는데, 정말 물을 맞는 느낌이 나도록 연구했어요. 독립 다큐에서는 거의 하지 않는 것들인데, 폴리 사운드로 공간을 만드는 소리를 많이 넣었어요. 영화에 몰입하면 잘 안 들리겠지만, 그렇게 나름으로는 열심히 소리를 채웠고요. 다행스럽게도 법정에서도 녹음이 비교적 잘됐어요. 이런 일도 있었어요. 아이리버 MP3로 녹음을 했는데 그걸 몰래 가지고 들어가야 하니까 옷에 숨겼다가 한번은 깜빡하고 그냥 세탁기에 돌려버렸지 뭐예요. 근데 파일이 살아 있더라고요. (웃음)

김영진 그런데 그걸 영화에 쓰는 게 법적으로 문제는 없나요?

김일란 영화에 나오는 김형태 변호사와 논의를 했었는데요. 현장에서 들켰으면 문제가 됐을 텐데, 일단 재판이 끝난 상황이라 딱히 적용할 만한 법적 근거가 없다고 하시더라고요. 근데 너무 바보 같았던 게 〈부러진 화살〉을 보니까 영상 녹화 신청을 하는 게 있더라고요. 저희는 왜 신청을 하지 않았을까요? (웃음) 그렇게 했더라면 좀 더 편했을 텐데……

홍지유　저는 여러분이 법정을 경험해보셨으면 좋겠어요. 이런 법적 문제를 다루는 재판 과정을 보면 사실의 은폐 과정이나 다름없거든요. 증인을 법정에 세워놓고 증거로 무엇을 채택하고 무엇을 누락시키는지 직접 보면 누구라도 용산참사를 법정영화로 다뤄보고 싶다는 자극을 받았을 거예요. 그런 의미에서 중요한 사건을 다루는 법정에 방청객으로 참여해보면 좋을 것 같다는 생각이 듭니다. 그냥 막연하게 검찰권력, 정권의 시녀로 표현되는 두루뭉술한 개념이 아니라 실제로 법이 어떻게 적용되는지 관심을 갖는 것도 이 시대를 살아가는 이들에게 중요한 일이 아닌가 싶네요.

안 보이는 것을 보이게 하려고

관객 A　저는 영화를 보면서 이런 생각을 했어요. 사회적으로 논란이 된 사건을 다시 다루는 영화들이 여럿 있잖아요. 〈도가니〉가 대표적이죠. 그 영화에서 다루는 것은 보통 사람들도 쉽게 연민을 느낄 수 있는 장애 아동에 관한 이야기잖아요. 그런데 〈두 개의 문〉은 상당수의 사람들이 부정적으로 여기는 철거민에 관한 이야기거든요. 딱 들었을 때 '싫다!'라고 하기 쉬운, 소재 자체에 대한 일종의 거부감이 있는데요. 영화를 만들면서 그걸 어떤 식으로 고려했는지 궁금합니다.

홍지유　아, '싫다!'라는 말이 참. 그건 누군가에 대한 혐오잖아요. 그 혐오를 조장하는 중요한 축은 '불법'인 것 같은데요. 과격 시위, 폭력 시위를 혐오해도 된다고 생각하는 건 불법이라는 말이 씌워졌을 때잖아요. 그런 부정적인 감정을 배제하는 것이 이 사건에서도 중요하다고 봐요. 영화에도 그걸 담았다고 생각해요. 불법적 행위와는 거리가 먼 선량한 시민에게 경찰이 폭력을 행사했을 때는 사회적 공분을 모으기가 수월한 측면이 있죠. 그런데 워낙 오래도록 고립된 싸움을 했던 철거민의 경우엔 점점 선량하지 않은 사람들이 되고 마는 거죠. 거기에 개인적 이해관계까지 맞물렸을 때는 더더욱 그렇고. 그런데 불법이라고 해서 그런 식으로 진압하는 것이 옳은지 묻고 싶어요. 설령 그것이 무리한 요구라고 할지언정 국가가 취한 태도는 과연 정당한 것인가? 이렇게 역으로 질문을 추적한다면 그 불법성에 균열을 낼 수 있지 않을까 하는 생각을 했습니다.

김일란 제가 대학교 다닐 때 조디 포스터가 나왔던 〈피고인〉이라는 영화가 있었어요. 여자가 성적으로 조금 문란했어요. 성폭력을 당해서 법정에 갑니다. 아마 순결하고 정숙한 여성이었다면 재판은 훨씬 쉬웠을 거예요. 그런데 그녀가 성적으로 문란했기 때문에 성폭력을 유도했다거나 당해도 싸다고 여기는 시선들이 있어요. 그런 것들이 계속 부딪히는 영화예요. 어쩌면 철거민도 그와 비슷하지 않나 하는 생각이 들어요. 요구가 정당하든 정당하지 않든 그들이 계속 자기주장을 했을 때 그것과 무관한 사람들이 보기엔 부당한 것처럼 보여요. 사회가 그들이 부당한 요구를 하고 있는 것처럼 몰아가면서 끊임없이 이런 식의 진압과 폭력을 정당하다고 말하는 면이 있어요. 철거민들이 설사 말도 안 되는 무리한 요구를 했다고 하더라도 그것과 진압은 별개의 문제라는 거죠. 그게 이 다큐에서 말하고 싶은 요점이에요. 사실 그 주장이 정당하다고 생각되는 면도 있었어요. 그럴수록 이 사건에서 국가가 국민에게 어떤 태도를 취하고 있느냐를 중요한 의제로 설정해야 하는 게 아닌가 하는 생각을 했습니다.

관객 B 후반 작업을 오래 했다고 하셨는데, 편집 과정에서 고민이 많았을 것 같아요. 끝까지 넣어야 하나 말아야 하나 고민하다가 최종적으로 넣지 않은 부분이 있다면 하나 소개해주세요.

홍지유 뭔가 알고 질문하시는 건 아니죠? (웃음) 완성하기 열흘 전까지도 붙들고 있었던 건 사실이에요. 두 번 보신 분들 중에선 뭐가 달라졌는지 발견하기도 하는데, 3월 정도에 굵직한 장면 하나를 넣었다가 뺀 것이 있어요. 특히 엔딩에 대한 고민이 많았어요. 사실 남일당 건물이 무너지는 장면은 작년에는 오프닝으로 썼거든요. 관객 분들이 극장 문을 열고 나갈 때 어떤 생각을 하길 원하는지 묻고 또 묻다가 어렵게 선택했어요. 또한 많은 분들이 말씀하셨던 용산 철거민들의 육성도 넣을까 말까 끝까지 고민했었어요. 그런데 유족이나 활동가 분들과 함께 상의를 하면서 이 영화가 애초에 의도했던 것을 구현하는 쪽으로 생각을 정리했습니다. 따뜻한 동의와 응원 속에서 그런 것들을 내려놓을 수 있었던 것 같아요.

이화정 두 분 성격이 비슷하신가요? 같이 연출하다 보면 의견이 충돌하는 경우도 있잖아요.

김일란 제가 조금 더 주장이 세고, 아이디어도 더 많이 내요. 때로는 나이로 누를 때도 있고. (웃음) 사실 홍지유 감독이 제가 이런저런 의견을 내면 균형을 잡는 역할을 많이 했어요. 저는 우유부단한 면이 있어요. 작업할 때 편집을 해보신 분들은 알 텐데, 어떤 장면을 지우지 않고 시퀀스 하나 더 만들어서 따로 넣어두는 거예요. '혹시 나중에 쓸 수도 있어!' 이러면서. 작업

320

하는 내내 아슬아슬했어요. 이런 프레임으로 가도 될까? 아까 주변 친구들한테 모니터링을 너무 많이 받지 말라고 말씀하셨는데, 그것도 맞는 말인 것 같아요. 사실 똑같은 애들끼리 별로 도움도 안 되잖아요. (웃음) 그래서 주변 사람들한테 모니터링을 안 받으려고 했던 면도 있어요. 내용적 측면은 인권활동가들한테 도움을 받고, 영화적 측면은 극영화를 만드는 친구들에게 도움을 받았어요. 〈REC〉를 만든 소준문 감독이 도움을 많이 줬는데, 오프닝으로 썼던 장면을 맨 뒤로 보내는 게 좋겠다고 한 것도 그 친구예요. 〈CSI〉 같은 걸 보면 수사관이 현장에 딱 들어서면서 시작하잖아요? 정치적 무게를 살짝 덜고 사건 현장처럼 느끼도록 하는 게 어떻겠냐 하더라고요. 사실 그건 진짜 살인 사건 현장이기도 하니까요.

이화정 소준문 감독이 결정적인 역할을 하셨네요.

영화 밖으로 행군하라

이화정 많은 분들이 자발적으로 영화를 홍보하시는 걸로 알고 있어요. 트위터에서 아주 반응이 뜨거운데, 영화에 대한 얘기가 불길처럼 번지고 있더라고요. 상영관이 많지는 않기 때문에 영화를 보신 분들의 증언이 중요하겠죠. 마지막으로 한 말씀씩 해주세요.

김일란 한 편의 영화가 세상을 바꿀 순 없어요. 사람이 바꾸는 거죠. 그런 의미에서 우리 모두 죄책감을 갖고 살기보다는 지금이라도 동참했으면 좋겠어요. 용산참사는 몇몇 사람만의 문제가 아닌 것 같아요. 우선 제대로 진상을 규명하는 것이 중요하다는 생각이 듭니다. 〈두 개의 문〉이 영화를 만드는 분들 혹은 현장에서 활동하는 분들만의 영화는 아니었으면 합니다.

홍지유 욕심이 좀 많아진 건 사실이에요. 많은 분들이 영화에 기대를 걸고 계셔서요. 영화를 보신 분들이 최대한 한자리에 모여서 뭔가를 할 수 있었으면 좋겠습니다. 영화에 담지 못한 다음 장면을 다 같이 만드는 일이 가능했으면 합니다. 트위터에서는 백만 가는 거냐 하시는 분들도 있던데, 침착해야죠. 그래도 욕심은 욕심대로 내보려고 해요. (시네마톡이 있었던 바로 다음 날 개봉한 〈두 개의 문〉은 크게 회자되며 7만 3천 명이 넘는 스코어로 2012년 독립영화 중 최다 관객수를 기록했다.)

김영진 계속 말씀드린 것처럼 저는 이 다큐가 형식의 프레임을 일정 부분 바꿔서 시도한 것 자체를 굉장히 좋게 생각하고요. 이런 걸 더 적극적으로 시도하셔도 좋을 것 같아요. 무엇보다 이 영화는 굉장한 활력이 있습니다. 앞으로 더 파워풀한 영화를 기대하겠습니다.

2012.6.20

Special Talk 1

그림이 들여다본 영화

아무르

Amour

프랑스 | 2012 | 127분 | 미카엘 하네케 감독 | 장-루이 트렝티냥, 엠마뉘엘 리바, 이자벨 위페르 출연 | (주)티캐스트 수입 |
(주)티캐스트 배급 | 2012년 12월 19일 개봉 | 15세 이상 관람가 | 2012 칸영화제 황금종려상 수상 | 2013 골든글로브 외국
어영화상 수상 | 2013 아카데미 외국어영화상 수상

데카당스의 초상화

노후를 편안히 보내던 음악가 출신의 부부 조르주와 안느.
어느 날 안느가 갑자기 마비 증세를 일으켜 몸을 가누지 못하게 된다. 조르주는 반신불수가 된 안느를
헌신적으로 돌보지만 하루가 다르게 심신이 쇠약해지는 아내를 바라보며 고통스러워한다.

한창호 미하엘 하네케 감독은 영화를 많이 보는 분들에게 유명한 사람이긴 하지만, 기본적인 정보를 말씀드리는 것으로 시작하겠습니다. 오스트리아 출신입니다. 영화계에서는 변방이라고 할 수 있는 나라죠. 그런데 하네케라는 사람이 1989년에 〈7번째 대륙〉이라는 영화를 들고 나와서 단숨에 주목을 받았습니다. 데뷔작부터 심상치 않았어요. 사실 그런 대륙은 존재하지 않잖아요. 이때부터 꾸준히 다뤄온 테마가 있습니다. 할리우드식으로 영화가 소비되는 부분에 대해서 일종의 혐오감 같은 게 있어요. 그렇게 자신만의 입장을 유지하면서 〈피아니스트〉, 〈하얀 리본〉 등을 만들었고 세계적으로 명성을 얻었죠. 몇 년 사이에 황금종려상을 두 번 받은 사람은 하네케와 다르덴 형제뿐입니다. 하네케의 영화에는 늘 관객들이 쇼크

를 받을 만한 장면이 나온다는 공통점이 있어요. 〈피아니스트〉에서도 모녀 사이의 억압으로 인해 일반 사람으로서는 상상하기 어려운 성적 변태 행위를 실천하죠. 그래서 보기에 불편한 장면이 많습니다. 평범한 것에 대한 집요한 거부감이 있어요. 그것은 아티스트로서 좋은 점이라고 생각합니다. 좋은 의미의 충격을 주는 거니까요. 〈아무르〉는 어떻게 보면 그 강도가 제일 낮은 편입니다.

안느와 조르주 그리고 에바

이 감독의 영화에 커플이 나오면 여자는 '안느', 남자는 '조르주'입니다. 딸이 있다면 '에바'입니다. 늘 그렇습니다. 가족은 엄마, 아빠, 딸로 구성됩니다. 이렇게 반복하는 데는 이유가 있겠죠. 기독교 문화에서는 성인이나 영웅과 관련된 이름이 많습니다. '마리아'는 많이 들어봤을 거예요. 모성을 상징하는 대표적인 이름은 '앤', '안느', '안나', 이런 식으로 부릅니다. 각각 영어, 불어, 독어인데 마리아의 엄마입니다. 다 빈치의 〈성 안나와 성모자 Virgin and Child with St. Anne〉에서도 안느가 나오죠. 말하자면 하네케에게 여성은 모성을 드러내는 존재로서 어떤 전형성을 갖고 있습니다. 반면에 남자인 조르주는 악과 대적하는 이미지, 보호자의 이미지가 있습니다. 라파엘의 〈용과 싸우는 성 조지 St. George Struggling with the Dragon〉를 보면 악의 근원으로 생각되는 용을 처치해서 기독교 문화를 보호하는 성인 '조르주'가 나와요. 영어로는 '조지', 독어로는 '게오르그'죠. 첫 번째 여성을 의미하는 아담의 '에바(이브)'까지, 감독은 세 명으로 이루어진 가족 안에서 우주처럼 큰 테마를 이야기합니다.

데카당스의 세계

첫 장면 기억나시나요? 문을 열고 들어갔더니 시체가 누워 있습니다. 분장을 참 잘했죠. 제법 시간이 지나서 시커멓게 변했습니다. 이런 식으로 영화가 시작되면 약간의 혐오감을 주게 됩니다. 그런데 이상하게도 그 시체에 끌리고 관객은 그것을 따라가게 되어 있습니다. 그것이 바로 데카당스의 큰 특징입니다. 그래서 데카당스와 관련한 이야기도 하려고 합니다. 특히 이 작품은 상징주의 시절의 스위스 화가 페르디낭 호들러를 생각나게 합니다. 그는 말년의 연인 발렌틴이 병상에 누워 있는 대략 열 달 동안 계속 그녀를 그렸습니다. 연인이 죽어가는 모습을 지켜보면서 그것을 작품으로 남긴 것이죠. 질병과 죽음에 대한 애착이라고 할 수 있는데, 예술사에서는 그런 특징을 데카당스라고 부릅니다. 19세기 후반에 나온 미학이고 라틴어로 '떨어지다'라는 뜻입니다. 그러니까 추락하는 것에 대한 애착을 드러내는 거예요.

개인에 따라서 얼마든지 그런 취향은 있을 수 있지만, 여러 사람에 의해서 그와 관련된 문학, 음악, 미술이 동시에 나온 시기가 있습니다. 낭만주의의 끝물인데, 밤과 꿈에 대한 동경이 심해져서 그쪽으로 넘어간 거죠. 보통 이 현상을 당시 사회의 추락과도 연결되어 있다고 말합니다. 프랑스는 1870년에 전쟁에서 졌어요. 비스마르크한테 패배했죠. 그 당시 나라의 분위기 자체가 추락하는 느낌이 있었고, 그런 것이 아티스트에게 영향을 미친다는 거죠. 그렇다면 오스트리아는 데카당스의 나라로 평가할 수 있을 것 같습니다. 오스트리아는 19세기 초까지만 해도 나폴레옹을 잡으면서 패권을 쥐었던 국가였지만, 점차 쇠락해 20세기에는 거의 잊혔죠. 한때 강

아무르
327

페르디낭 호들러, 〈병상의 발렌틴〉, 1914 (위)
페르디낭 호들러, 〈죽어가는 발렌틴〉, 1915 (아래)

성했다가 쇠락하거나 병드는 것에 대해서 하네케가 남다른 감각을 보이는 것은 조국의 상황과도 관계가 있다고 봅니다.

데카당스에 쉽게 접근하는 방법으로 조리스-카를 위스망스의 《거꾸로》라는 책을 권합니다. 히스테리 상태에 있는 어느 프랑스 귀족의 에세이입니다. 소설 형식으로 쓴 일기로 원제는 '역류'라는 뜻입니다. 관습적인 모든 것에 대해 혐오감을 드러내는 게 특징입니다. 보통 사람들이 자연스럽다, 훌륭하다고 생각하는 것을 의심하는 겁니다. 다 빈치, 괴테 같은 거물들을 감히 쓰레기 같은 작품을 내놓는 사람들이라면서, 그걸 넘어서는 예술이 나오려면 우리(역사와 인류)가 떠받드는 과거를 극복해야 한다고 말합니다. 그게 좀 지나치긴 하지만 이성에 반대되는 것, 생명에 반대되는 것, 건강에 반대되는 것, 청춘에 반대되는 것에 대한 입장이 나옵니다. 그렇게 스스로를 고립시키는 태도에 대해서 데카당스주의자들은 자긍심을 가졌어요. 사람들은 그것을 병적이라고 생각하는데, 그 안에는 그 다음을 위한 준비가 있습니다. 그저 병적인 것을 찬양하는 데 그치지는 않습니다. 그렇다면 구체적으로 영화를 살펴보겠습니다.

도둑처럼 찾아온 죽음의 그림자

영화는 전환점마다 흥미로운 장면을 보여주죠. 세 가지만 꼽자면 조르주가 복도로 나가는 악몽, 창으로 비둘기가 들어오는 상황, 갑자기 그림들이 지나가는 순간입니다. 사랑을 위해서 죽음을 택하는 이야기를 두 시간 넘게 끌고 가면 지겨울 수 있습니다. 그래서 중간중간 쇼킹한 부분을 넣기도 하는데, 오늘은 두 장면 정도를 제외하면 크게 놀라지는 않았을 겁니다.

이야기를 따라가면서 설명하겠습니다.

　영화는 음악회로 시작했습니다. 노부부가 알렉상드르 타로의 연주회에 갔죠. 그런데 연주자 대신 관객을 비춥니다. 하네케 영화에서 시선은 중요합니다. 보통 관객은 일방적으로 스크린을 바라볼 수 있는 특권을 갖습니다. 그렇게 되지 않으면 불편하게 생각합니다. 고다르 영화에서 관객을 쳐다보는 장면이 나오면 기분이 좀 이상하잖아요. 여기서도 관객이 어둠 속에서 스크린을 바라보는 상황을 반대로 보여주죠. 의식하든 의식하지 않든 관객을 살짝 긴장하게 만들어요. 그러고 나서 집에 왔더니 도둑이 들었어요. 죽음이 도둑처럼 들어온 거죠.

　안느는 결국 오른손을 움직이지 못하게 됐습니다. 간단한 수술을 한다더니 휠체어를 타고 귀가해요. 그러고는 자신을 병원으로 보내지 말라고 부탁하죠. 그 이후에 타로가 방문을 합니다. 알렉상드르 타로가 진짜로 등장해서 음악팬들은 좋았죠? 안느도 피아니스트인데, 피아니스트가 손을 움직이지 못하면 그건 사실상 죽었다는 거죠. 한번은 안느가 침대에서 떨어집니다. 노인이 그런 일을 당하면 기분이 정말 안 좋잖아요. 그러면서 악몽이 등장합니다. 파리 시내에 있는 좋은 아파트인데 갑자기 폐허처럼 변했어요. 복도에 물이 차고 뒤에서 누군가가 입을 막으며 잡아당깁니다. 누가 봐도 죽음에 대한 강력한 암시죠. 자기 집이 이미 무덤 같은 곳으로 변해버린 겁니다.

　그 뒤로 안느의 상태가 급격히 나빠집니다. 발음이 새기 시작하고 헛소리를 합니다. 결정적으로는 먹는 걸 거부합니다. 그때 비둘기가 들어와요. 종교인들은 영혼은 죽지 않는다고 생각하죠. 그래서 화가들은 작은 새를 많이 그렸습니다. 로세티의 〈축복받은 베아트리체Beata Beatrix〉라는 그림을 보면 신의 은총을 받는 베아트리체 사이로 새가 있습니다. 새는 영혼이라는 겁니다. 이 영화도 비슷하죠. 안느의 정령이 먼저 날아갔고 조르주도 그곳으로 가서 아내를 만나고 싶어 합니다. 안느가 물조차 마시지 않으려 들자 조르주는 흥분을 참지 못하고 뺨을 때립니다. 거기서 다들 마음이 많이 아팠을 겁니다. 저도 힘들었어요. 그때 여섯 장의 그림이 지나가는데 각각 1초 정도 시간을 줍니다. 그 집에 있는 그림인데, 안느가 저 세상으로 갔다는 걸 느낄 수가 있죠. 이 부분은 동양과 비슷한 것 같아요.

물리치기 힘든 유혹

우리는 이상하게 이런 이야기에 끌립니다. 아까 언급한 호들러가 발렌틴을 그린 그림들 또한 그렇습니다. 이 영화와 너무나 비슷하게 흘러갑니다. 작품을 차례로 보면 처음에는 죽음의 고통이 심해지면서 조금씩 얼굴이 달라지는 걸 느낄 수가 있습니다. 운명의 시계가 카운팅되고 있는 셈입니다. 안느처럼 몸이 검푸른 색으로 변하는 순간에도 호들러는 옆에서 작품을 남겼습니다. 사랑하는 마음으로 그린 거죠. 참고로 호들러가 이런 식으로 그림을 그리게 된 예술적인 모티브는 르네상스 시절에 나온 한스 홀바인의 〈무덤 안 죽은 그리스도의 몸The Body of the Dead Christ in the Tomb〉입니다. 무덤 안에 있는 죽은 그리스도를 표현한 것인데요. 시체가 물리치기 힘든 유혹으로서 아름답게 보이기 시작하는 거죠. 데카당스는 역겨운 것도 사랑이 들어 있으면 아름답다고 말합니다. 마지막으로 에필로그에서는 텅 빈 공간을 보여줍니다. 이것도 데카당스적인 태도라고 볼 수 있습니다.

저는 빌헬름 함메르쇼이의 이미지를 하네케가 잘 이용했다고 봅니다. 덴마크의 화가인데, 텅 빈 공간을 잘 그렸어요. 공간을 그렸는데 사실상 정물화 같은 느낌을 줍니다.

영혼만이 지킬 수 있는 가치

조르주가 아내를 사랑하는 마음은 에드먼드 윌슨의 《악셀의 성》에 잘 나타나 있습니다. 이번 기회에 이 책을 소개하고 싶습니다. 거기 나오는 유명한 이야기가 하나 있습니다. 혼자 사는 악셀 백작에 대한 이상한 소문이 들립니다. 무시무시한 성 안에 황금이 있다는 거예요. 재화에 욕심이 생긴 프랑스의 어느 귀족 여성이 찾아옵니다. 그리고 어디에 보물이 있는지 알게 됐어요. 그런데 황금을 보고 좋아하는 여성을 백작이 비웃고 경멸합니다. 그러면서 두 사람 사이의 관계가 시작되는데요, 사랑이 싹트기 시작했어요. 사랑이 충만하다고 느꼈을 때 악셀이 제안을 합니다. 세속적인 세상에서 우리의 사랑은 절정에 있고 더 이상 사는 것은 사랑에 대한 모독이라면서 독이 든 잔을 권합니다. 그래서 동반 자살하는 것으로 끝이 납니다. 전형적인 데카당스의 주인공이죠. 자신이 가진 독립적인 가치관에 대해서 배타적인 자부심이 있습니다. 그 사람에겐 그게 무엇보다 중요한 겁니다. 영혼만이 지킬 수 있는 가치를 위해서 죽는 행위, 이런 것이 19세기 말부터 프랑스를 중심으로 퍼져나갔어요. 《악셀의 성》은 그걸 참 잘 설명하고 있는 해설서입니다. 이 영화에서도 안느가 정신을 잃어가니까 더 훼손되기 전에 차라리 그 정도라도 마음을 유지해야겠다는 생각으로 아내를 죽이고 자신도 죽은 것 같습니다. 처음에는 당황스러움을 주지만 범죄 이전의 뭔가 더 고귀한 정신이 있는 것 같은 유혹을 느낄 수가 있었죠. 그것을 이 영화가 잘 보여준다고 생각합니다.

2012.12.25

멜랑콜리아
Melancholia

덴마크 | 2011 | 136분 | 라스 폰 트리에 감독 | 커스틴 던스트, 샤를로뜨 갱스부르, 키퍼 서더랜드 출연 | 익스트림 필름 수입 |
(주)팝엔터테인먼트 배급 | 2012년 5월 17일 개봉 | 15세 이상 관람가 | 2011 칸영화제 여우주연상 수상 | 2012 전미비평가
협회 작품상, 여우주연상 수상

밤과 바그너

유능한 카피라이터 저스틴은 고질적인 우울증으로 인해 결혼식을 올리는 내내
이상 행동을 보인다. 결국 파혼을 한 그녀를 언니 클레어는
정성껏 보살피지만 상태는 갈수록 나빠지기만 한다. 한편 '멜랑콜리아'라는 이름의 거대한 행성이
지구를 향해 날아오고 있다는 소식이 들리고 종말의 위기가 그들에게 닥친다.

한창호 오늘의 주제는 '밤과 바그너'입니다. 라스 폰 트리에가 만든 〈멜랑콜리아〉에서는 밤이라는 시간과 바그너의 음악이 매우 중요한 의미를 갖고 있습니다. 처음부터 〈트리스탄과 이졸데〉 서곡이 흐르는데, 바그너 음악의 중요한 테마가 밤입니다. 그러니까 두 개의 밤이 만난 겁니다. 그 테마를 한마디로 묶는 것이 바로 영화의 제목으로 쓰인 '멜랑콜리'입니다. 그동안 멜랑콜리아라는 용어는 아트톡에서 언급한 적이 여러 번 있었는데, 이 영화가 그 내용을 중점적으로 다루고 있어서 이번 기회에 그와 관련된 이야기를 길게 나눌 참입니다.

　멜랑콜리mélancolie는 우울증을 뜻하는데, 우리나라에서도 쓰는 표현이
죠. 심리적인 단어이자 생물학적인 단어입니다. 우리 몸속에 있는 흑담즙
을 가리킵니다. '멜랑'은 검은색이고, '콜리'는 담즙입니다. 그게 생물학적
인 것만은 아님을 그리스인들이 처음으로 발견했는데, 과학적으로 접근한
사람이 아리스토텔레스입니다.《문제Problemata》라는 책이 있습니다. 우리
나라에는 아직 번역되지 않았어요. 여기서 멜랑콜리를 서술한 부분이 있
습니다. 알다시피 아리스토텔레스의 스승은 플라톤인데, 그는 어둡고 침
울한 사람이었어요. 그런데 그런 사람이 천재적인 기질을 보이는 경우가
많더라는 겁니다. 거기서 질문이 시작됐습니다. 당시에는 이미 우리 몸속
에 있는 네 가지 체액에 따라 사람의 성질을 설명하는 의학이 발달되어 있
었어요. 혈액, 점액, 담즙, 흑담즙, 이렇게 네 가지인데요. 그게 균형을 이루
지 못하고 어느 하나가 도드라지는 데서 그 사람의 성격을 알 수 있다는 내
용입니다. 흑담즙은 비사교적이고 변덕스럽고 나태하고 이기적인 요소로
인식되어 당시에는 치유의 대상으로 여겼습니다. 그러나 아리스토텔레스
를 통해서 멜랑콜리는 우리에게 지성과 창의력을 발휘하는 데 중요한 요
소로 조명을 받게 됩니다. 과거에는 부정적인 뜻이 많았는데, 그것이 통제
만 된다면 철학, 정치, 예술에 좋은 영향을 끼친다는 겁니다. 그렇다면 그런
성격을 굳이 숨길 필요가 없는 거죠.
　그런데 그것이 서구인들에게 공유되는 상식이었는가 하면, 그렇지가
못했어요. 잊혀졌죠. 교회의 시대가 열리면서 다시 부정적인 쪽으로 생각
되었습니다. 다시 말해 통제의 대상으로 여겼어요. 그러다가 르네상스가

왔습니다. 그리스를 재발견한 시대죠. 아리스토텔레스의 내용을 다시 소개하기 시작했습니다. 게다가 그리스, 이집트 등에서 발달한 점성술과도 연결을 시켜서 그런 성질은 타고난다는 것까지 알아냅니다. 그 사람들에게 일정한 별자리가 있다는 것인데요. 그게 이른바 토성 자리 '사투르누스' 입니다. 고대 그리스 시절이 아니라 요즘 별자리로 치자면, 염소자리와 물병자리에 겹쳐 있어요. 특히 물병자리에 태어난 사람들 중에서 그런 경우가 많다는 걸 알게 됐습니다. 우울한 기질이 누구에게나 발견되는 것은 아니고 일부 사람에게 나타날 수 있다는 식으로 범위를 좁히게 된 겁니다. 당시로서는 토성이 제일 마지막 별이었습니다. 가장 높은 곳에 있고 가장 멀리 있고. 그래서 소외감과 외로움, 병드는 것, 죽는 것 등을 상징하는 동시에 힘과 부를 상징했어요. 그때 사람들이 멜랑콜리 개념을 받아들일 때는 부정적인 면보다는 남다른 천재성을 생각한 거죠. 그리스 때보다 더 긍정적으로 생각했어요. 이어지는 바로크 시절에는 멜랑콜리가 찬양의 대상이 됩니다. 발터 벤야민은 멜랑콜리를 바로크가 발견한 것이라고 말하기도 합니다.

이렇게 멜랑콜리가 창의력과 지성에 좋다고 하면, 그런 기운을 갖고 있지 않다고 할지라도 그걸 만들어서 도움을 받으면 좋잖아요? 그래서 아리스토텔레스가 생각한 게 바로 포도주였습니다. (웃음) 포도주를 마셨을 때 몸에 일어나는 변화가 인공적으로 멜랑콜리를 생성하는 것이라고 얘기했어요. 술을 마셨을 때 남다른 창의력을 발휘하게 된다는 겁니다. 후대인들이 그 포도주보다 더 강력한 게 없을까 생각하다가 찾아낸 게 마약이죠. 예술과 술, 예술과 약의 친연성은 우리가 잘 알고 있죠. 한편 20세기에 정신분석학이 대두되면서 심리학을 하는 사람들 사이에서도 멜랑콜리가 중요한 테마가 됩니다. 가장 대표적인 게 프로이트의 '애도와 우울증'입니다. 애도하는 마음은 죽음을 받아들이지 못하는 것인데, 일정한 시간이 지나도 해소되지 않는다면 문제가 생기죠. 그런 경우를 멜랑콜리라고 불렀습니다. 덤으로 우리가 몹시 슬플 때 평소의 능력을 넘어선 창의력이 나올 수 있다는 사실을 알게 됐어요. 영미권 심리학자들도 멜랑콜리가 후천적으로 생성될 수 있다는 걸 알게 됐습니다. 특히 어렸을 때 부모를 잃어버린 아이들에게 멜랑콜리의 성질이 많다는 것을 알았습니다. 이제껏 아트톡에서 만난 예술가들만 해도 바흐, 뭉크, 톨스토이 등 많습니다. 일찍 부모를 잃은 상황은 안타까운 일이지만 사람에 따라서는 창의력을 발휘할 수 있는 조건이 된다는 겁니다.

뒤러의 멜랑콜리아

이런 개념을 예술적으로 표현한 유명한 작품이 뒤러의 〈멜랑콜리아 Melencolia〉입니다. 파노프스키라는 미술학자가 쓴 《인문주의 예술가 뒤러》에 따르면, 이 그림이 등장한 시기부터 예술사에 본격적으로 멜랑콜리가 들어왔다는 겁니다. 우리나라에 다행히 번역되어 있는 책이고, 미술사를 공부하는 사람들에게는 클래식입니다. 그림을 보면 초월적인 세상으로 비상을 꿈꾸는지 여자의 등에 날개가 달려 있어요. 턱을 괴었고 얼굴에 그늘이 지고 머리가 헝클어져 있습니다. 한 손엔 합리적 과학을 상징하는 컴퍼스가 있습니다. 창의력이라는 게 오로지 정서에서만 나오는 건 아니라는 걸 보여주죠. 뒤쪽에 밝게 빛나는 별 위에 쓰인 글이 영화에 등장하는 멜랑콜리아입니다. 파노프스키는 토성을 염두에 두고 그린 것이라고 해석하

알브레히트 뒤러, 〈멜랑콜리아〉, 1514

고 있습니다. 박쥐가 그림의 제목을 들고 있는데, 박쥐는 밤을 상징하는 동물이죠. 그림 제목이 '멜랑콜리아 I'이라고 되어 있어요. 이게 예술에 대한 멜랑콜리를 표현한 것이라고 한다면 철학과 정치도 그런 식으로 계속 그리려 했던 게 아닐까 추측하고 있습니다. 이를테면 II, III이 계속 나왔겠죠. 앞쪽에는 몸을 비비 트는 개가 있습니다. 개가 가진 부정적인 의미의 광기를 표현한 거죠. 멜랑콜리가 지나치면 광기로 드러나니까요. 저자는 이것을 예술가들이 가진 멜랑콜리를 그린 작품이라고 말합니다. 그와 더불어 르네상스인들이 공유했던 예술에 대한 태도는 감정만으로 이루어진 게 아니라 논리에 바탕을 둔 창조적 노력이라는 것을 드러냅니다. 그래서 당시에 과학적 도구들도 많이 나왔죠.

오늘 영화에서도 그런 걸 느낄 수 있었죠? 마치 감독 자신이 뒤러가 된 것처럼 멜랑콜리를 자유롭게 표현하고 있다는 생각이 들잖아요. 약간 과장해서 말씀을 드린다면, 〈멜랑콜리아〉는 이 그림을 두 시간 넘게 보여주는 것이라고 할 수 있습니다.

트리스탄과 이졸데

그럼 이제 영화로 들어갑시다. 아마 프롤로그를 보고 반한 분들이 많을 겁니다. 저도 그렇습니다. 제가 측정을 해봤는데 대략 8분 30초예요. 그러니까 〈트리스탄과 이졸데〉 서곡을 거의 다 듣는 거죠. 그 서곡과 함께 프롤로그를 보여줍니다. 슬픈 음악이죠. 바그너를 좋아하는 분들은 신비로운 화면과 함께 그 음악을 듣는 순간 몰입했을 겁니다. 저는 그랬습니다. 라스 폰 트리에를 좋아하는 분들은 알 수 있는데, 그에게 미학적인 변화가 일어났죠. 이 양반은 한때 도그마 선언*을 한 사람이잖아요. 영화는 현실을 담는 것이니 방법도 반드시 현실적이어야 한다는 입장이었어요. 유미주의나 탐미주의를 철저히 배격한 사람이었죠. 그런데 전작 〈안티크라이스트〉에서도 알 수 있듯 완전히 바뀌었습니다. 프롤로그만 봐도 파악이 됩니다. 바그너의 음악을 써서 그런지 2부에서는 데카당스와도 결합하고 있어요. 그래서 이 영화는 멜랑콜리와 데카당스의 종합이라고 말할 수 있습니다. 앞으로 라스 폰 트리에는 리얼리즘과 결별하고 이 영화처럼 유미적이고 탐미적이고 데카당스한 그림을 내놓을 것 같습니다. 이미 강을 넘어간 것 같아요. 그게 프롤로그부터 잘 나와 있죠.

멜랑콜리와 데카당스

1부에서는 저스틴의 우울한 성격을 다양한 모습으로 드러냅니다. 그중에서도 저스틴이 서재에서 그림을 바꿔 거는 장면이 강렬합니다. 좀 인위적이고 과장된 면이 있긴 하지만, 주인공의 멜랑콜리를 설명하는 데 적절했던 것 같습니다. 서재에 어떤 그림이 걸려 있었나요? 러시아 아방가르드 화가 카지미르 말레비치의 그림이 있었습니다. 〈절대주의Suprematism: Two-Diamond Self-Portrait〉라는 제목의 그림으로 눈, 코, 입을 2차원적으로 그린 초상화이자 자화상입니다. 큐비즘과도 연관성이 있죠. 이 화가는 표현하고자 하는 바를 구상으로 전달하지 않았어요. 그런데 저스틴이 그 그림을

---

* 1995년 라스 폰 트리에, 토마스 빈터베르크 등 네 명의 젊은 덴마크 감독은 작가주의와 테크닉 중심의 영화에 반대하는 도그마95 선언문을 발표했다.

카지미르 말레비치, 〈절대주의〉, 1915

보더니 갑자기 히스테리를 부립니다. 그림을 막 바꿔버려요.

말레비치의 그림을 떼어내고 걸어놓은 것들은 하나같이 우울한 느낌이 듭니다. 프롤로그에 나왔던 피터 브뤼겔의 〈눈 속의 사냥꾼The Hunters in the Snow〉을 겁니다. 그리고 책을 뒤져서 다른 그림을 걸기 시작합니다. 존 에버렛 밀레이의 〈나무꾼의 딸The Woodman's Daughter〉은 사랑의 실패, 죽음의 기운을 떠오르게 하는 장치로 쓰이지 않았나 생각합니다. 그림 속의 신분 차이가 큰 두 아이는 나중에 비극을 맞거든요. 역시 존 에버렛 밀레이의 〈오필리아Ophelia〉도 눈에 띄죠. 이건 뭐 유명하죠. 햄릿의 연인인 오필리아가 꽃을 꺾으러 갔다가 나뭇가지가 떨어지는 바람에 물에 빠져 죽습니다. 그와 같은 감정을 저스틴이 자신의 것과 동일시한다고 생각하면 되겠습니다. 피터 브뤼겔의 〈게으름뱅이의 천국The land of Cockaigne〉은 멜랑콜리의 나태를 보여주고 있습니다. 배불리 먹고 자는 모습을 그렸는데 몹시 무기력하죠. 멜랑콜리엔 그런 식의 부정성이 있습니다. 그게 바그너 음악의 데카당스와도 연결되는데, 세상의 질서에 반항하는 행위입니다. 교회의 시대니까 선행을 베풀어야 하는데 선행은커녕 먹고 자고 먹고 자고, 그러다가 죽겠다는 거잖아요. 멜랑콜리와 그 시대의 길항 관계가 드러납니다. 지금 저스틴에게는 결혼이 즐거운 일이 아닙니다. 그건 타고난 성질 때문이죠. 그리고 카라바조의 〈골리앗의 머리를 든 다윗David with the Head of Goliath〉도 나왔습니다.

1부가 멜랑콜리의 성질을 표현하는 데 할애되었다면, 2부는 그 멜랑콜리와 바그너의 데카당스를 연결하고 있습니다. 감독이 종말의 예시를 하나씩 전달하고 있죠. 그러더니 맨 마지막에는 정말 종말이 일어납니다. 그런데 이때 지구가 멸망한다고 해서 슬프거나 무섭지는 않죠? 물론 그런 면

존 에버렛 밀레이, 〈오필리아〉, 1852 (위)
피터 브뤼겔, 〈게으름뱅이의 천국〉, 1567 (아래)

도 없지는 않습니다만, 바그너 음악을 반복적으로 써서 그런지 몰라도 그런 분위기는 아녜요. 영화 속 종말은 일반적이고 자연적인 현상이기도 하지만, 19세기 후반 데카당스 예술인들의 테마, 소위 정치적인 전위성이라고 할 내용도 담고 있습니다. 저스틴이 "세상은 사악하니까 슬퍼할 필요 없다"고 말하죠. 그리고 우울한 기운에 휩싸여 계속 빌빌대다가 멜랑콜리아가 다가오면 다가올수록 살아납니다. (웃음) 클레어가 병드는 것과 반대죠.

그런 저스틴의 태도는 바그너가 보여주는 데카당스와 연결됩니다. 데카당스는 세상의 종말을 탐닉하는 태도를 보이거든요. 그래서 한때 병적이고 퇴폐적이라는 이유로 탄압을 받았습니다. 특히 히틀러 시절에는 병으로 취급했죠. 그렇게 건강하지 못한 미학에 예술적인 숭고함을 심은 사람이 바로 바그너입니다. 토마스 만이 이런 말을 했어요. 19세기 후반 유럽의 문화를 죽음으로 물들인 사람은 바그너라고. 세상 사람들이 모두 죽음에 취했다는 뜻인데요. 초창기에 바그너에겐 정치적 의도가 있었습니다. 프랑스혁명 이후 유럽에서 본격적으로 부르주아 사회가 발전하게 되는데, 바그너 입장에선 그게 1부에서 저스틴이 세상을 보는 것과 마찬가지로 꼴보기 싫고 냄새 나는, 그래서 파괴해야 하는 것이었어요. 한마디로 썩은 문명이라는 겁니다. 결코 찬미의 대상이 아니라는 거예요.

그게 〈트리스탄과 이졸데〉 2막에 결정적으로 나옵니다. 트리스탄이라는 남자가 이졸데라는 여성과 사랑하는 얘기인데, 바그너 오페라가 대부분 그렇듯 내용이 근친상간이에요. 근친상간을 예술로 만드는 게 바그너의 능력이죠, 데카당스의 능력이고. 조카와 숙모가 사랑하는 내용인데 왜 거부감이 안 들까? 그게 바로 바그너의 힘이거든요. 두 사람이 밤에 만나는 내용이 2막에 등장하는데, 데카당스의 절정입니다. 자신들의 순수한 마음을 받아들이지 않는 세상이야말로 썩고 병들었다는 거예요. 그러니까 죽자는 거죠. 그 시대의 정치적 전위성이 엿보이죠. 그래서 저스틴은 멜랑콜리아가 다가올수록 힘이 납니다. 그에겐 넘어가야 하는 단계니까요.

생성에 대한 희망

바그너의 데카당스를 얘기할 때 '생성'이란 말을 많이 씁니다. 다시 태어난다는 거죠. 위험한 생각이기도 합니다. 그래서 니체 같은 사람이 처음엔 그를 숭배했지만 시간이 지나면서 반대했어요. 세상을 사악한 것으로 물들인다고 봤어요. 마치 최면을 거는 마술사 같다면서요. 어쨌든 이 영화에 나오는 지구의 종말은 저스틴의 입장에서 볼 때 생성에 대한 희망이 있는 것으로 보입니다. 그게 데카당스가 갖고 있는 전위성인데, 라스 폰 트리에가 이 점을 분명 의식했을 것으로 생각합니다. 바그너의 영향이죠. 말하자면 사악한 세상을 끝내고 새로운 세상에서 다시 만나자는 겁니다. 바그너는 천재죠. 병든 천재. 병든 사투르누스. 세상 사람들에게 거부할 수 없는 즐거움을 주는 존재. 그걸 라스 폰 트리에가 〈멜랑콜리아〉에서 영화적으로 잘 보여줬다는 생각이 듭니다.

2012.5.29

폭풍의 언덕
Wuthering Heights

영국 | 2011 | 129분 | 안드리아 아놀드 감독 | 카야 스코델라리오, 제임스 호손 출연 | 찬란 수입 | 찬란 배급 | 2012년 6월 28일 개봉 | 15세 이상 관람가 | 2011 베니스국제영화제 기술공헌상 수상

낭만주의의 풍경 속으로

영국 요크셔 지방, 황량한 들판의 워더링 하이츠(폭풍의 언덕)라 불리는 외딴 저택에 언쇼가가
살고 있다. 언쇼 씨는 폭풍이 몰아치던 어느 날 고아 소년 히스클리프를 데려오고
아들 힌들리, 딸 캐서린과 함께 자식처럼 키운다. 그러나 언쇼가 죽자 힌들리의 학대와 사랑하는
캐서린과의 갈등을 못 견디고 히스클리프는 집을 떠난다. 캐서린은 부유한 에드가와
결혼하고 몇 년 뒤 성공해서 돌아온 히스클리프는 복수를 시작하는데……

한창호 이 영화가 세상을 바라보는 시선은 낭만주의적입니다. 그래서
오늘은 '낭만주의의 풍경'이라는 테마로 이야기하려 합니다. 또한 시대극
이라서 그때의 그림들이 자연스럽게 떠오르는데, 영화적 테마와 관련하여
몇 가지를 함께 살펴보면 좋을 것 같아요. 영화의 배경은 잉글랜드 북쪽에
있는 요크셔 지방입니다. 브론테 자매가 태어난 곳으로 무어Moor라고 불
립니다. 평지와 들판이 펼쳐진 지리적 특성, 바람과 안개가 가득한 기후적
특성으로 유명합니다. 작가의 어릴 적 고향이니까 영화와 많은 연관이 있
을 것으로 생각됩니다. 소설이 워낙 유명해서 읽어본 분들도 많을 테고, 읽
지 않았더라도 어떤 식으로 이야기가 전개되는지는 알고 있을 겁니다. 여
러 번 영화화되었죠. 클래식으로 평가받는 윌리엄 와일러의 작품도 있고,

최근까지 계속 만들어졌기 때문에 다시 영화화하는 것이 쉽지는 않았을 것 같아요.

안드레아 아놀드는 갑자기 나타난 영국의 여성 감독인데요. 이 작품이 세 번째 장편입니다. 단순하게 설명하자면, '여성 켄 로치'라고 할 수 있습니다. 알다시피 영국영화에는 리얼리즘 전통이 있습니다. 그걸 이끌고 있는 두 노감독이 바로 켄 로치와 마이크 리죠. 그중에서도 안드레아 아놀드는 켄 로치와 유사성이 많습니다. 다시 말해 사회적으로 주변부에 밀려나 있는 사람들이 처한 삶의 조건을 그리면서 우리 사회 전체를 되돌아보게 만드는 것인데요. 켄 로치와 다른 것은 여성 감독으로서 기대할 수 있는 점을 잘 반영한다는 겁니다. 주인공이 계속 여성들이었어요. 영국이라 할지라도 아직까지는 남녀를 바라보는 시선의 차이가 있다는 측면에서 여성들의 삶을 담아내는 것이 의미가 있는데, 그 표현이 대단히 뛰어났어요. 두 번째 장편 〈피쉬 탱크〉로 이름을 알리게 됐는데, 그 영화에서 안드레아 아놀드의 특징을 엿볼 수가 있습니다. 10대인 주인공은 지방에 살고 있는 노동자 계급의 소녀입니다. 딱 느낌이 오죠. 제목도 '아쿠아리움'이 아니라 '피쉬 탱크'입니다. 낮은 계급에 걸맞은 좀 거친 말을 쓰지요. 그런 점에서 어떤 작품인지 짐작이 가실 겁니다.

이렇게 영국 리얼리즘 영화의 계보를 이을 만한 감독이 시대극을 만든다고 해서 호기심이 생겼습니다. 켄 로치와 비슷한 감독이라면 그 사회의 단면을 보여주는 게 정공법인데, 이미 여러 차례 영화화되었던 고전을 만든다고 해서 실은 약간의 염려가 있었어요. 미학적으로 후퇴하지 않을까 하는 거였죠. 그런데 보다시피 자신이 가진 리얼리즘 미학을 그대로 유지하면서 〈폭풍의 언덕〉을 만들었습니다. 아주 독특한 리얼리즘 시대극이라는 결과가 나왔습니다. 시대극에서 이렇게 핸드헬드를 많이 쓰는 영화를 보기란 쉽지 않을 겁니다. 더구나 히스클리프를 흑인으로 설정했으니까 역시 가진 게 아무 것도 없는 사람을 내세웠다고 할 수 있죠.

고전의 현재화와 멜로드라마의 특징

브론테 자매는 모두 작가였고 오빠는 화가였습니다. 그들은 대략 서른 살 즈음에 다 죽었어요. 언니 샬롯만 서른 중반까지 살았고, 동생 에밀리는 소설 하나만 남기고 떠났습니다. 샬롯이 쓴 《제인 에어》는 발표하자마자 크게 성공을 거둔 데 비해 에밀리 브론테의 《폭풍의 언덕》은 그렇지 못했어요. 좀 더 어둡고 공포스럽죠. 무엇보다 《제인 에어》는 고생은 하지만 끝에 가서는 해피엔딩이 되는데, 《폭풍의 언덕》은 결말 또한 비극적이고 극단적입니다. 그래서 당시에는 별로 대접을 못 받았습니다. 그러나 시간이 지나면서 사람들이 자기 파괴적인 면에 애착을 많이 느낀 것 같아요.

영화로 만들면서 새롭게 각색한 부분이 몇 가지 있는데, 이전 영화들도 그랬지만 원작의 절반만 영화로 만들었습니다. 히스클리프와 캐서린의 사랑과 죽음, 즉 1세대의 이야기만 영화로 만들고 그 뒷부분은 뺐습니다. 아마도 이 작품이 워낙 유명한 고전이고 영화로 많이 만들어졌으니까 스토리 전달에 크게 신경 쓰지 않았을 겁니다. 그래서 불친절합니다. 어쩌면 내용을 모르는 사람들은 이 영화를 보면서 기본적인 이야기를 유추하기가 쉽지 않았을 것 같아요. 대사가 별로 없으니까요. 그리고 원작에서는 리버풀에서 데려온 히스클리프가 스페인 집시라고 되어 있는데 여기서는 흑인으로 바뀌었습니다. 차별의 조건을 현재화하려는 의도가 있었다고 봅니다. 아예 백인 사회로의 진입이 어려운 인종을 설정한 것 같습니다. 죄송스러운 표현이지만, 그게 현실이니까요. 그 문제를 시대극에서도 이야기하고 싶은 의도가 있었던 것이죠. 윌리엄 와일러가 만든 영화를 보면, 히스클리프가 굉장히 멋있게 나와요. 그래서 전혀 거부감이 없었는데, 여기서는 동양인 관객들도 인종적 차별을 느낄 수 있죠. 그게 크게 바뀐 부분입니다.

이 영화에서 아빠가 히스클리프를 데려왔을 때 딸 캐서린이 침을 뱉잖아요. 사전 지식이 없으면 이해가 좀 안 될 겁니다. 침을 뱉으면서 좋아하니까요. (웃음) 이야기의 생략이 많죠. 원래는 아빠가 리버풀에 다녀오면서 선물을 사오기로 했거든요. 딸 캐서린에게는 말채찍, 아들 힌들리에게는 바이올린을 사오기로 했습니다. 그런데 안 사왔어요. 저 흑인 아이 때문에 그런 거란 생각에 화가 나서 침을 뱉은 거였어요. 그런데 그 둘 사이에는 이유가 설명되지 않는 어떤 끌림이 있습니다. 사랑하는 데 이유가 있나요? 누구나 그렇죠? 여러분도 잘 아실 겁니다. 특히 19세기 멜로드라마에서는 첫눈에 반하는 것이지, 별 이유가 없습니다. (웃음) 그리고 힌들리 입장에서도 졸지에 아버지를 빼앗겼기 때문에 세 남자 사이에 삼각관계가 생기는 것이 자연스럽습니다. 부성에 대한 욕망이죠. 19세기에 발달된 멜로드라마의 특징들이 이 소설에 잘 반영되어 있습니다.

《폭풍의 언덕》의 선구 격인 작품을 꼽자면 괴테의《젊은 베르테르의 슬픔》입니다. 여러분도 그 소설을 많이 아실 텐데, 베르테르가 사랑을 이루지 못하죠. 내가 원하는 사랑을 포기하고 사느니, 그러니까 다른 여성을 만나는 타협을 하느니 차라리 고결한 죽음을 택하겠다는 것인데요. 극단적이죠. 그게 19세기 낭만주의 작가들에게 큰 영향을 끼쳤습니다. 그런 순수함에 대한 옹호가 그대로 연결됩니다.《제인 에어》는 나중에 결혼을 하는데 반해《폭풍의 언덕》은 주요 인물들이 다 죽습니다. 베르테르와 같은 운명을 걸어가는 거죠. 히스클리프가 그런 역할을 하고 있습니다. 멜로드라마에 등장하는 캐릭터로서의 틀을 보여주고 있어요. 부모가 없고, 유색인이고, 사회적 지위가 낮고, 교육을 못 받았고. 요즘 말로 하면 스펙이 전혀 없는 사람입니다. 그런데 사람의 마음을 훔치죠. 그 반대편에 있는 사람들은 재산이 많고 혈통이 있습니다. 그러나 마음을 못 얻죠. 그게 어떤 전형입니다.

상대방의 마음을 사로잡을 수 있는 순수한 사람에 대한 연민과 동일시 덕분에 이런 이야기를 많은 사람들이 좋아합니다. 그래서 저도 그렇고 여러분도 그렇고, 더 푹 빠져드는 것 같아요. 독자든 관객이든 누구나 멜로드라마 앞에 앉아 있을 때는 베르테르를 지지하는 마음 같은 것이 있을 겁니다. 영화가 그 부분을 잘 이용하고 있어요. 순수한 대상에 대한 끝없는 충성이랄까? 그러나 그렇게 하기가 쉽지 않죠. 그래서 히스클리프와 베르테르가 보여주는 극단적 행동을 보며 잊고 있었던, 혹은 되돌리고 싶은 마음을 느끼게 됩니다. 이게 바로 오늘날까지 그 틀이 계속 반복되는 이유입니다.

말하자면 히스클리프는 변형된 베르테르라고 할 수 있습니다.

스릴러 요소도 마찬가지입니다. 아무 것도 가진 것이 없던 아이가 영웅이 되어 나타나는 것은 대중적이고 관능적인 장치죠. 히스클리프가 힌들리에게 복수를 합니다. 힌들리는 아내가 죽고 나서 음주와 도박으로 추락하게 되는데, 그에게 일부러 돈을 빌려주면서 인생을 망치도록 만듭니다. 그리고 결국 집을 차지합니다. 힌들리의 자식한테도 잔인함을 가르쳐줬죠. 못된 애를 만들려고 그러는 거죠. 또한 캐서린의 남편 에드가의 집안에도 복수합니다. 에드가의 동생 이자벨라를 유혹하는 것도 일종의 복수입니다. 어릴 때 자기한테 에드가가 원숭이 같다고 놀렸잖아요. 그래서 사실은 이자벨라를 전혀 원치 않는데 복수심에서 마음을 훔치고 상처를 주죠.

《폭풍의 언덕》이 그리는 사랑은 좋아하는 분들에겐 큰 지지를 받지만 그렇지 않은 분들에겐 좀 잔인하게 보일지도 모르겠습니다. 주인공이 한 여성을 사랑하는 마음을 끝까지 놓지 않는 걸 보면서 말이죠. 캐서린은 다른 남자와 결혼했습니다. 자기가 사랑했던 사람을 포기하고 사회적 명령을 받아들였을 때 현실적으로 윤택한 삶을 유지하는 게 일반적이죠. 그런데 캐서린이 귀부인처럼 살다가 히스클리프를 다시 만나게 된 이후로는 자신이 과거에 무슨 짓을 했는지 깨닫고 시름시름 앓다가 그만 죽습니다. 자신의 삶을 지탱하는 가장 중요한 요소는 사랑이었다는 거죠. 그것이야말로 이 소설이 지금까지 사랑받는 이유가 아닐까요? 특히 10대, 20대 때 사회의 명령에 감염되기 전에는 더 그렇습니다. 제도에 많이 감염된 우리도 다시 보면 찌릿찌릿하죠. 그때가 생각나기도 하고.

베르테르의 것과 같은 사랑을 묘사하기 위해서 전반부에 풍경을 잘 담아내고 있어요. 그 부분을 봅시다. 영화의 프롤로그를 보면 어두운 공간에서 한 남자가 혼자 괴로워하죠. 그렇게 시작했다가 크레딧이 나오면서 옛날로 돌아갑니다. 히스클리프가 마음이 너무 힘들어서 벽에다 머리를 박습니다. 거기서 왠지 죽을 것 같은 느낌을 받죠. 소설에서도 특별한 이유 없이 죽게 됩니다. 베르테르적인 죽음이죠. 그런 죽음을 이야기할 때 많이 거론되는 작품으로 헨리 월리스의 〈채터튼의 죽음The Death of Chatterton〉이 있습니다. 19세기 낭만주의 시절의 그림인데, 베르테르와 같은 순수한 마음을 증명하기 위해서 자살을 택한 사건을 그린 겁니다. 보기에 따라서는 무모한 행위에 대한 묘사죠. 그게 이 영화 도입부에서도 살짝 보였습니다. 그러면서 19세기 풍경화가 펼쳐지는 듯한 느낌이 들죠. 풍경화라는 건 시각적 결과물입니다. 눈으로 보는 게 중요한데, 19세기에 조금 바뀌었어요. 낭만주의자들은 풍경화를 심리의 초상화라고 봤습니다. 내면을 표현하는 것이지 외부 세상을 그리는 것이라고는 생각하지 않았습니다. 19세기 풍경화를 이야기할 때 자주 거론되는 독일의 프리드리히는 아예 밖에 나가지도 않았습니다. 스튜디오에서 풍경화를 그립니다. 볼 필요가 없는 거죠. 다시 말해서 풍경화란 내면의 세상을 보여주는 것이라고 생각하는 겁니다. 이 영화 역시 풍경화처럼 바람과 안개를 잘 묘사하고 있는데, 특히 전반부는 바람과 안개의 연속이었습니다. 대사도 별로 없고요.

19세기 화가들은 특히 바람을 강조했습니다. 유난히 캐서린과 히스클리프가 돌아다닐 때 바람이 많이 붑니다. 바람은 성적으로도 쾌락을 줍니

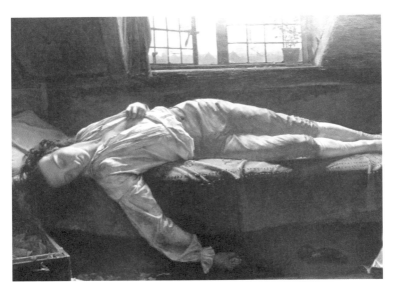

헨리 월리스, 〈채터튼의 죽음〉, 1856

다. 사랑과 관련된 자연적 조건으로서 흔히 물과 바람을 이야기하죠. 왜, 바람 불 때 자전거 타고 달리면 기분 좋잖아요? 압바스 키아로스타미의 영화 〈바람이 우리를 데려다 주리라〉의 제목에서도 느낄 수 있죠. 바람이 나를 어디론가 데려다줬으면 하는 마음. 두 아이가 바람을 맞고 있을 때 사랑하지만 사랑할 수 없는 제도에서 벗어나고 싶은 어떤 상황이 보입니다. 그런 바람은 제도의 명령이 없는 곳으로의 이행, 유아기로의 퇴행을 자극합니다. 사회화되기 이전의, 혹은 가족이라는 걸 알기 이전의 세상으로 갔으면 하는 마음. 도망가고 싶고, 빠져나가고 싶고, 자유롭고 싶고. 그 부분을 바람이 말하고 있습니다. 낭만주의 화가 말고 19세기 화가 가운데서는 코로가 바람을 가장 잘 그린 것 같습니다. 수많은 바람을 그렸죠. 눈에 보이지 않는 바람을 기가 막히게 표현하는 솜씨를 지녔어요. 인상주의 화가 중에서는 모네가 최고가 아닐까 싶습니다. 연작으로 그린 〈파라솔을 쓴 여인 Women with a Parasol〉을 보면 특별한 감각이 있는 것 같아요. 여성이 들판에 서서 바람을 맞고 있는 모습이 인상적이죠. 잠깐이나마 일상에서 벗어난 느낌이 듭니다.

이제 안개를 살펴볼까요? 안개를 참 잘 찍었죠. 나중에 이 영화를 안개로 기억할 것 같습니다. 촬영으로 베니스영화제에서 기술공헌상을 받았습니다. 저 지역에 안개가 많다고는 하지만 그걸 담으려면 계속 기다려야 하잖아요. 땀을 흘린 흔적이 보이는 시퀀스들이 여러 번 등장합니다. 안개는 바람보다 좀더 직접적이고 근원적인 자연 요소라고 할 수 있죠. 정신분석의 개념으로 말하자면 모성애의 공간, 자궁 같은 공간이죠. 안개 속으로 들어가는 것은 엄마 품속으로 향하는 거니까 아이들이 무엇을 염원하는지에 대해 생각하게 합니다. 그곳에서는 캐서린과 히스클리프 사이를 가로막는

끌로드 모네, 〈파라솔을 쓴 여인〉, 1875(위)
터너, 〈비와 증기와 속도: 그레이트 웨스턴 철도〉, 1844(아래)

것도 없겠죠. 그래서 안개는 베르테르적인 순수한 마음을 드러내는 데 잘 어울립니다. 실제로 안개 긴 공간에 있을 때 느껴지는 아늑함을 생각해보시면 좋을 것 같습니다. 그 아늑함 또한 어린 아이들의 등장과 어우러집니다. 히스클리프가 과거를 기억할 때 특히 안개가 긴 공간 속에 둘이 뛰어다니는 걸 떠올리곤 하잖아요. 안개를 잘 표현한 영화를 더 꼽아보자면, 60년대 김수용의 〈안개〉가 굉장히 아름답습니다. 그리고 세계 영화에서는 테오 앙겔로풀로스가 아주 유명하죠. 〈안개 속의 풍경〉이라는 영화가 있었습니다. 거기서 이번 영화와 유사성을 찾자면 아이들입니다. 엄마처럼 아늑한 공간에서 근원을 찾아가는 내용입니다. 행복한 마음을 주는 곳으로.

안개를 그린 그림도 몇 가지 언급하겠습니다. 작년에 아트톡으로 진행했던 〈이브 생 로랑의 라무르〉를 보셨나요? 거기서 로랑이 죽었을 때 남자 애인이 한 말을 기억하십니까? "터너가 런던의 안개를 발견했듯이 이브 생 로랑은 파리의 패션을 발견했다!" 그 남자는 말도 참 잘하던데요. (웃음) 예전부터 런던에는 안개가 있었죠. 그런데 그게 런던의 것이라고 생각하도록 만든 이가 터너라는 뜻입니다. 안개를 가장 잘 그린 사람으로 평가받습니다. 프리드리히와 모네도 있습니다. 프리드리히는 모성애의 세계보다 조금 더 어둡게 그렸고 죽음에 대한 명상을 보여줍니다. 모네는 지금 내가 발 딛고 있는 문명을 잠시 잊게 만드는, 달콤한 도피 같은 것을 잘 그려냈습니다. 오늘은 영화를 통해서 이렇게 낭만주의의 테마를 살펴봤습니다. 사랑에 대한 순수한 열정을 생각해볼 수 있는 시간이었다면 좋겠습니다.

2012.6.26

Special Talk 2

2012년에 우리를 찾아온 영화들

We Need To Talk About Movie

진행 _이원재(무비꼴라쥬 프로그래머)

2012년 MUST SEE 영화(무순)

김영진	남인영	심영섭	이동진	한창호
독립영화	다큐멘터리	힐링시네마	유럽 거장영화	아트영화
남영동 1985	두개의 문	자전거 탄 소년	당신은 아직 아무것도 보지 못했다	파우스트
두개의 문	간지들의 하루	라이프 오브 파이	토리노의 말	아버지를 위한 노래
MB의 추억	불안	늑대아이	자전거 탄 소년	토리노의 말
미국의 바람과 불	버스를 타라	원데이	멜랑콜리아	당신은 아직 아무것도 보지 못했다.
	아무도 꾸지 않는 꿈	베스트 엑조틱 메리골드 호텔	파우스트	

2012년 BEST 영화

순위	김영진	남인영(무순)	심영섭	이동진	한창호
1	당신은 아직 아무것도 보지 못했다.	아무르	자전거 탄 소년	토리노의 말	자전거 탄 소년
2	프로메테우스	케빈에 대하여	우리도 사랑일까	당신은 아직 아무것도 보지 못했다	팅커 테일러 솔져 스파이
3	헤이와이어	심플 라이프	라폴로니드:관용의 집	늑대 아이	신의 소녀들
4	심플 라이프	화차	시스터	자전거 탄 소년	폭풍의 언덕
5	늑대 아이	두 개의 문	아무르	우리도 사랑일까	시스터

2012년 BEST 한국영화

순위	김영진	남인영(무순)	심영섭	이동진	한창호
1	남영동 1985	화차	은교	범죄와의 전쟁	피에타
2	돈의 맛	두 개의 문	건축학개론	다른나라에서	다른 나라에서
3	다른 나라에서	밍크코트	범죄와의 전쟁	건축학개론	범죄와의 전쟁
4	두 개의 문	범죄와의 전쟁	말하는 건축가	남영동 1985	밍크코트
5	건축학개론	피에타	범죄소년	도둑들	두 개의 문

이원재 안녕하세요. 무비꼴라쥬 프로그래머 이원재입니다. 오늘은 한 해를 정리하는 시간을 가져볼 텐데요. 저희가 행사 전에 평론가분들께 리스트를 받았습니다. 베스트 영화, 과대평가/과소평가 영화와 더불어 MUST SEE 영화를 각각 선정했어요. 평론가마다 주제가 다릅니다. 자료를 보면서 선정의 이유 혹은 추천의 변을 듣는 것으로 문을 열겠습니다.

MUST SEE 영화

독립영화

남영동 1985 두 개의 문 MB의 추억 미국의 바람과 불

김영진 올해 대중영화 쪽에서 고무적인 성장 지표가 나왔지만 저 개인적으로는 거기서 즐긴 만큼 크게 자극받지는 못했습니다. 역시 자극을 받았다면 독립영화 쪽입니다. 그런 취지에서 몇 편 추천했습니다. 〈남영동 1985〉는 부산영화제에서 보고 충격을 받았습니다. 밀폐된 공간에서 관객을 가둔 채 끝까지 가는 용기가 놀라웠어요. 그 안에서 컷들이 잘 붙는 것도 그렇고, 고문하는 자와 고문당하는 자 사이의 층이 다양하다는 게 인상적이었어요. 특히 마지막 장면에서 주인공의 부릅뜬 두 눈을 보며 완전히 케이오 당했어요. (웃음) 올해의 엔딩이라고 생각합니다.

〈두 개의 문〉은, 이런 소재를 다루는 다큐라면 으레 카메라가 피해자 편에서 같이 버티면서 찍어내는 미덕이 중시되는 패러다임을 완전히 바꿨어요. 물론 논란의 여지가 있지만, 사건을 재구성하고 관객을 끊임없이 호출하는 두 감독의 총기에 감동했습니다.

〈MB의 추억〉은 이렇게 말하면 어떻게 생각할지 모르겠지만 정말 통쾌했어요. 당시 야권 후보들은 연기를 못하는 반면 그분은 연기를 너무 잘하는 거예요. 그건 올해도 여지없이 되풀이된 것 같아요. 〈미국의 바람과 불〉은 대한뉴스 화면을 재편집한 겁니다. 한국 현대사에 대한 치욕이 느껴져요. 그야말로 오랜 연구와 조사와 성찰이 만든 다큐멘터리입니다. 본 사람이 거의 없어요. 비가 쏟아지는 날 소수의 사람이 모여서 깊은 한숨을 내쉬었던 기억이 납니다. (웃음) 기회가 닿으면 꼭 보시길 바랍니다.

다큐멘터리
두 개의 문 간지들의 하루 불안 버스를 타라 아무도 꾸지 않는 꿈

남인영 저는 다큐멘터리를 추천했는데 극장에서 개봉한 것들은 김영진 평론가와 대부분 겹칩니다. 거기에 살짝 제 의견을 덧붙이겠습니다. 〈미국의 바람과 불〉은 제 또래 친구와 같이 영화제에서 관람했는데 보는 내내 어린 시절이 떠올랐어요. 미국이 신화나 이데올로기를 어떤 방식으로 작동시켜서 우리를 근대화의 과정으로 몰아세웠는지 적나라하게 나오거든요. 나도 모르게 떠들다가 관객한테 야단맞았습니다. "아줌마! 조용히 좀 하세요!" (웃음) 저는 그 영화는 관객들이 다 같이 비웃으면서, 쓴소를 지으면서 봐야 한다고 생각해요. 〈두 개의 문〉은 성적소수자 문화운동을 하는 연분홍치마에서 만든 작품이죠. 사회적 소수자에 대한 편견을 이해시키기 위해서 끊임없이 고민하는 단체입니다. 그런데 이번에는 용산참사라는 국가적 사건을 다뤘어요. 피해자의 입장으로만 바라보지 않으면서도 진실을 가슴으로 이야기하는 방법을 열심히 고민한 흔적이 보입니다. 대중과 소통하는 스토리텔링에 대해서 아주 열심히 연구한 분들이거든요. 그 점이 참 좋았습니다. 그래서 그 영화가 이루어낸 업적이 있다는 생각이 듭니다.

그 밖에 〈간지들의 하루〉, 〈불안〉, 〈버스를 타라〉, 〈아무도 꾸지 않는 꿈〉은 영화제에서만 상영되었고 아직까지 개봉을 기다리고 있습니다. 꼭 보실 수 있길 바라고 정말 좋은 작품이니까 관심을 가져주세요.

힐링시네마

자전거 탄 소년 라이프 오브 파이 늑대아이 원데이 베스트 엑조틱 메리골드 호텔

심영섭 저는 상담과 관련된 일을 많이 합니다. 점점 많이 하게 되네요. 여기저기서 힐링이라는 말이 쓰이고 있죠. 사실 '힐링시네마'라는 단어는 제가 6년 전에 처음으로 사용하기 시작했고, 그 뒤로 매해 10대 힐링시네마를 선정하고 있습니다. 그런데 이번에는 그 말을 쓰기가 싫더라고요. 힐링 뒷면에 푸어가 있다는 느낌을 받았거든요. 우리가 힐링을 찾을수록 그 안에 있는 푸어가 드러나는 것 같아요. 생활이 빈곤해지고 가처분소득이 줄어들면서 빚어지는 살풍경 때문에 '힐링'이라는 말 자체가 오히려 당의정 같은 느낌도 듭니다. 그렇지만 영화를 뽑지 않을 수는 없겠죠. 제가 선정한 것들은 실제로 영화 치료에 쓰이고 있습니다. 사람들이 좋아하는 영화예요. 이 영화들은 영성적인 특징을 갖고 있습니다. 대표적으로 〈자전거 탄 소년〉에서 마지막 장면이 주는 감흥을 떠올려보세요. 소년이 죽은 줄 알았는데 깨어나잖아요? 누군지는 모르지만 휴대폰이 울리면서. 작은 관심과 의지가 생명을 살릴 수 있다는 감동이 있죠. 〈늑대아이〉는 굉장히 많은 이야기를 끌어냅니다. 아이를 기르는 것에 관한 내용인데요. 심지어 늑대의 아이를 갖는 거잖아요. 타자도 포용해야 하는 게 바로 모성이거든요. 그 모성의 눈물겨움을 잘 다룬 것 같아요. 이렇게 저는 사람들이 좋아하는 작품 가운데 많은 이야기를 이끌어낼 수 있는 영화들 위주로 골랐습니다.

이원재 그분이 〈늑대아이〉를 보고 모성애를 발휘해주셨으면 좋겠습니다. (웃음)

김영진 이렇게 공식적인 유머를 선사하다니! 이원재 프로그래머에게 놀라는 중입니다.

유럽영화

당신은 아직 아무것도 보지 못했다 토리노의 말 자전거 탄 소년 멜랑콜리아 파우스트

이동진 저는 제 취향을 잘 모르겠습니다. 지난 몇 년간 연말이 되면 리스트를 꼽곤 하는데 어떤 해는 미국영화, 어떤 해는 일본영화 위주로 구성이 됩니다. 올해는 또 유럽영화, 특히 거장 위주로 뽑게 됐네요. 그만큼 좋은 작품이 많았습니다. 올해 제가 가장 좋아한 영화는 〈토리노의 말〉과 〈당신은 아직 아무것도 보지 못했다〉입니다. 믿지는 않지만 농담 삼아 혈액형의 일반적인 특징을 빌어서 얘기한다면, 〈토리노의 말〉은 A형이 만든 걸작처럼 보이고, 〈당신은 아직 아무것도 보지 못했다〉는 O형이 만든 걸작처럼 보여요. 참고로 저는 O형인데 남들은 A형이라고 착각합니다. (웃음) 혼자서 막 고민을 하다가 결국 〈토리노의 말〉을 1위로 꼽았습니다. 〈토리노의 말〉은 감독이 스스로 영화에 부여하고자 한 것들을 약간의 오차도 없이

366

만든 걸작이라고 생각하고, 〈당신은 아직 아무것도 보지 못했다〉는 현장의 역동성이나 연기의 즉흥성까지 자유롭게 수용해 만든 걸작이라고 생각합니다. 그렇게 전혀 다른데 두 작품 다 좋았습니다. 〈자전거 탄 소년〉을 보면서는 다르덴 형제 영화는 이제 볼 만큼 봤다고 생각했는데 다시 깜짝 놀라게 됐어요. 또 다른 도약이 있다는 생각이 들었습니다. 〈멜랑콜리아〉는 이제껏 제가 본 가장 훌륭한 재난영화였고, 〈파우스트〉는 영화 역사상 미술적으로 가장 훌륭하다고 평가받는 소쿠로프의 신작인데 역시나 좋았습니다.

이원재 그럼 AB형이 만든 영화는 뭘까요?

이동진 음, AB형이라면 〈멜랑콜리아〉겠네요. 천재 아니면 바보라면서요. (웃음)

아트영화

파우스트 아버지를 위한 노래 토리노의 말 당신은 아직 아무것도 보지 못했다

한창호 여기 아트영화라는 이름이 붙어 있는데 별로 마음에 들지 않습니다. 마치 영화를 판가름하는 것 같아서요. 그러나 적절한 용어를 찾지 못해 관습적인 표현을 그냥 썼습니다. 제가 개인적으로 좋아하는 작품이라기보다는 무비꼴라쥬를 찾는 관객들이 꼭 봤으면 하는 것들입니다. 소위 어려운 영화입니다. 영화는 일정한 공식과 코드가 있습니다. 그런데 이 작품들은 비교적 그런 관습에서 떨어져 있고, 자기 미학을 실현하려는 감독의 의지가 강합니다. 그래서 때로는 부담이 되기도 합니다. 남한테 강요하는 기분이 들죠. 〈토리노의 말〉이 좀 그렇습니다. 벨라 타르는 과거 동구권이 공유하고 있는 가치관이 순식간에 흔들리는 격동의 시기에 자신의 정체성을 유지하려고 노력한 사람입니다. 롱테이크로 유명하죠. 지나치게 롱테이크를 많이 쓰는 영화의 경우엔 감독들이 대개 자존심이 센 편입니다. 자기 미학에 대한 자신감이 지나쳐서 강요하는 기분이 들기도 하는데, 그럼에도 불구하고 아주 좋게 봤습니다. 〈파우스트〉는 저도 어려웠습니다. 소쿠로프를 좋아합니다. 이 사람 또한 러시아 문화의 자존심을 지키기 위한 태도를 보이고 있고, 미학적으로는 장르영화에 대한 거부감을 갖고 있습니다. 주로 회화주의를 쓰는데, 미술의 텍스트와 영화의 텍스트를 서로 대화하게 만드는 솜씨가 아주 뛰어난 것 같습니다. 비록 그래서 많은 관객을 만나는 데는 한계가 있지만, 새로운 미학을 개척하려는 의지 면에서 높이 평가할 만한 작품이라고 생각합니다.

이원재 이런 영화는 왜 정복해야 하나요? 어떤 사람은 본인이 좋아하는 것만 보면 되지 않겠냐고 반문하고 싶을 것 같아요.

한창호 맞습니다. 정복한다는 표현은 거부감이 들죠. 이 표현을 바로 이원재 씨가 쓴 건데요. (웃음) 그래도 제가 이유를 말씀드린다면, 우리가 《파우스트》잘 안 읽잖아요? 문학을 좋아하는 독자들도 마찬가지입니다. 사실 그런 작품은 번역된 것으로 읽는다는 것도 무리예요. 그런데 세월이 지나면서 알게 됩니다. 그것을 소화했을 때 자신의 문학적인 토대가 커진다는 것을. 어려운 작품을 읽고 나면 다른 작품은 좀 만만해보이죠. 그런 점에서는 정복이라는 단어도 괜찮은 것 같습니다.

1. 범죄와의 전쟁: 나쁜놈들 전성시대

이원재 그럼 지금부터 2012년 한국영화 중에서 평가가 엇갈리는 작품을 토대로 이야기를 나누겠습니다. 〈범죄와의 전쟁: 나쁜놈들 전성시대〉는 많은 분들이 지지하는 영화죠. 그런데 김영진 평론가는 베스트 명단에 이 영화를 넣지 않았네요. 좋아하실 줄 알았는데, 일단 그 이유가 궁금합니다.

김영진 바로 그런 이유로 안 꼽았습니다! 예상대로 할 줄 알았지? 나도 다른 취향이 있는 사람이야! (폭소)

이동진 어제 〈씨네21〉 잡지에서 30명의 영화인이 꼽은 올해의 베스트를 봤어요. 그걸 보면서 개개인의 욕망을 느꼈습니다. 한국영화를 리스트로 세울 때와 외국영화를 리스트로 세울 때, 평자들의 태도가 다르다는 생각이 드는데요. 그건 저도 마찬가지입니다. 30명 중에 〈범죄와의 전쟁: 나쁜놈들 전성시대〉를 1위로 꼽은 사람이 저 하나밖에 없어요. 그런데 그 영화가 전체 2등입니다. 이상하죠. 나는 누구, 여긴 어디? (웃음) 사실 이 작품은 의도를 과도하게 드러내는 부분도 없지 않습니다. 그럼에도 불구하고 훌륭한 영화라고 생각합니다. 특히 최익현(최민식 분)은 지금껏 한국 아니라 외국에서도 거의 본 적이 없는 캐릭터예요. 흔히 장르의 토착화라고 말하는데, 이 영화가 그걸 이루어냈다는 느낌이 듭니다. 그동안 윤종빈 감독의 작품은 디테일은 뛰어나지만 무엇을 위한 디테일인지 의문을 가졌던 게 사실이에요. 〈용서받지 못한 자〉는 과대평가를 받았다고 생각하고 〈비스티 보이즈〉는 좋아하지 않았습니다. 그런데 이 작품은 장르영화로서 더 이상 뭘 바랄 수 있을까 싶을 정도로 훌륭한 완성도를 보여줍니다. 거시적인 조망 능력까지 있어요. 무엇보다 가장 좋았던 건 연기입니다. 한 명도 나쁜 연기가 없고, 연기의 앙상블에 관한 한 올해 최고의 영화라는 생각이 듭니다.

한창호 저도 3위로 꼽았는데요. 저 아트영화만 보는 사람 아닙니다. (웃음) 우선 젊은 감독이 장르영화를 잘 만들었다는 점이 좋았습니다. 박찬욱, 봉준호, 최동훈 뒤가 잘 안 보였거든요. 나홍진 감독에게 관심이 있었고, 그 외에는 특별히 보이지 않았기 때문에 더 반가웠습니다. 나머지 감상은 다른 분의 의견과 비슷한 것 같아요. 개인적으로 그곳이 제 고향이기도 합니다. (웃음)

남인영 저는 그곳이 생활의 터전이라 약간 다른 시각을 말씀드리고 싶어요. 우선 이 영화는 8, 90년대 권력과 폭력, 정권과 건달이 어떻게 말단 공무원까지 연결되고 야합에 이르렀는지 장르의 형식으로 전달하고 있습니다. 쾌감과 동시에 섬뜩함을 주는 영화라 깜짝 놀랐어요. 그런데 조폭, 깡패, 마약 관련 소재는 전부 부산을 배경으로 합니다. (웃음) 사실 〈도둑들〉도 결국 부산에 와서 결판을 내잖아요. 일종의 영화적 상상력이죠. 항구가 있으니까 거친 느낌이 있긴 합니다. 그렇지만 장르영화를 만드는 분들이 전형성에 의존하지 않고 새로운 이미지와 풍경을 찾아내면 좋겠어요. 그런 것을 예의 주시할 필요는 있다고 봅니다.

심영섭 부산영화평론가협회상(이하 부산영평상)이 이 작품에 1등을 줬을 때 좋은 선택이라고 생각했어요. 〈광해, 왕이 된 남자〉보다 훨씬 뛰어난 영화입니다. 이 영화는 미시적 조망과 거시적 조망이 놀라운 조화를 이루고 있어요. 한 아비가 학맥, 인맥 등을 이용해서 어떻게 자기 가족을 지켜내는가에 관한 이야기거든요. 주인공은 대단한 악역인데 이상하게 미워할 수가 없어요. 일정 부분 우리네 아버지를 연상케 하니까요. 걸핏하면 나이 찾고 걸핏하면 경주 최씨 무슨 파 찾는, 총알 없는 총을 들고 있는 아버지. 그러면서도 이 영화는 사회적인 긴장감을 놓지 않아요. 우리 사회가 어떻게 한통속이 되어가는지 보여줍니다. 때만 되면 폭력을 이용하고 거기에 연결된 기생 집단을 배신함으로써 국민을 기만하는 국가에 대한 놀라운 통찰력이 이 영화에 들어 있습니다.

2. 건축학개론

이원재 다음은 〈건축학개론〉입니다. 김영진, 심영섭, 이동진 평론가는 베스트인데 한창호 평론가는 과대평가로 지적했습니다.

김영진 한창호 평론가의 비평이 궁금하네요. 저는 이 영화의 로맨스 라인은 재미가 덜했어요. 설정 자체가 크게 와 닿지 않았습니다. 여자가 남자를 찾아온다? 과연 그럴까? 그것보다 영화가 담고자 하는 공간이 좋았습니다. 남자가 엄마한테 지겹지도 않느냐고 막 그러잖아요. 그럴 때 엄마가 집이 집이지 좋은 게 어딨냐고 하는데, 그게 이 영화의 알맹이라고 생각했습니다. 우리는 삶의 흔적들을 별로 생각하지 않는 사회에 살고 있는데 공간의 자취와 더불어 삶의 자취를 껴안는 태도가 감동적이었어요. 이야기가 과거와 현재로 나뉘죠. 어른 대목은 재미가 없었습니다. 왜들 저래? (웃음) 두 배우도 연기를 못해요. 그런데 과거로 가면 볼 만해요. 그쪽은 말이 되든 안 되든 재밌어요. (웃음) 어쨌든 두 개를 교차한 이유가 삶의 태도에 있다면 저는 좋다고 본 겁니다.

한창호 다 좋다고 하니까 긴장이 좀 되네요. 저는 영화 외적인 부분에서 별로 좋게 보지 않았습니다. 취향이라는 게 있는 거니까요. 아직까지 저는 한국영화가 대학 캠퍼스를 주 배경으로 하는 데 약간의 거부감이 있습니다. 거기서 첫사랑 이야기하는 것도 그래요. 김영진 평론가는 그런 부분으로 잘 보신 것 같은데, 저는 계속해서 너무 상상할 수 있는 한계 내에서 간다는 느낌을 받았어요. 대학이라는 공간은 이제 많이 가는 곳이긴 하지만 그때까지만 해도 선택받은 자들의 공간이었죠. 본인의 노력보다 운명적인 조건에 좌우된다고 봅니다. 그런 것은 별로 영화적이지 않다고 생각하고, 보편적인 사랑이라면 또 모르겠는데 젊었을 때 잃어버린 것에 대한 이야기도 받아들이기 어려웠어요. 지나치게 노골적이라는 생각이 들었습니다.

심영섭 사랑에 관한 영화는 많지만 사랑의 감정을 느끼게 하는 영화는 드물어요. 저는 이 영화가 첫사랑이라는 보편적인 감정을 진솔하게 느끼게 하는 영화라고 생각합니다. 개인적으로 흥미로웠던 건 한국영화가 건축을 담론화하는 부분입니다. 〈내 아내의 모든 것〉에서는 사랑이 지진 같은 거라고 하고, 〈건축학개론〉에서는 매일매일 건물을 개축하듯 인생도 새롭게 리모델링해야 한다고 하고, 〈말하는 건축가〉에서는 건축이 굳이 시선을 끌지 않아도 그 속에 담겨 있는 게 중요하다고 하잖아요. 참 이상하죠. 나라에서는 토목 사업을 하면서 건축이 뭔가를 바꾸는 일이라고 생각하거든요. 그런데 사람들은 건축을 삶이나 사랑과 연관시켜서 사유합니다. 저는 이런 게 흥미로워요. 국가와 대중의 무의식이 조화를 이루지 못하는 거죠. 그것을 영화가 정확히 이야기하는 지점들이 있다는 게 2012년 안에서 흥미로웠습니다. 또 한 가지, 심리학적으로 흥미로워요. 한가인이 '쌍년'이 된다는 거. (웃음) 여자들은 자기가 힘들 때 첫사랑을 찾아가고 싶고, 찾아가요. 그런데 남자들한테는 그게 너무 치명적이라 쌍년이 되거든요. 남녀의 불협화음과 동상이몽을 드러내는 것 같아서 재밌었습니다.

남인영 심영섭 평론가와 의견을 같이하면서도 달라지는 게, 저는 감정이입이 잘 안 됐어요. 이 영화는 90년대 초에 대학을 다녔고 세월이 흘러 30대 중반이 된 남자가 찌질하게 살면서 갖는 로망을 다루고 있거든요. 그래서 수지가 뜰 수밖에 없고 한가인이 쌍년이 되는 거죠. 그러면서 남자가 나머지 인생을 튼튼하게 살기 위해 그다지 원치 않는 결혼을 합니다. 자신의 선택을 강화하는 쪽으로 이야기가 흘러요. 그래서 제가 들어가서 공감할 자리는 없었던 것 같아요. 그런 집은 갖고 싶더라고요. (웃음)

3. 피에타

이원재 이제 〈피에타〉를 얘기해볼까요? 베니스에서 상을 받은 이후로 워낙 많은 이야기가 나왔는데, 역시나 재밌습니다. 남인영, 한창호 평론가는 베스트로 꼽았고 김영진, 심영섭 평론가는 과대평가라고 지적했어요.

먼저 남인영 평론가부터.

남인영 솔직히 그동안 제가 김기덕 감독의 영화를 지지하거나 좋아한 적은 없습니다. 모든 인류를 야만의 세계로 몰아넣고 여성을 도구로 쓴다는 점에서 거부감이 일었던 게 사실이에요. 그런데 어느 순간 감독의 세계가 넓어졌다고 느꼈습니다. 이번에 〈피에타〉를 보면서는 다른 어떤 것보다 질문하는 방식이 좋았습니다. 이성이나 정신이 아니라 몸으로 하고 있다는 느낌을 받았어요. 요즘 세상엔 이런 게 필요하다는 생각도 들고요. 영화 속 이미지가 그냥 야만스러운 게 아니고 의도된 야만이라는 게 중요하지 않나 싶어요. 이번에 베니스에서 상을 받았다고 해서 또 오리엔탈리즘을 이용한 건가 했는데, 그게 아니었어요. 이런 문제는 이 작품처럼 언어를 뛰어넘는 무언가로 질문해야 한다고 봅니다. 그것이 영화의 화두가 되어야 하지 않나 하는 생각까지 했습니다.

심영섭 말하기가 너무 조심스러워요. 베니스에서 수상 소식이 전해진 날 새벽 6시에 기자한테 전화가 왔어요. 믿어지세요? 그것도 일요일이었어요. 예전에 허문영 편집장이 저한테 '김기덕 저격수'라는 말을 한 적이 있어요. 다 부담스러워요. 저는 김기덕 감독의 영화들 중에서 〈빈집〉을 제일 좋아해요. 사실 홍상수 감독에게는 별로 관심이 없고 김기덕 감독에게는 관심이 있습니다. 다만 보기가 힘들었어요. 그렇지만 새로운 비평을 생각나게 할 정도로 제게 영감을 주는 감독이었습니다. 일단 전제할 말은 〈피에타〉가 상을 받은 것이 한국비평계의 실패라고 보지 않습니다. 그렇게 이야기하는 분들이 있더군요. 저는 김기덕 감독에 관한 비평이 한국영화계의 자장을 풍성하게 했다고 믿고 있습니다. 거기에 제가 조금이라도 기여를 했다면 기쁘겠어요. 그런데 누구의 전용 평론가로 언급되는 건 싫습니다. 그래서 그동안 일체 언급을 하지 않았습니다. 제가 여기서 하는 이야기가 공식 석상에서 하는 첫 언급입니다. 〈피에타〉는 김기덕 감독의 세계 안에서 초창기로 되돌아간 듯해요. 김기덕 감독의 시각적 이미지는 '물'로 시작해서 '종이'로 갔다가 '유리'로 이어집니다. 그러다 그것이 후기 작품으로 가면서 다 사라지고 초월적인 경지가 됩니다. 그런데 〈아리랑〉에서 알수 있는 것처럼 일련의 사건을 겪고 나서는 다시 분노, 증오, 원한 등을 동력으로 삼고 있는 것 같아요. '유리'가 '강철'로 변한 것 같아서 보는 내내 가슴이 아팠습니다. 심리적으로 힘든 여정을 거치고 있다는 생각이 들었어요. 저는 김기덕 감독을 직관적으로 이해합니다. 그 마음이 어디서 나왔는지 알 것 같아요. 그러나 그것이 다시 여성에 관한 증오로 가고 있는 건 아닌가 우려가 됩니다. 여자가 그려진 그림에다 칼을 딱 던지는 장면을 기억하실 겁니다. 그리고 그 모든 것이 마리아 코스프레라는 점이 안타까웠습니다. 사실 이미지의 변용 자체는 대한민국에서 천재적인 감독이라고 생각해요. 예를 들어 냉장고 박스가 결국 관의 이미지로 이어지잖아요. 그런 건 타고난 축복인 것 같아요. 그러나 아쉽습니다.

김영진 영화는 이야기보다 이미지로 끌어당기는 게 중요하다고 생각하는 사람이지만, 〈피에타〉는 그게 좀 심하다는 생각을 했습니다. 제가 취향을 많이 타는 건지도 모르겠어요. 그리고 〈아리랑〉과 〈아멘〉을 너무 안 좋게 봤어요. 기분이 나빴어요. 스크린 바깥의 정보를 아는 것도 별로 안 좋거든요. 그 영향도 있을 거예요. 〈아리랑〉을 보면 감독이 자문자답을 하잖아요. 영화 역사상 전무후무하죠. 서구의 국제영화제가 있었기 때문에 오늘날 자신이 있는 거라고 얘기할 때, 예술가라면 누구나 그런 생각을 할 수는 있지만 너무 심하다는 생각을 했어요. 그 두 작품이 활시위를 뒤로 당기는 역할을 해서 다시 극영화를 내놓았죠. 저는 김기덕 감독 영화가 말이 없을 때 좋았거든요. 〈빈집〉 때는 예전에 내가 너무 심했다고 느꼈어요. 그런데 다시 말이 많아지기 시작하더니 이번 작품에서는 직설적인 상징과 구체적인 대사가 많이 나옵니다. 청계천에 카메라를 들이대는 건 좋은데 다른 독립영화에 비해서 특별히 뛰어난 것도 아녜요. 여러모로 감흥이 안 왔어요. 그렇다고 해서 제가 〈피에타〉를 싫어하는 건 아닙니다. 상을 받은 건 축하할 일이죠.

한창호 저는 좋게 봤습니다. 〈아리랑〉과 〈아멘〉은 김영진 평론가가 말한 것 이상으로 저도 안 좋게 봤는데, 이번 작품을 보면서는 한 작가가 돌아왔다는 느낌을 받았습니다. 어느 나라에서나 개인의 정체성과 사회의 정체성이 겹치는 작가들이 있습니다. 그건 학습이나 이성으로 되는 게 아니라 운명처럼 오는 것 같아요. 그런 면에서 김기덕 감독에겐 운이 있다고 봅니다. 직관이나 본능으로 하는데, 그런 것들이 우리 사회를 비추는 거울로서 효과적으로 드러나거든요. 외국에서는 한국을 칠레와 유사하게 받아들이는 것 같습니다. 독재 속에서 성과가 있었지만 경제적으로 과속하는 바람에 영혼의 상처를 너무 많이 받은 나라. 칠레에는 파블로 라라인이라는 감독이 있는데요. 그 사람의 영화를 보면 비슷한 역사를 살았던 한국 사람으로서 동질감을 많이 느낍니다. 돈 때문에 무자비하게 사람을 죽여야만 하는 상황들, 웬만한 충격에도 당황하지 않고 괴물처럼 변해가는 사람들. 그러니까 제3세계에서 산업국가로 급성장한 나라의 뒷면을 보여주는 거죠. 저는 이 영화가 한국 사회를 '쇠붙이'로 표현하는 데서 놀랐습니다. 다른 나라에서 볼 때는 한국이 차가운 금속과 같은 이미지를 갖고 있거든요. 영화에서 그 금속을 다루는 공간도 비인간적이죠. 그렇게 첫 장면부터 이 사회의 운명을 압축적으로 보여주는 점이 좋았습니다. 다시 돌아와서 반가웠어요.

이동진 저는 〈피에타〉가 김기덕 감독의 전형적인 영화라고 생각합니다. 굉장한 장점이 있고 안 본 척할 수 없는 단점이 있어요. 제가 흥미롭게 생각하는 것은 영화를 둘러싼 현상입니다. 며칠 전에 어머니를 만났는데 블로그에 올린 한국영화 베스트 리스트를 보셨다는 거예요. 영화를 안 보는 분인데, 10위 안에 왜 〈피에타〉가 없냐고 물으시더군요. 그러면서 살살하라고. 영화를 거의 안 보는 분도 그럴 정도니 정말 현상은 현상이라는 생각을 했습니다. 김기덕 감독은 초기를 제외하면 한국영화 평단에서 홀대받지 않았습니다. 그런데 김기덕 감독 관련 기사에 달리는 댓글을 보면 일관된 톤이 있어요. 왜 그렇게 생각할까? 올해만 해도 그래요. 청룡영화상도 받았고 부산영평상도 받았어요. 영화가 나올 때마다 〈씨네21〉에서 특집을 해요. 제 생각에는 한국에서 비평적으로 가장 많이 서포트를 받은 감독이 홍상수 감독이고 두 번째로는 김기덕 감독이거든요. 그런데 지금의 프레임은 이상한 쪽으로 되어 있습니다. 이번에 〈문학동네〉 겨울호를 보다가 쇼크를 받았는데, 천명관 작가가 김기덕 감독론을 썼더군요. 그 글의 핵심은 한국 주류사회가 김기덕 감독을 껴안지 못한다는 겁니다. 심지어 작가도 이렇게 본다는 거죠. 이러한 현상에 대해 사회학적으로 분석하면 흥미로운 글이 나올 것 같다는 생각을 한 적이 있습니다.

2012년 한국영화를 떠나보내며

이원재 모든 영화를 개별적으로 말하기엔 시간이 부족하고, 2012년 한국영화를 하나로 묶어서 이야기를 듣도록 하겠습니다.

이동진 "2012년 한국영화는 ○○이다"에 저는 '풍요 속의 빈곤'이라는 말을 썼습니다. 관객이 1억 명을 넘고 천만 영화가 두 편이나 나왔죠. 얼핏 봐서는 풍성한 한 해처럼 보이는데, 사실 베스트10을 꼽으려고 보니까 열 편을 꼽기가 쉽지 않은 거예요. 한국영화와 외국영화를 합쳐서 리스트를 작성한다면 한국영화는 열 편 가운데 한 편도 안 들어갈 것 같아요. 도대체 누구를 위한 1억 명이란 말이냐! (웃음) 며칠 전에 〈타워〉를 봤어요. 영화를 기획하는 사람이 이렇게까지 게으르고 자존심이 없을 수 있나 하는 생각이 들더군요. 명확한 의미에서 표절은 아니라고 생각합니다. 그러나 가장 핵심적인 부분을 2, 30년 전에 성공했던 영화에서 가져오는 것이라면 비참할 정도로 얄팍한 기획이라고 할 수밖에 없겠죠. 지금으로부터 9년 전으로 돌아가면 〈올드보이〉, 〈살인의 추억〉, 〈지구를 지켜라〉 등이 나왔습니다. 〈지구를 지켜라〉는 실패했지만 나머지는 흥행 면에서도 성공했거든요. 그 영화들은 지금도 보잖아요? 그런데 올해 성공한 영화들 중 몇 편이나 10년 후에 볼까요.

심영섭 '숨 막히는 등장은 없었다. 그러나 우리 시대 대중의 욕망을 끌

어안은 영화는 분명히 있다.' 저는 이렇게 생각합니다. 최근 〈26년〉을 보고
뭉클했습니다. 오죽하면 사람들이 돈 모아서 저런 영화를 만들까. 역사적
으로 청산되지 않은 문제를 영화로라도 어떻게든 소구하려는 몸부림이 느
껴지지 않습니까? 〈부러진 화살〉, 〈남영동 1985〉, 〈26년〉 등 사회파 영화
들이 나오고, 그 안에 대중의 발언이 있고, 그게 다시 SNS로 퍼져나가고. 만
듦새를 떠나서 이런 영화가 만들어진 것은 의미 있는 일입니다. 그리고 〈광
해, 왕이 된 남자〉, 〈도둑들〉, 〈화차〉, 〈돈의 맛〉 등을 보면 너무 균질적이에
요. 장르적 쾌감만 이어지거든요. 이미지의 변용이든 줄거리의 파격이든
캐릭터의 변화든 이물감이 있는 영화가 좋다고 봅니다. 사실 그게 독립영
화를 보는 이유죠. 한편 배우들이 풍성해졌다는 것을 말하고 싶어요. 김고
은, 〈범죄와의 전쟁〉의 조연들, 조정석, 수지 등 새로운 얼굴이 등장했습니
다. 마지막으로 저는 여성이라는 자의식을 도저히 못 버리겠어요. 더 많은
여성이 영화를 만들어야 합니다. 올해는 김희정 감독의 〈청포도 사탕: 17
년 전의 약속〉, 신수원 감독의 〈순환선〉 등이 있었죠. 여성 감독에게 관심
을 많이 가졌으면 좋겠습니다.

이원재 하고 싶은 말씀을 자유롭게 하는 것으로 마무리하겠습니다.

남인영 저는 관객의 한 사람으로서 갈수록 배급 구조와 상영 구조에 문
제가 있다는 걸 느낍니다. 거기에 가장 큰 공헌을 하는 게 바로 오늘의 행사
를 주최하는 CGV라고 생각해요. (웃음) 영화는 이윤 창출의 도구가 아니
라 문화유산이자 공공재라는 것을 이 사회를 향해서 어떻게 설득할 수 있
을지 고민이 깊습니다. 우리가 욕망을 균질하게 만들어서 그렇지, 사실 사

람들은 다 다른 걸 보고 싶어 하거든요. 그걸 소구할 수 있는 게 바로 다양성영화인데, 환경이 여의치 않아 얼마 전에는 상영을 거부하는 사태가 벌어지기도 했죠. 이건 관객들이 같이 요구해야 하는 문제라고 봅니다. 다행히 무비꼴라쥬에서는 내년 4월부터 극장을 확장한다고 합니다. 반가운 일이죠. 이제 풍당풍당 상영은 하지 않았으면 좋겠습니다. 앞으로 기대하겠습니다.

한창호 남인영 평론가와 동일한 입장입니다. 상영이 너무 제한적이라 답답합니다. 그런데 극장에 책임을 묻기는 어렵다고 봐요. 제도를 마련해야 하는데 쉽지가 않죠. 유럽이라고 해서 독립영화가 극장을 쉽게 잡는 건 아니거든요. 투자, 제작, 배급, 상영을 한 군데서 다 하는 게 문제가 되는 것 같습니다. 그런 부분이 개선되어야 한다고 봅니다. 작년도 마찬가진데 올해도 한국영화 베스트10을 꼽기가 어려웠습니다. 타자들과 같이 본다고 생각했을 때 민망한 작품이 제법 많습니다. 이동진 평론가는 방금 거론한 작품들이 표절은 아니라고 했는데, 글쎄요. (웃음) 정말 민망하죠. 심지어 제목까지 비슷하게 만드는 걸 보고 있으면 참. 다른 나라에서는 이렇게 메뉴가 편협해지기 시작할 때 독립영화를 키우는 쪽으로 얘기가 많이 나오거든요. 우리도 노력을 해야 할 것 같습니다.

김영진 사실 이런 문제는 국가가 개입을 해야 해결할 수 있는 문제입니다. 그런데 참여정부 때도 못 했어요. 지금 그런 마인드를 요구하기엔 상황이 너무 안 좋은 것 같습니다. 영화 내적으로 스태프의 수준은 여전히 훌륭하다고 생각합니다. 기술적인 퀄리티도 좋아요. 요즘은 다들 촬영도 잘하더군요. 비과학적인 느낌인데 저는 2, 3년 안에 (부흥기가) 올 거라고 봐요. (웃음) 시간이 지나면 지금과 같은 상업영화의 웰메이드 하향평준화는 자연스럽게 바뀔 거라 생각합니다. 끝으로, 친해서 드리는 말씀이 아니라 무비꼴라쥬 직원들은 진짜 열심히 일합니다. 정말 이렇게 열심히 일하는 사람들이 있을까 싶을 정도예요. 아마 지금보다 더 잘 될 것 같아요. 여러분도 지지를 해주십시오.

이원재 오늘 이 자리에 오신 분들이 주인입니다. 다 함께 호흡하면서 보다 나은 영화 문화를 만들어갔으면 좋겠습니다. 뼈아픈 얘기도 언제든지 해주십시오. 추운 날 늦게까지 함께해주셔서 대단히 감사합니다. 이것으로 모든 행사를 마치겠습니다.

2012.12.27

영화가 끝난 뒤 우리가 이야기하는 것들

"그 꿈 장면은 도대체 어떻게 찍은 걸까?", "감독이 하고 싶었던 얘기는 뭐라고 생각해?" "마지막 씬에선 심장이 멎는 줄 알았어."

영화는 끝났지만 이야기는 시작됩니다. 영화를 본 극장, 감동의 온기가 남아 있는 그 자리에서 방금 본 영화에 대해 듣고 이야기하는 시간, 시네마톡Cinema Talk. 영화가 끝난 뒤 진짜 영화 이야기를 시작한 '무비꼴라쥬 시네마톡'이 2009년 론칭 이후 누적 650회를 넘겼고, 이렇게 두 번째 단행본을 내게 되었습니다.

지난 4년여 동안 극장가에는 많은 변화가 있었습니다. 영화에 대한 이야기는 모두 인터넷으로 이사를 간 것 같은 이 시대에, 시네마톡과 함께 극장이라는 공간은 무궁무진하게 쏟아지는 영화 이야기와 함께 카페가 되었고, 상담실이자 강연장이 되었고, 관객과 호흡하는 새로운 평론의 출발지가 되었습니다. 그리하여 시네마톡은 진화했습니다. 전국 동시 생중계되는 '라이브톡'으로, 영화와 인접한 문화예술 분야로 이야기의 범위를 넓혀가는 '톡플러스'로, 관객밀착형 영화 해설 '큐레이터' 프로그램으로, 그리고 이렇게 손에 잡히는 한 권의 책으로 말이죠.

이 책이 한정된 공간과 시간의 제약 때문에 시네마톡에 참여하지 못했던 분들과 시네마톡을 몰랐던 독자들, 또 현장에 있었지만 다시 한 번 현장의 분위기를 느끼고 싶은 관객들 모두와 함께하길 바랍니다. 극장에서 함께 영화를 보고 울고 웃으며 나눈 이야기들을 더 많은 분들과 나누고 싶은 바람입니다.

무비꼴라쥬 시네마톡에 함께 해주신 모든 분들께 감사드립니다. 공저자 김영진, 남인영, 신지혜, 심영섭, 이동진, 한창호 평론가님과 방대한 원고 정리 작업을 해주신 편저자 조인철님, 무비꼴라쥬 관객 프로그래머와 프렌즈, 여러 영화사와 관계자분들, 그리고 출판사 씨네21 북스 여러분께도 감사드립니다. 또한 CGV 임직원 모두와 출간의 기쁨을 함께 하고 싶습니다. 마지막으로 무비꼴라쥬에 애정 어린 성원을 보내주시는 관객 여러분들께 다시 한 번 감사드립니다.

CGV 무비꼴라쥬

시네마톡에 참여하고 싶다면?
시네마톡은 CGV무비꼴라쥬 강변, 구로, 대학로, 상암, 신촌아트레온, 압구정, 여의도, 동수원, 소풍, 오리, 인천, 광주터미널, 대구, 대전, 서면, 센텀시티, 천안펜타포트와 CGV목동에서 연간 상시적으로 진행됩니다. 상영작과 일정은 CGV홈페이지(www.cgv.co.kr), 인디안 카페(cafe.naver.com/loveindian), 무비꼴라쥬 트위터(@moviecollage) 등을 통해 확인하실 수 있습니다.

그 영화 같이 볼래요?

영화가 끝나고 시작되는 진짜 영화 이야기, 시네마톡

초판 1쇄 발행 2013년 10월 3일
초판 3쇄 발행 2014년 7월 30일

지은이 김영진, 남인영, 신지혜, 심영섭, 이동진, 한창호
기획 CGV 무비꼴라쥬
엮은이 조인철
펴낸이 이기섭
편집인 김수영
책임편집 김남희
기획편집 김송은 전민희
마케팅 조재성 정윤성 한성진 정영은 박신영
관리 김미란 장혜정

펴낸곳 한겨레출판(주)
등록 2006년 1월 4일 제313-2006-00003호
주소 121-750 서울시 마포구 공덕동 116-25 한겨레신문사 4층

전화 02-6383-1602 **팩스** 02-6373-6790
대표메일 cine21@hanibook.co.kr

ISBN 978-89-8431-740-6 03680

값 17,000원